CLAUDIA TOMAN | Hexendreimaldrei

Claudia Toman im Gespräch

Warum haben Sie (neben Ihrer Heimatstadt Wien) London zum zweiten Haupthandlungsort des Romans gemacht?
London ist der Anfang von allem. Dort ist die Idee entstanden, und natürlich sind die Wege im Roman auch die Wege, die ich selbst gegangen bin, während ich über meine Geschichte nachgedacht habe. Da war es nur logisch, dass daraus auch Schauplätze geworden sind, zumal ich diese Stadt liebe wie keine andere. Wo sonst könnte man Shakespeares Geist begegnen, und wo, wenn nicht in London, würde man die Zentrale einer riesigen Hexenorganisation vermuten?

Wie und wo schreiben Sie? Am Computer, mit der Hand, am Schreibtisch, im Bett ...?
Ich schreibe nur am Computer und am liebsten bei Starbucks. Die Geräusche von Menschen, die reden, lachen, mit Tassen klappern, der Geruch nach frisch aufgeschäumter Milch und Schokoladenkuchen, all das ist mir ein willkommener Hintergrund. Außerdem trinke ich literweise Tee mit Milch dabei und sehe gern durch ein Fenster auf eine belebte Straße hinaus. Menschen zu beobachten, ist ein wesentlicher Teil meiner Arbeit.

Über die Autorin
Claudia Toman, geboren 1978 in Wien, arbeitete als Inspizientin, Regieassistentln, Regisseurin und Librettistin in Wien, Tokio und Tel Aviv. Sie publizierte Kurzgeschichten und Lyrik in verschiedenen Anthologien, bevor sie mit »Hexendreimaldrei« ihren ersten Roman schrieb. Claudia Toman lebt in Wien und arbeitet bereits an ihrem zweiten Roman um ihre Heldin Olivia und deren Begegnungen mit der Welt des Magischen. Für weitere Informationen und Kontakt zur Autorin besuchen Sie ihren Blog: http://claudiatoman.blogspot.com

CLAUDIA TOMAN

Hexendreimaldrei

Roman

FSC
Mix
Produktgruppe aus vorbildlich
bewirtschafteten Wäldern und
anderen kontrollierten Herkünften

Zert.-Nr. SGS-COC-1940
www.fsc.org
© 1996 Forest Stewardship Council

Verlagsgruppe Random House FSC-DEU-0100
Das für dieses Buch verwendete
FSC-zertifizierte Papier *Holmen Book Cream*
liefert Holmen Paper, Hallstavik, Schweden.

Originalausgabe 06/2009
Copyright © 2009 by Diana Verlag, München,
in der Verlagsgruppe Random House GmbH
Dieses Werk wurde vermittelt durch die Literarische Agentur
Thomas Schlück GmbH, 30827 Garbsen.
Redaktion | Ilse Wagner
Umschlaggestaltung | Hauptmann & Kompanie Werbeagentur,
München – Zürich, Teresa Mutzenbach
Herstellung | Helga Schörnig
Satz | Leingärtner, Nabburg
Druck und Bindung | GGP Media GmbH, Pößneck
Printed in Germany 2009
978-3-453-35400-5

www.diana-verlag.de

Für J.

In alten Zeiten, wo
das Wünschen noch geholfen
hat, lebte ein König, dessen Töchter
waren alle schön; aber die jüngste war so
schön, dass die Sonne selbst, die doch so vieles
gesehen hatte, sich freute, so oft sie ihr ins Gesicht
schien. Nahe bei dem Schloss des Königs lag ein
großer, dunkler Wald, und in dem Wald unter einer
alten Linde war ein Brunnen. Wenn nun der Tag
sehr heiß war, ging das Königskind hinaus in den
Wald und setzte sich an den Rand des kühlen
Brunnens. Und wenn die Kleine Langewei-
le hatte, nahm sie eine goldene Kugel,
warf sie in die Höhe und fing sie
wieder auf; das war ihr
liebstes Spielwerk.

VORSPIEL

Das darf doch nicht wahr sein. Geschlagene siebeneinhalb Minuten sitze ich jetzt hier im Dunkeln, auf dem einzigen WC im Pfarramt, und kaue an meinen Nägeln. Das ist wahrscheinlich kein günstiger Zeitpunkt, um eine Nagelschere zu brauchen.

Der Klodeckel ist auch nicht sonderlich bequem. Wie schade, dass sich die Kirche keinen Plüschbezug leisten kann oder zumindest Frottee. Noch besser, diese geheizten japanischen Klositze, von denen man gar nicht mehr aufstehen möchte.

Ich rutsche unruhig hin und her. Wenn ich wenigstens vor der überstürzten Flucht aufs Klo daran gedacht hätte, dass der Lichtschalter außen ist, dann könnte ich das Nageldesaster immerhin sehen. So bleibt mir nichts anderes übrig, als grimmig auf den kleinen Lichtstreifen unter der Tür zu starren oder auf die Leuchtziffern meiner Swatch.

Wenigstens kann ich jederzeit, wenn ich mal muss, denke ich mit einem letzten Rest von Galgenhumor. Ich gebe mir noch fünf Minuten, danach spaziere ich einfach hinaus. Wenn ich mich ducke und schnell genug bin, dann ist es durchaus möglich, wenn auch nicht wahrscheinlich, dass ich mich ungesehen zu meinem Auto schleichen kann. Anschließend Vollgas und ab nach Hause in die Großstadt, wo mein äußerst spannendes, ereignisreiches Singleleben in Form eines Fernsehers mit Kabelanschluss, DVD-Player, Nintendo Spielkonsole und einiger Flaschen guten, süffigen Rotweines auf mich wartet.

Durch die Tür sind immer noch Dutzende Stimmen zu hören. Draußen gibt es nämlich die große Familienumarmungsaktion vor dem eigentlichen Event, das um exakt elf Uhr mitteleuropäische Zeit steigen soll. Eine Hochzeit, was sonst. Ich knirsche mit den Zähnen.

Nun, ich könnte auch hier sitzen bleiben, bis sie alle in die Kirche gegangen sind. Deprimiert fange ich wieder an, an meinen Nägeln zu kauen. Das wäre doch gelacht, wenn es kein Leben außerhalb dieser Toilette gäbe.

Allerdings war der Anlass zur Flucht auf das Klo ein aufkeimender Weinkrampf mit Verdacht auf demnächst einsetzenden Nervenzusammenbruch. Denn Fakt ist, ich bin bei dieser Hochzeit weder Braut noch Brautjungfer, hätte gegen Ersteres jedoch keinerlei Einwände. Und deshalb bin ich mir nicht sicher, ob die Explosionsgefahr beim neuerlichen Anblick des Brautpaares, angesichts des Kleides, des Ringes oder des Kusses (Panik!) gebannt bliebe. Insofern wäre es wohl sicherer, während der gesamten Zeremonie klotechnisch abwesend zu bleiben, Nerven zu sparen, ein wenig Zen zu üben, um danach für die etwa zwanzigsekündige Gratulation gerüstet zu sein. Wenn ich die heil überstehe, dann kann ich auf der Heimfahrt ins Lenkrad beißen oder mit einhundertachtzig Kilometern pro Stunde LKWs überholen. Aber auf keinen Fall darf ich irgendwo in seinem Gesichtsfeld zusammenklappen.

Auf. Keinen. Fall.

Langsam gewöhnen sich meine Augen an die Dunkelheit, und mein Blick fällt auf die Schachtel Streichhölzer, die fein säuberlich auf den Reserveklopapierrollen liegt. Und das auf dem Kirchenklo. Ich pfeife anerkennend durch die Zähne. Ein guter Freund hat mir nämlich vor Jahren die sehr interessante physikalische Reaktion eines angezündeten Streichholzes in einer stinkenden Toilette beigebracht. Es ist nämlich, glaube ich, so, dass der Rauch des Streichholzes den Gestank zum größten Teil auffrisst, weshalb man auf dem Klo immer Streichhölzer in Reichweite haben sollte, die einzige Rettung eines romantischen Wochenendes im Hotelzimmer.

Gelangweilt nehme ich ein Streichholz heraus. So eine kleine, tröstende Lichtquelle wäre jetzt etwas Wunderbares, denke ich mir, außerdem duftet es hier keineswegs nach Lavendel. Mangels sonstiger Ablenkung zünde ich es an.

Sssssssssswuuuuushhhh.

Genau in dem Moment schießt eine Stichflamme

von der Streichholzspitze, und grelle Blitze zucken durchs Klo. Ich muss mir die Augen zuhalten, um nicht blind zu werden, und als ich sie vorsichtig wieder öffne, steht, oder fliegt vielmehr, eine sonderbar gekleidete Gestalt vor mir. »Sie«, die sich bei näherer Betrachtung als »Er« entpuppt, schwebt etwa zwanzig Zentimeter über den Fliesen, ist in rosaroten Tüll gehüllt, und hinter den Schultern schaut etwas hervor, das man fast für ein paar Flügel halten könnte. Seine pink gefärbten Haare sind dezent toupiert, außerdem mit viel Gel bearbeitet, oben am Scheitel sitzt eine winzige Krone. An seinen Schläfen befinden sich liebevoll getrimmte Koteletten, an denen er permanent mit dem Mittelfinger entlangstreicht.

»Wer stört?«, fragt er ungehalten und sieht mich, die Nase gerümpft, an.

»Ich, ähm, also ...«, versuche ich es konsterniert, einen Heiterkeitsanfall mühsam unterdrückend, doch er schüttelt nur ungeduldig den Kopf, was die kleine Krone gefährlich ins Ungleichgewicht bringt.

»Es ist immer das Gleiche, wirklich. Mich erst bei meinem Schönheitsschlaf stören und dann dumm schauen. Hat dich in deiner Kindheit niemand gewarnt, dass man vom Zündeln Bettnässer wird? Spielst du grundsätzlich blöd mit Streichhölzern herum, wenn du auf dem Klo sitzt, oder nur ausnahmsweise? Meinst du, ich habe nichts anderes zu tun, als mich hier mit deiner Unentschlossenheit auseinanderzusetzen? Was glaubst du eigentlich, wer ich bin?«

»Na jaaaah, so genau kann ich das ...«

»Ja, ja, ja, schon gut.«

Ein dramatischer Seufzer. Er zupft an seinem Tüll-Tütü und blickt mich aus babyblauen Augen an.

»Also, ich bin eine Fee, und wenn du ... Was gibt's da zu lachen?«

»Mmmmpppffff! Eine *Fee*? Solltest du auf diesem Posten nicht eine schöne junge Frau sein?«

Ich kichere ungeniert.

»Auch Männer können Feen sein. Warum denn nicht? Häh? Häh? Immer diese femininen Vorurteile und dieses Getue von wegen *Alles was schön ist, ist weiheiblich* ...«, sagt er beleidigt und mustert geringschätzig meine nur notdürftig verpackte Oberweite.

»'tschuldige«, nuschle ich, »aber ich habe noch nie von einer männlichen Fee gehört.«

»Daran ist nur diese einseitige Kinderliteratur schuld. Märchen, öööööh, wenn ich das schon höre. Lass mich bloß in Ruhe mit diesem Andersen-Schund! Pfui Teufel! Oder Grimm, noch schlimmer! Igitt! Nun, ähm, lassen wir das. Du weißt eh, wie so was läuft. Also, du hast die Sache mit dem Streichholz erledigt, tatatataaaa, da bin ich. Folglich hast du jetzt einen Wunsch frei. Das Übliche eben«, sagt er und gähnt herzhaft.

»Die Sache mit dem Streichholz? Moment, das ist nicht das erste Streichholz meines Lebens, und vorher ist mir noch nie eine Tütü-Fee erschienen!«

Er streicht gekränkt über sein Feenoutfit und verschränkt die Arme vor der Brust.

»Hast du etwa noch nie vom Wunschwellenprinzip gehört?«

»Wunschwas?«

»Wunsch-wel-len-prin-zip! Heilige Feenmutter, an wen bin ich denn da geraten? Unkenntnis ist gar kein Ausdruck! Also hör zu: Es gibt viele Bezeichnungen dafür. Wir Feen sprechen von Wunschwellen, wenn das Bedürfnis eines Menschen nach Wunscherfüllung besonders groß ist. So ähnlich wie eine volle Blase, nur eben im Kopf. Findet in so einem Moment eine physikalische Reaktion statt, etwa durch Zünden einer Flamme, einer Rakete, via Stromschlag oder ähnlichem Unsinn, dann sind wir Feen dazu verpflichtet, einen Wunsch zu erfüllen.«

»Einen Wunsch? Wie meinst du das?«

»Meine Güte, du bist aber schwer von Begriff. Ein Wunsch, Anliegen, Bedürfnis. Ein Haufen Geld vielleicht, einen besseren Job, nettere Freunde, den Weltfrieden, größere Brüste, flacherer Bauch. Nun, zum Beispiel könnte deine Nase schon ...«

»Also«, unterbreche ich ihn aufgeregt, »ich kann mir alles wünschen, was ich will? Wirklich alles? Einfach so? Absolut jeden Wunsch?«

»Jahaaa!« Er stöhnt. »Nur bitte, mach schnell, ich versäum sonst meinen Termin bei der Manikühüüre. Könnte dir übrigens auch nicht schaden. Nägelbeisser, hab ich recht? Also, Wunsch, dalli, dalli! Allerdings gibt es da eine Sache ...«

»Na ja«, unterbreche ich ihn, »aber so was muss man sich doch überlegen. Ich meine, es gibt so vieles, das ich mir wünsche, wie soll ich mich denn da entscheiden?«

»Ach, Gottchen, nimm das Erste, das dir einfällt, was du grade jetzt am dringendsten haben möchtest.«

»Eine Nagelschere?«

»Sei doch kein Frosch«, stöhnt er und schaut mich erwartungsvoll an.

In dem Augenblick sehe ich es bildlich vor mir, und meine Nachdenklichkeit weicht einem breiten Grinsen. Fröhlich flüstere ich dem Feerich meinen aller-aller-dringendsten Wunsch ins Ohr.

Er sieht mich einen Moment lang entgeistert an, streicht sich über die Augenbrauen, kratzt sich an der Nasenspitze, zupft an den Koteletten, zuckt schließlich mit den Schultern und meint lakonisch: »Wie du willst.«

Er hebt die rechte Hand, schnippt mit den Fingern und ist mit einem Riesenknall verschwunden.

Ich reibe mir verblüfft die Augen und schaue mich um. Alles wie vorher. Es ist dunkel, und ich sitze immer noch auf einem harten Klodeckel. Draußen ist weiterhin lautes Stimmengewirr zu hören. Eine sonderbare Vision, denke ich mir, seufze nach einem

Blick auf die Uhr tief, bringe meine Oberweite in Positur sowie meine Frisur in Ordnung, zwicke mich fest in beide Wangen und öffne die Klotür.

Teil 1 Der Frosch

1. Kapitel

Es gibt sie noch: Die Prinzen auf den weißen Pferden, die mit wehendem roten Superman-Cape durch die Prärie reiten, um dann unter unseren Fenstern (inklusive begrüntem, substralgedüngtem Balkon versteht sich) selbst gedichtete Liebeslieder, auf der Mandoline begleitet, vorzutragen. Es gibt sie tatsächlich, obwohl sie nicht mehr so leicht zu identifizieren sind wie in der guten alten Zeit, da sich ihr Erscheinungsbild sowie ihr Auftreten radikal verändert haben. Die Märchenprinzen unserer Generation müssen nicht mehr unbedingt Voltigierkünste beherrschen, in Stabreimen sprechen oder mit gefährlich scharfen Waffen durch die Weltgeschichte reisen. Fort das Pferd, perdu das schicke Cape, danach kräht heutzutage nicht einmal der altmodischste Gockelhahn. Es genügt, wenn die Prinzen gut riechen, dieses gewisse Etwas in Stimme, Augen und Mundwinkel haben und uns ab und zu Türen aufhalten, in den Mantel helfen, teure, unnötige Accessoires schenken oder uns zum Lachen bringen. Jawohl, die Zeiten haben sich geändert.

Man sollte meinen, bei diesen verringerten Anforderungen liefen sie gleich scharenweise durch die

Gegend, die Herren Prinzen, säßen mutterseelenallein mit Biovollkornkäsebroten auf Parkbänken herum, lehnten bei einem Glas Rioja an schicken Bartheken und kauften gesunden, italienischen Rucola auf dem Markt. Dem ist allerdings nicht so. Ganz im Gegenteil, wir Frauen von heute befinden uns in dauerndem Wettstreit darum, welcher es wohl gelingt, ein solch seltenes Exemplar an Land zu ziehen und dazu zu bringen, anstandslos Blumen, Ring und Eigenheim für sie zu erwerben. Nicht zu vergessen eine mehrstöckige Torte aus weißen, äußerst zucker-, fett- sowie generell hochgradig kalorienhaltigen Zutaten.

Als er eines schönen Tages vor mir stand, in Schafwollweste und Birkenstock-Sandalen, da hätte ich ihn beinahe übersehen. Auch die Goldrandbrille, die zuletzt in den Fünfzigern der neueste Schrei gewesen sein mag, war ein durchaus zu überdenkendes Accessoire, verzeihbar allerdings, wenn man meine grundsätzliche Schwäche für Brillenträger aller Arten bedenkt. Dazu ein kreativer bis künstlerischer Nichthaarschnitt. Damit lag, kurz zusammengefasst, der erste Eindruck irgendwo zwischen Biobauer mit sozialer Ader und ewiger Literaturstudent Marke Siebzigerjahre. Nur das Biovollkornkäsebrot passte ausgezeichnet.

Man könnte an dieser Stelle berechtigterweise fragen, was diese Beschreibung noch mit dem Helden auf besagtem Schimmel mit Cape und Lanze zu tun hat. Nun, meine Damen, etwas, das wir noch lernen müssen, ist, uns von der Vorstellung zu befreien, Prince Charming stünde eines wolkenlosen Tages in voller Schönheit vor uns. Auch ein George Clooney musste erst zu George Clooney gemacht werden, und Johnny Depp ohne die helfende Hand diverser Masken- und Kostümbildner ist ebenfalls nur ein hübsches Gesicht, versteckt hinter denkbar schlecht gepflegter Kopf- und Gesichtsbehaarung, sowie ein Opfer katastrophaler Geschmacksverwirrungen.

Der Rohdiamant Märchenprinz nimmt oft sonderbare Gestalten an, und es gilt, ihn freizulegen, um ihn dann in aller Subtilität zu schleifen und zu gestalten, bis er so weit ist, sich in Ketten oder Ringe legen zu lassen.

Das klingt jetzt vielleicht ein wenig unromantisch, aber es ist die einzig denkbare Methode, um legal an einen passablen Märchenprinzen zu kommen. Ist aus George Clooney erst einmal George Clooney geworden, ohne dass er rechtzeitig eingefangen wurde, teilt er sein restliches Leben in aller Schönheit Nespresso schlürfend mit D-Cup-Models, gelifteten Blondinen oder einem Hausschwein, was im Grunde auf dasselbe hinausläuft: Er ist für uns reale Frauen verloren. Und, machen wir uns nichts vor, ich bin eine stinkreale Frau, Glamourfaktor unter zehn Prozent, Gewicht mehr als zehn Prozent über normal und Flirtfaktor irgendwo unterm Gefrierpunkt. Wenn ich meinen realen Körper in einer dieser gestylten Innenstadtbars spazieren führe, dann quatschen mich unter Garantie dutzendweise männliche Wesen an – um mich nach dem Weg zum Klo zu fragen.

Nun hat die praktische Frau von heute natürlich absolut kein Interesse daran, einen George Clooney zu präparieren, da ein solches Exemplar bekanntlich lästige Nebenwirkungen mit sich bringt, und nur sehr schwer, unter Aufwendung aller ehevertraglicher List, zu halten ist, angesichts einer Schar von vollbusigen, faltenfreien, zu allen Schandtaten bereiten weiblichen Anhängerinnen. Die Kunst, und hier beginnt die Geschichte kompliziert zu werden, ist es, den Prinzen geschickt gerade so weit zu formen, dass er den eigenen Ansprüchen genügt, ohne haufenweise Konkurrentinnen anzulocken. So wird er letztendlich immer das Gefühl haben, dass die Frau an seiner Seite das Beste ist, was ihm passieren konnte, und wird ihr im Idealfall erhalten bleiben.

In den Zeiten der Schafwollweste ist er mir hauptsächlich durch seine Art zu sprechen aufgefallen. Ein undefinierbarer Akzent, vorgebracht mit einer melodischen und extrem erotischen Stimme, bei deren Klang ich aus unerfindlichen Gründen regelmäßig über Bodenwellen, Treppenstufen oder meine eigenen Füße stolperte. Dazu kam das perfekte Gesicht: scharfe, sehr männliche Konturen, markante Wangenknochen, helle, wache Augen, denen die Brille den intellektuellen Touch gab, und der gewisse Zug um den Mund, den ein Mann entweder hat oder nicht hat (Johnny Depp hat ihn definitiv, es sollte ihm nur jemand von Zeit zu Zeit mit Gewalt das Gestrüpp entfernen, hinter dem er ihn zu verstecken pflegt). Außerdem ein Leberfleck am Kinn, malerisch, wie vom lieben Gott gezielt dort hingepinselt, zwei Zentimeter darüber ein Lächeln, bei dem einem die roten und weißen Blutkörperchen mit hoher Geschwindigkeit direkt in den Kopf schossen.

Bedauernd fiel mein Blick dann jedes Mal auf die Birkenstock-Fußbekleidung Modell Arizona, bis ich zu dem Schluss kam: Manche Männer tragen gelbe Cordhosen, Nasenpiercings, Pullunder, Bermudashorts, Strickhauben, Stirnbänder oder violette Strohhüte, was also ist so schlimm an Birkenstock?

Zum ersten Mal begegnet bin ich ihm in einem Lokal namens »Café Poesie«, wohin ich von Zeit zu Zeit eingeladen wurde, um aus meiner umfangreichen Kurzgeschichtensammlung zu lesen. Mehr schlecht als recht schlug ich mich als angehende Schriftstellerin durchs Leben. Meine Veröffentlichungen in Anthologien und Literaturzeitschriften waren zahllos, in der Summe sowie in finanzieller Hinsicht, und hätten die fünfunddreißig Komma acht Quadratmeter Wiener Innenstadtnähe, in denen ich logierte, nicht mir gehört, hätte ich mir wohl die entsprechende Miete nicht leisten können. So kam ich halbwegs durch mit meinen Gelegenheitsjobs in Theatern und Verlagen plus den bescheidenen Einkünften aus diversen Artikeln, Gedichten, Geschichten, Essays, Libretti und Ein-aktern, die ich verfasst hatte. Allerdings bereitete es mir Sorgen, dass ich dreißig Jahre alt werden könnte, ohne einen Roman geschrieben zu haben, eine Niederlage für den schreibenden Menschen an sich. Mit neunundzwanzigeinviertel Jahren ist das neben Mimikfaltencremes, Nahrungsergänzungsmitteln, hormonell bedingtem Zwang zur Dauerdiät und Bindegewebekontrolle das, worüber man sich den Kopf zerbricht.

An diesen Tag jedenfalls erinnere ich mich noch gut, obwohl er damit begonnen hatte, dass ich in ein Zeitloch fiel. Die Lesung war eine Sonntagsmatinee um elf Uhr, und als mich die Lokalbesitzerin um zehn Uhr dreißig anrief, um mich zu bitten, doch erst noch im Büro vorbeizuschauen, da stand ich gerade mit nassen Haaren im Bademantel vor meinem Ikea-Pax-Schrank, in jeder Hand ein Höschen und im festen Glauben, es sei halb zehn Uhr, nicht halb elf. Alle paar Monate, wie genau, weiß ich auch nicht, passiert mir das, und ich nenne das Phänomen immer »mein kleines, unsichtbares Zeitloch«. Das hat nichts mit zu spät kommen oder verschlafen zu tun, es handelt sich vielmehr um einen Denkfehler, der zur Folge hat, dass mir in der Planung eine Stunde abhanden kommt.

Laut fluchend riss ich mir augenblicklich den Bademantel vom Leib, warf mich in wahllos aus dem Schrank gezerrte Kleidungsstücke, reduzierte meine üblichen körperhygienischen, schminktechnischen sowie frisurverbessernden Maßnahmen auf ein absolutes Minimum und schaffte es tatsächlich, das Haus um zehn Uhr siebenundvierzig zu verlassen, den Bus im Schweinsgalopp zu erreichen und um elf Uhr eins, völlig abgehetzt, mit schrecklicher Frisur und daher ohne jedes Selbstwertgefühl das Café Poesie zu erreichen. Dort saß ein Grüppchen (ein kleines Grüppchen, eigentlich ein Miniaturgrüppchen) Leute an den Tischen versammelt. Pikierte bis vorwurfsvolle Blicke streiften mich, als ein seltsamer Mann in Schafwollweste und Birkenstock-Sandalen mit ausgestreckter Hand auf mich zukam. Er nannte seinen Namen, den ich zwei Sekunden später wieder vergessen hatte, und stellte sich als der neue Pianist vor, der die Lesung musikalisch untermalen sollte. Ich sah ihn an, klopfte ihm auf die Schulter und gab mich großzügig:

»Ah, gut, Herr ..., äh, fangen Sie doch schon mal an, ich muss noch ins Büro, bin gleich so weit, bitte, danke!«, und verschwand Richtung Büro.

Dort fand ich Kornblume, die Besitzerin. Sie hatte auch einen richtigen Namen, aber jeder kannte sie nur unter ihrem Internetpseudonym, was ihrem Onlineverhalten entsprach, da sie rund um die Uhr in allen erdenklichen Literaturforen postete, in dubiosen Chaträumen logierte, dabei literweise grünen Tee trank und Casali-Rum-Kokos-Kugeln aß, wodurch sie ständig eine süßliche Alkoholfahne umwehte.

»Hallo, Liv-Schatz«, begrüßte sie mich kauend, ohne den Blick vom Computer abzuwenden.

Man hatte mir vor neunundzwanzig Jahren einen wohlklingenden viersilbigen Namen gegeben mit dem Effekt, dass alle Welt das dringende Bedürfnis hatte, diesen zu verkürzen, eine Angewohnheit, die ich wie die Pest hasste. Ich war keine Liv, nie gewesen, auch keine Livi, Livia, Vivi, Lilli und schon gar keine Olli. Ganz einfach Olivia bitte, pflegte ich mich vorzustellen, doch seit ich Kornblume kannte, war ich Liv-Schatz. Ich knirschte innerlich mit den Zähnen.

»Hallo, Kornblume. Du wolltest mich sprechen?«

»Ja, also der neue *Pi-a-nist* wollte sich dir vorstellen und eine *Pro-be* machen, aber das hat sich ja erledigt, nicht wahr? Ich hab ihm gleich gesagt, wir proben hier nie, er soll einfach nette Zwischenmusik spielen, das reicht völlig, aber ich befürchte, er ist so ein *Künst-ler*. Er ist erst seit ein paar Wochen hier und macht sich schrecklich wichtig. Was soll ich sagen, du findest heute einfach keine guten Barpianisten mehr, nur noch *Künst-ler*, eine Qual, sag ich dir. Aber bist du nicht schon etwas spät dran, Schatz?«

Sie hatte es geschafft, während der ganzen Wortkaskade nicht einmal abzusetzen, sich zwei Rum-Kokos-Kugeln in den Mundwinkel zu schieben und gleichzeitig weiter auf ihre Tastatur zu hämmern. Erstaunlich.

»Kornblume, wegen der Einnahmen ...«

Zum ersten Mal sah sie mich an, zerdrückte die

beiden blank gelutschten Rum-Zuckerkapseln mit der Zunge und schüttelte bedauernd den Kopf.

»Alles Angehörige und Gönner des Lokals, kein zahlendes Publikum, sorry. Versuch die Klingelbeutel-Masche, vielleicht sind sie heute spendabel, wer weiß.«

Schulterzuckend hatte sie sich schon wieder dem Computer zugewandt.

Seufzend und zähneknirschend machte ich mich auf den Weg nach draußen. Sie wusste nur zu gut, wie sehr ich Klingelbeutelgebettel hasste, und trotzdem schaffte sie es nie, von den paar Stammgästen ihres Lokals Eintritt für ihre »Literaturevents« zu verlangen, sondern ließ die Literaten schamhaft Münzen sammeln. Ein ähnliches System praktizierte sie mit ihren Pianisten, was dazu führte, dass keiner lange blieb.

Bei diesem Gedanken fiel mir auf, dass er tatsächlich zu spielen begonnen hatte. Bevor ich das Lokal betrat, blieb ich kurz hinter der Zwischentür stehen, um ihm zuzuhören. Er war gut, sogar nach meinem bescheidenen Musikverständnis, was man unter anderem daran merkte, dass die Leute ihre Gespräche eingestellt hatten und zuhörten. Normalerweise musste man sich mit viel Räuspern Gehör verschaffen, aber diesmal, als ich den Raum betrat und er einen Schlussakkord spielte, sahen mich alle erwartungsvoll an.

Alle Achtung, dachte ich anerkennend und setzte mich an meinen Platz.

Nach der Lesung, die diesmal erstaunlich geglückt und mit freundlichem Applaus beendet worden war, näherte ich mich dem Klavier. Ich hatte die Musik immer noch in den Ohren, sie hatte meine Texte nicht einfach untermalt oder begleitet, sondern hatte sich angehört wie ein Teil von ihnen, was mir ziemliches Kopfzerbrechen bereitete.

»Das war sehr schön, danke«, sagte ich nach einigem Zögern, »was war das alles? Chopin?«

Meine Kenntnisse von Klaviermusik waren erbärmlich. Daran hatten auch meine Gelegenheitsjobs in den hoch dotierten Kulturinstitutionen Wiens nichts geändert. Er lächelte freundlich und schüttelte den Kopf.

»Brahms?«, versuchte ich es mit einer Eingebung aus Murakamis Roman »Sputnik Sweetheart«.

»Sie haben nicht viel am Hut mit Klaviermusik«, stellte er fest, immer noch lächelnd. Sein Akzent war undefinierbar.

»Nicht wirklich«, gab ich zu, »aber es gefällt mir, zuzuhören.«

»Das ist die beste Voraussetzung. Mir gefällt, wie Sie schreiben.«

»Oh, danke«, nuschelte ich und fragte mich, warum er mich so nervös machte. Vielleicht die Weise, wie er mir direkt in die Augen sah, oder seine offene Art.

Zum Glück winkte mir meine Freundin Hanna von einem Tisch im Eck aus zu, und ich entschuldigte mich, um sie zu begrüßen.

Sie deutete sofort Richtung Klavier.

»Wer ist denn das?« Hanna war Sängerin und deshalb musikalisch weitaus versierter als ich.

»Der neue Pianist.«

Hanna verdrehte die Augen. »Das ist mir gar nicht aufgefallen, Olivia, wirklich. Danke für die Info! Wie heißt er?«

»Keine Ahnung. Du weißt ja, ich und Namen …«

Sie taxierte ihn, was er, Gott sei Dank, nicht bemerkte, da er gerade seine Sachen zusammenpackte.

»Ein interessanter Mann.«

»Findest du?«

Ich warf einen skeptischen Blick auf die Schafwollweste.

»Und ein toller Musiker. Ich weiß zwar nicht, was er da gespielt hat, aber es war erstaunlich für so ein Lokal wie dieses.«

»Na, na, schließlich bin ich auch ab und zu mal hier.«

Hanna war auf dem Sprung zu einer Probe und musste deshalb sofort wieder los, jedoch nicht, ohne den Pianisten zu fragen, ob sie ihn kontaktieren dürfe, wenn sie gelegentlich einen Begleiter brauchte, sie sei nämlich Sängerin und gute Pianisten seien furchtbar schwer zu finden. Er nickte freundlich, woraufhin Hanna aus dem Lokal rauschte, was zur Folge hatte, dass ich allein neben dem Pianisten, dessen Namen ich vergessen hatte, stehen blieb. Das Lokal war fast leer, nur ein älteres Pärchen saß an einem Ecktisch und bezahlte gerade bei der Kellnerin. Kornblume machte sich selten die Mühe, Büro und Computer zu verlassen, um der Lesung beizuwohnen oder die Künstler zu begrüßen, geschweige denn zu verabschieden, daher war mit ihrem Auftauchen nicht zu rechnen.

Betont lässig vergrub ich die Hände in den Hosentaschen. Bei der Begegnung mit Männern, das hatte ich im Lauf der Jahre gelernt, gab es nur zwei Varianten:

Möglichkeit a: Sie interessierten einen nicht, dann kamen die Worte flüssig, das Auftreten war cool und lässig, der Eindruck, den man hinterließ, war grandios, und man hatte reichlich Schwierigkeiten, sie abzuwimmeln.

Möglichkeit b: Sie interessierten einen, dann fühlte man sich permanent so, als hätte man einen hohen und einen flachen Schuh an, der Slip zwickte unangenehm, der Kopf saß etwas zu fest auf dem Hals, und es fiel einem partout nichts ein, was man sagen könnte.

Ich schwieg.

Der Pianist reichte mir eine Handvoll Geldscheine, gespickt mit Münzen.

»Die Hälfte der Einnahmen. Ich hoffe, Sie trauen mir.«

»Da sind Scheine dabei, sind Sie sicher, dass Sie sich nicht zu Ihrem Nachteil verrechnet haben?«

Er lachte, ein Lachen, das verblüffend nach einem kleinen Jungen klang, der die Stimme eines erwachsenen Mannes ausprobierte und bei dem mir das Herz ganz kurz in die Bauchhöhle rutschte, wo es sich konsterniert umsah. Ich könnte nicht genau beschreiben, wie Löwenzahn riecht, aber genau so duftete es in seiner Gegenwart, er selbst hatte etwas von einer Sommerwiese an sich, und ich befand, dass es an der Zeit war, das Lokal zu verlassen. Fluchtartig.

»Nein, Madame, ich glaube, den Leuten hat es gut gefallen.«

(Madame!)

Ich steckte das Geld ein, ohne es zu zählen.

»Ja, hm, dann danke vielmals.«

»Nichts zu danken. Ich hoffe, Sie kommen wieder vorbei. Ich würde gerne mehr von Ihren Texten hören.«

»Ja, bestimmt, ich bin sowieso öfter hier«, log ich.

Die Kellnerin räumte den letzten Tisch ab, das ältere Paar war gegangen.

»Dann au revoir.«

»Auf Wiedersehen.«

In der Tür blieb ich noch kurz stehen.

»Ach ja, was war das denn nun eigentlich, was Sie gespielt haben bei meiner Lesung?«

»Das war von mir.«

»Wirklich? Wow, sehr schön! Äh, Wiedersehen!«

So schnell ich konnte, lief ich aus dem Café Poesie, bog um die nächste Ecke und schlug mir mit der Hand gegen die Stirn. *Wow, sehr schön. Wow, sehr schön,* klang es in meinen Ohren. Mein frisurloses, ungeschminktes Spiegelbild blickte mich entsetzt aus einem Schaufenster gegenüber an.

»Scheiße«, flüsterte ich zerknirscht, fuhr mir durchs Haar, wischte mir die Augen ab, schob mein Herz wieder an seinen Platz zurück und hastete in Richtung Bushaltestelle davon.

2. Kapitel

Ich öffne die Klotür.

Mit offenem Mund starre ich auf das Geschehen. Was um Himmels willen …?

Aufgeregte Menschen laufen durch die Gegend, ein paar stehen ratlos herum, die Braut wirft sich tränenüberströmt in die Arme ihres Vaters, und irgendwer fragt mich, ob ich ihn gefunden habe.

»Gefunden? Wen?«

»Na, den Bräutigam!«

»Gerade war er noch da«, informiert mich die mir bis dahin unbekannte Trauzeugin, »plötzlich war er weg. Sicher nur ein Scherz, das ist ihm ja zuzutrauen, irgendein verrückter Spaß. Bestimmt springt er gleich hinter einem Baum hervor oder landet mit dem Fallschirm.« Aber natürlich sei die Braut recht aufgelöst, fährt sie fort, immerhin, so kurz vor der Trauung, das müsse man sich auf der Zunge zergehen lassen, so etwas könne wirklich nur einem männlichen Gehirn einfallen. Die Chance, dass man männliche Gehirne mit freiem Auge erkenne könne, sei ja ohnehin gering, manche seien selbst unter der Lupe oder mit dem Teleskop schwer auszumachen …

Die Trauzeugin muss Luft holen, zupft an ihrem Tüllrock (ein Tüllrock, o Gott!) und sieht mich verwirrt an.

»Zu wem gehörst du denn überhaupt?«

»Freundin des Bräutigams«, antworte ich unvorsichtigerweise.

»Aha! Also, was hat er angestellt? Wo ist er hin? Welche Überraschung gibt's, und wann taucht er wieder auf?«

Ich zucke mit den Schultern, aber sie mustert mich mit misstrauischen Kuhaugen von oben bis unten.

In dem Moment sehe ich ihn. Aus dem Augenwinkel nur, denn die Kuhaugen ruhen immer noch anklagend auf mir. Aber das kann doch nicht ...? Das ist doch nicht ...?

Ohne mit der Wimper zu zucken, erkläre ich der Trauzeugin, dass ich mich natürlich sofort auf die Suche begeben und sämtliche Räder in Bewegung setzen werde, um ihn ausfindig zu machen. Sie solle erst einmal die Braut beruhigen, dann würde sich alles schon wieder finden.

Kuhauge lässt mich stehen, nicht ohne einen letzten skeptischen Blick. Mit zitternden Knien bewege ich mich auf die Stelle zu, wo ich ihn verschwinden gesehen habe. Eine Fata Morgana, bestimmt! Es sei denn ... Mir ist schwindelig, mein Magen revoltiert, und ich frage mich, ob ich mich nicht besser in mein Klo zurückziehe, mich ausgiebig übergebe oder alternativ in der Kloschüssel ertränke.

Da! O mein Gott, er ist es wirklich. Außer Sichtweite der restlichen Gesellschaft, unter einem Rosenbusch, malerisch, sitzt er gut versteckt und glotzt mich verwirrt an, als ich mich vor ihn hinhocke.

»Kannst du mir erklären ...?«

Ich schüttle stumm den Kopf und kämpfe mit den Tränen.

Uaaaah! Warum, lieber Gott, warum immer ich? Gibt es da oben einen Knopf mit meinem Namen, der so schön in Pink leuchtet, dass du ihn wieder und wieder drücken musst?

»Plötzlich war alles so. Von einem Moment auf den nächsten.«

Ich nicke.

»Verdammt!«

Ich nicke wieder, zerknirscht.

»Wie soll ich denn heiraten, so?«

Die Zerknirschtheit löst sich in Luft auf. Ich mache Anstalten, Richtung Parkplatz zu gehen.

»Halt. Warte. Du musst mir helfen!«

»Ich?«

Meine Stimme zittert in herrlichstem Einvernehmen mit meinem restlichen Körper. Gleich, sage ich mir, gleich wache ich auf, nur ein Moment, ein winzig kleiner Moment, bis ...

»Ja, du. Sonst darf mich niemand so sehen! Niemand!«

»Aha.«

Das ist alles. Kein klarer Gedanke, nichts, Leere.

»Wir müssen hier weg und an einen Computer. Bei Google recherchieren. Andere Fälle wie diesen suchen. Experten finden.«

»Experten in was genau?«

»Keine Ahnung. Botanik? Biologie? Magie?«

»Wir könnten Harry Potter fragen.«

Ein Moment Stille.

»Okay, hilf mir, oder ich schreie.«

»Du kannst nicht schreien, das erlauben deine Stimmbänder nicht.«

Er sieht mich an, und erstaunlicherweise ist die Farbe seiner Augen unverändert. Das passt ausgezeichnet zu …

»Laut! Ich werde laut schreien!«

»Na gut, na gut, ab in meine Handtasche.«

In dem Moment taucht Kuhauge mit dem Brautvater hinter mir auf. Ich weiß es, das ist der Moment, schweißgebadet zu erwachen, genau jetzt!

»Na, suchst du unter den Büschen? Gute Idee, was? Ich frage mich wirklich, ob du nicht … He, was hast du denn da? Iiiiiih!«

Ich sehe Kuhauge tief in die Kuhaugen und lächle freundlich.

»Nur einen kleinen Frosch. Ich bringe ihn zum Wasser.« Mit diesen Worten drehe ich mich um und gehe ohne Hektik zum Parkplatz.

Sobald ich den Motor gestartet habe, nicht ohne mehrmals die Stirn fest gegen das Lenkrad zu knallen, hüpft er aus meiner Handtasche. Er wirft dem Gurt einen halb sehnsüchtigen, halb ärgerlichen Blick zu, um sich schließlich mir zuzuwenden.

»Raus mit der Sprache!«

»Wie bitte?«

»Du hast mich sofort gefunden, und man kann ja nicht behaupten, dass ich zurzeit große Ähnlichkeit mit mir habe. Also, was weißt du darüber?«

Ich suche verzweifelt nach einer plausiblen Erklärung. Ich kann ihm schließlich schlecht von der Tütüfee erzählen. Bloß keine emotionalen Ausraster jetzt, gaaaanz cool.

»Hast du von so etwas schon gehört?«

»Äh ...«

»Also?«

»Nun, es gibt Werwölfe. Die verwandeln sich bei Vollmond, wenn sie gebissen werden. Vielleicht bist du ein Werfrosch oder etwas in der Art.«

Ich starre konzentriert auf eine rote Ampel.

»Willst du mir jetzt helfen oder nicht?«

»Ja, ja, ich denke schon nach. Zauberei vermute ich, auf einer ähnlichen Basis wie Voodoo. Jemand hat eine Abbildung von dir mit einer Nadel gepiekst, und jetzt bist du ein Frosch.«

Gelb.

»Ich bin *kein* Frosch.«

»Nein, natürlich nicht. Ich meinte, jetzt siehst du aus wie ein Frosch.«

Der Blick, den er mir zuwirft, ist vernichtend. Die

Ampel zeigt grün, und jemand hinter mir hupt ungeduldig. Ich fahre los.

»Frösche können nicht sprechen.«

»Dann bist du eben ein sprechender Frosch. Worauf ich hinauswill, meiner Meinung nach haben wir es mit einem bösen Zauber zu tun. So etwas wie das, was Michelle Pfeiffer, Cher und Susan Sarandon mit Jack Nicholson in den Hexen von Eastwick treiben. Voodoo!«

»Und was tut man dagegen?«

»Keine Ahnung, Jack Nicholson hat verloren. Erst haben sie ihn gestochen, dann mit Daunenfedern traktiert und am Schluss verbrannt. Nein, warte, zwischendurch haben sie ihn noch zerbrochen. Ehrlich gesagt sah er am Ende des Films ziemlich mitgenommen aus.«

Mir wird eisig kalt, die dünne Luft zwischen uns scheint zu gefrieren. Ich drehe den Heizungsregler auf.

»Sehr lustig.«

Wir fahren eine Weile schweigend. Der sonnige Frühlingsvormittag hat sich verabschiedet und ist einem bewölkten Himmel gewichen, aus dem es bestimmt bald wie aus Eimern gießen wird. Wie furchtbar illustrativ, denke ich, und mache mir im Kopf eine Notiz, solche platten Bilder beim Schreiben möglichst zu vermeiden.

Ich muss nachdenken. Offensichtlich ist das Wunschwellenprinzip doch nicht nur eine Erfindung meiner angeschlagenen Nerven, und der Tütü-Feerich ist mir tatsächlich aus der Streichholzflamme erschienen. Die Frage ist, wie kann ich meinen Mangel an Glauben und Ernsthaftigkeit wiedergutmachen, sprich, meinen völlig durchgedrehten Wunsch nach der Verwandlung des Märchenprinzen in einen Frosch zurücknehmen?

Eine Möglichkeit wäre, die Sache mit dem Streichholz gleich noch einmal zu probieren, sobald ich zu Hause bin. Allerdings gilt es, dabei äußerst vorsichtig zu agieren, da der Froschprinz neben mir unter gar keinen Umständen erfahren darf, dass er seine missliche Lage mir zu verdanken hat. Die Kehrseite der Medaille ist, dass danach, trotz Erklärungsbedarfs seinerseits, diese Hochzeit verspätet, aber dennoch stattfinden wird.

Ich kaue an der Innenseite meiner Lippe, wie immer, wenn ich unentschlossen bin. Schlechte Angewohnheit. Mit den Hautfetzen, die ich auf diese Weise bereits vertilgt habe, könnte sich eine durchschnittliche Kannibalenfamilie eine passable Brühe zubereiten.

»Wohin fahren wir eigentlich?«

Seine Stimme klingt nach Trübsal, und mein schlechtes Gewissen klopft energisch von innen an meine Schädeldecke, während ich auf der Zunge Blut schmecke. Selbstzerstörerische Tendenzen mit latenter Vampirisierung. Erste Anzeichen für das Aussetzen zentraler Gehirnregionen.

»Zu mir nach Hause. Du hast recht, wir werden erst einmal bei Google recherchieren. Dann sehen wir weiter. Einverstanden?«

Er versucht, zu nicken, was mit dem Froschkopf allerdings schwierig ist und mehr nach Nackenkrämpfen aussieht. Mein Herz macht einen schmerzhaften Sprung, und zum ersten Mal an diesem sonderbaren Tag habe ich schreckliche Angst.

In meiner Wohnung fülle ich zuerst die Duschwanne mit warmem Wasser, was er mit heftigem Protest quittiert.

»Ich bin *kein* Frosch.«

»Natürlich nicht. Aber ein warmes Bad wird dir trotzdem guttun.«

Mir wird bewusst, dass ich ihn zum ersten Mal nackt sehe, ein Gedanke, den ich sofort verwerfe (er ist ein Frosch!), allerdings kann ich ein gewisses Schamgefühl, verbunden mit leicht geröteten Wangen, nicht verhindern. Ich habe auch keine wie auch immer geartete Erfahrung mit der Genitaloptik von Amphibien. Ich setze ihn ins Wasser und verlasse das Bad so schnell wie möglich, nicht ohne die Tür hinter mir zu schließen.

Jetzt rasch! Ich muss nur eine Packung Streichhölzer finden, ich schwöre, da waren irgendwo welche. Nicht in der Küchenschublade, nicht auf dem Fensterbrett, nicht unterm Sofa, auch nicht im Flokati versteckt. Ein klassischer Nichtraucherhaushalt. Aber bei mir brennen doch permanent Teelichter, die zünden sich schließlich auch nicht von selbst an. In aufkeimender Panik durchwühle ich sämtliche Kisten, Schachteln, Schubladen, Taschen, Truhen und sogar den Wäschekorb, bis ich endlich, im Inneren meines Teestövchens, fündig werde.

»Was tust du da? Hast du die Tür zugemacht?«, dröhnt es vorwurfsvoll aus dem Badezimmer, während ich mit einer leider etwas feucht gewordenen Packung Streichhölzer, auf denen das fast schon unleserliche Logo meines Stammjapaners zu sehen ist, aufs Klo eile.

Meine Hände zittern so sehr, dass mir das erste Streichholz aus der Hand fällt. Das zweite bricht in der Mitte durch, und das dritte ratscht ohne einen Funken über den schon etwas durchgeweichten Zündstreifen.

»Mist, Mist, Mist, verdammter!«

»Was sagst du? Oliiiiiivia! Mach die Tür auf!«

Ich fluche lautlos weiter.

Beim vierten Versuch gelingt es mir, das Streichholz zu entzünden, wunschwellenmäßig jedoch tut sich rein gar nichts, keine Stichflamme, keine Tütüfee, null, niente, nada. Panik arbeitet sich wieder an die Oberfläche. Was, wenn es nie mehr funktioniert? Was, wenn man nur eine Tütüfee im Leben bekommt? Was, wenn meine Chance damit vertan ist? Ich meine, was weiß ich denn schon über die Gattung der Tütüfeen? Keine Tütüfee-Gebrauchsanleitung weit und breit. Vielleicht wäre es sinnvoll gewesen, das vorher abzuklären und erst dann hirnrissige Wünsche auszusprechen.

Ich bemühe mich, ruhig zu bleiben und mich zu konzentrieren. Wunschwellen hat er gesagt. Das Bedürfnis nach Wunscherfüllung muss besonders groß sein. Also, ein fünftes Streichholz, volle Anspannung, ganz fest an die traurigen Froschaugen denken, ich wünsche, ich wünsche ...

Sssssssssswuuuuushhhh.

Danke, lieber Feengott!

»Du schon wieder!«

Ärgerlich, die Hände in die Hüften gestemmt, schwebt er vor mir, diesmal in purpurnen Samt mit weißen Streifen gekleidet, die Flügel verdrückt und die Krone in die Stirn gerutscht, sodass sie beinahe wie ein Horn aussieht. Überhaupt wirkt er, bei näherer Betrachtung, mehr wie ein Tütüteufel denn eine Tütüfee. Ich schiele nach Hufen an seinen Füßen.

»Und wieder die Klolocation, toll, sehr originell! Glaubst du, du kannst mich jetzt andauernd rufen, wenn dir danach ist? Kannst du dich nicht erleichtern wie andere Menschen auch? Was ist das bei dir mit dem Zündeln auf dem Klo?«

»Nein, es ist nur ...«

»Unsereiner ist auch beschäftigt, merk dir das.«

»Jawohl. Keine Sorge. Ich möchte nur ganz kurz meinen Wunsch von vorhin revidieren, das war etwas unüberlegt, darum ...«

»Du willst *WAS?*«

»Na, den Froschwunsch zurücknehmen. Ich habe nachgedacht und halte das mittlerweile für doch keine so gute Idee, und deshalb ...«

»Meine Lieeeebe«, flötet der Feerich gedehnt, »ich glaube, du machst Witze! Scherz beiseite, los jetzt, heraus mit dem neuen Wunsch und dann addio!«

»Ich wünsche mir, dass sich der Frosch wieder in den Märchenprinzen verwandelt.«

»Piep, piep! Das geht nicht.«

»Warum?«

»Mein Kind, hat dir denn niemand die Regeln erklärt?«

Ich schüttle den Kopf. Pikiert starrt er mich an, richtet sich die Krone, streift die Flügel glatt und räuspert sich dann laut.

»Äh, nun, weil du mich nie ausreden lässt. Ich habe dir mit absoluter, hundertprozentiger, feenmutterstabiler Sicherheit klargemacht, dass es da eine Sache ...«

»Hast du *nicht!*«, kreische ich, nun hochgradig hysterisch.

»Wie bitte?«, kommt es aus Richtung Bad, »mach endlich diese Tür auf!«

»Da hast du es«, mault der Samtfeerich gekränkt, »immer fällst du mir ins Wort. Kein Wunder, dass du nichts mitbekommst.«

Ich breche augenblicklich in Tränen aus.

»Schluchz, schluchz, immer das Gleiche! Erst reden, dann denken, dann heulen. Schnäuz dich gefälligst, das ist ja eklig! Also hör zu. Eine Sache gibt es, die man beim Wünschen bedenken muss: Erfüllte Wünsche können nicht zurückgenommen werden. Du kannst dir sonst alles wünschen, aber es darf nichts mit deinem letzten erfüllten Wunsch zu tun haben. Tempi passati, alles klar?«

Ich sehe ihn völlig konsterniert an.

»Also gibt es nichts, was ich tun kann, um den Schlamassel in Ordnung zu bringen?«

»Das würde ich so nicht sagen«, erklärt mir der Feerich, plötzlich ganz freundlich. Hoffnungsvoll sehe ich ihn an.

»Tatsache ist, es gibt nichts, was *ich* tun kann, um deinen Schlamassel in Ordnung zu bringen.«

Ich sehe dunkelpurpurrot.

»Ich wünschte, du wärst da, wo der Pfeffer wächst!«

Mit diesem Aufschrei werfe ich eine frische dreilagige Klopapierrolle nach ihm, der er grinsend ausweicht, während er mit dem Finger schnippt und verschwunden ist. Am Boden zerstört, verlasse ich das Klo und wanke ins Wohnzimmer, wo ich verzweifelt in meinen Flokati schluchze.

3. Kapitel

Ein paar Wochen nach unserer ersten katastrophalen Begegnung verschlug es mich wieder ins Café Poesie. Nicht ganz freiwillig, immerhin hatte ich mich einigermaßen blamiert und mir daher geschworen, mich dort nie mehr blicken zu lassen. Aber Kornblume bestand darauf, dass ich zu ihrem Literaturzirkel kam, den sie ein Mal im Monat veranstaltete und wo ein Haufen guter, schlechter und mittelmäßiger Autoren versammelt war, um Kornblumes endlose Blog-Abhandlungen zu diskutieren, die sie auf ihrer Homepage veröffentlichte.

Fest entschlossen, diesmal einen anderen Eindruck zu hinterlassen, bereitete ich mich gewissenhaft vor. Zuerst nahm ich mir mehrere Stunden Zeit für das perfekte Styling unter dem Motto: »Natürlich, aber außergewöhnlich«.

Zweitens studierte ich alles, was sich im Internet über Klaviermusik finden ließ, relativ erfolglos, da von der schieren Masse an Informationen überfordert. Ich beschloss, dass in dieser Sache ausnahmsweise ein Aufschub nötig war.

Drittens und oberste Priorität: Ich musste den Namen des Pianisten und anschließend via Google alles herausfinden, was es über ihn zu wissen gab, und die Zeit drängte. Was, zum Kuckuck, hat die Menschheit nur ohne Internetsuchmaschinen gemacht?

Ich rief Kornblume an.

»Hallooo?«

»Ja, hallo, Kornblume, ich bin es.«

»Liv-Schatz, wehe, du sagst mir für Freitag ab! Unmöglich! Ich habe *al-les* organisiert. Wenn du nicht kommst, wen soll ich denn dann neben Brie48 setzen? Du magst doch Käse und Männer über vierzig.«

Ich seufzte gottergeben.

Bei Kornblumes Literaturzirkeln wurden alle mit ihren Nicknamen angesprochen, was bisweilen kurios klang. Da schlürfte dann Wildkatze1 friedlich ihren Tee neben Motormaus1965, während Moonflowerprincess verträumt vor sich hinsummte.

»Nein, ich komme. Nur eine Sache, ist mir furchtbar peinlich, aber ich habe den Namen deines Pianisten vergessen, und es wäre mir unangenehm, wenn ...«

»Schatz, da fragst du die Falsche, als ob ich mir ganze Namen merken könnte. Ich bin froh, dass mir Nicks *halb-wegs* im Gedächtnis bleiben ...«

Ich schüttelte innerlich den Kopf.

»Aber du hast doch Unterlagen, er hat doch wohl wo unterschrieben, du wirst doch ...«

»Warte einen Moment, da kommt Jana!«

»Neiiiiiin!«

Das hatte mir gerade noch gefehlt. Jana, die Kellnerin, würde über mein mangelndes Feingefühl Bescheid wissen, was meine Stimmung nicht gerade verbesserte, denn Jana, die Kellnerin, war das Feingefühl in Person: immer freundlich, immer höflich, immer möglichst leise, der Inbegriff netter, aufmerksamer Weiblichkeit. Eine Elfe ohne Spitzohren sozusagen.

»Janakind, wie heißt noch mal unser Klaviervirtuose, ich habe hier eine Anfrage von ...«

Ich gab dem Telefon in Gedanken eine Ohrfeige.

»Ja, aha, aha, aha«, bellte sie in den Hintergrund. »Was? Aha, ist gut, danke. Komischer Name, kann man sich ja nicht merken.«

Sie nannte ihn mir, ich schrieb ihn groß auf einen Zettel und beendete das Gespräch, ehe ich in weitere Tischordnungsüberlegungen verstrickt wurde. Brie48, ich ahnte Schlimmes!

Nachdem ich aufgelegt hatte, las ich mir den Namen mehrmals laut vor, um ihn dann sofort bei Google einzugeben. Nachdem ich als zusätzliches Kriterium »Pianist« eingetippt hatte, bekam ich eine ganze Liste von Ergebnissen aus den verschiedensten Ländern und sogar eine kurze Biografie auf Französisch, die ich dank verstaubter Schulkenntnisse auch mühsam entziffern konnte. Als ich alles gelesen hatte, war ich relativ verblüfft. Er hatte Preise bekommen, war in großen Konzertsälen aufgetreten, hatte an tollen Opernhäusern gearbeitet. Was also hatte er, um Himmels willen, im Café Poesie verloren, diesem Allerwertesten der Musikwelt?

Nun, ich würde es herausfinden.

Seine Herkunft war interessant, er war in Russland geboren, in der Nähe von Moskau, hatte aber die meiste Zeit seines Lebens in Paris verbracht, da sein Vater die Kinder in einem westlichen Land aufwachsen sehen wollte. Deshalb war die Großfamilie bald nach Frankreich ausgewandert. Er hatte, als eine Art Wunderkind, schon sehr früh begonnen, Klavier zu spielen und zu komponieren.

Ein echter *Künst-ler*, dachte ich mit Kornblumes Stimme, und versuchte, mich an seine Augenfarbe zu erinnern. Sie war hell, da war ich ganz sicher, aber ob blau oder grün konnte ich beim besten Willen nicht sagen. Blau wahrscheinlich, da ich immer schon ein Faible für dunkelhaarige Männer mit blauen Augen gehabt hatte, das würde die plötzliche Schwäche in den Knien erklären sowie das unkontrollierbare Ohrensausen beim Gedanken an sein Gesicht. Das, oder ein gravierendes hormonelles Problem, würde meine Gynäkologin trocken vermerken.

Ich muss hinzufügen, ich war nun schon eine ganze Weile Single. Das Singledasein an sich ist ja gerade furchtbar in Mode gekommen, obwohl ich persönlich keine freiwilligen Singles kenne. Es ist wie mit diesen Leggins unter Röcken. Jeder spricht davon, und man trägt sie, weil es hip ist, aber ganz im

Geheimen fühlt man sich nicht wohl und sehnt sich nach einfachen, gerade geschnittenen Levis.

Meinen bisherigen Lebensweg markierten diverse unglückliche Verliebtheiten, die wegen krankhafter Schüchternheit eines linkischen Teenagers keine Erfüllung gefunden hatten, sowie eine zweijährige, durch böse Kämpfe, emotionale Zusammenbrüche sowie hysterische Weinkrämpfe (seinerseits!) gekennzeichnete Affäre mit einem bindungsgeschädigten Individualisten. Und um die Anhäufung von Niederlagen zu vervollständigen, kam noch eine äußerst tränenreiche (diesmal meinerseits!) Beziehung zu einem verheirateten Mann hinzu, die ich vor drei Jahren radikal beendet hatte, als ich mich an einem Restauranttisch mit ihm und seiner ahnungslosen Frau wiedergefunden hatte, die mir anbot, ein Dessert zu teilen. Ich glaube, er erlitt einen Gehörsturz, als ich ihm den Teller mit Mangosorbet um die Ohren geschmissen habe. Aus Prinzip.

Drei der besten Jahre des Lebens, wenn die Dreißig noch Lichtjahre entfernt scheint, einfach versinglet. Für Flirts und One-Night-Stands hatte ich noch nie etwas übriggehabt, heillos liebessüchtig, wie ich war, daher war ich damals, in unerwarteter Märchenprinznähe, aus schierer Einsamkeit zu radikalen Schritten entschlossen. Und das ging so:

Nur Stunden vor dem betreffenden Abend fand ich rein gar nichts in meinem Kleiderschrank, das dem Anlass entsprechend gewesen wäre, also hetzte ich noch schnell zur Mariahilfer Straße, diesem Wiener Mekka für shoppingsüchtige Frauen, um in zunehmender Verzweiflung sämtliche Textilwarenläden abzugrasen. Zweiundzwanzig anprobierte Hosen, siebzehn Shirts, fünf Blusen und eine Million fast gut sitzender BHs später machte ich mich, schon einigermaßen unter Zeitdruck, mit nur einer einzigen Plastiktüte auf den Heimweg. Einkaufen ist ein Phänomen. Wenn man rein aus Frust oder mit PMS durch die Läden stapft, dann findet man garantiert Waren um Hunderte Euros, die zu erwerben eine absolute Notwendigkeit darstellt. Begibt man sich andererseits auf die Suche nach dem perfekten Kleidungsstück für einen wichtigen Abend, ist nichts gut genug.

Immerhin war es mir gelungen, eine sensationell sitzende, enge, schwarze Stoffhose zu ergattern, einen wirklich erstaunlichen Push-up-BH, sowie eine rote Stretchbluse Marke auffällig, selbstbewusst, aber nicht zu offenherzig. Ich besaß dazu passend ein paar lange rote Ohrgehänge für den richtigen künstlerischen Touch und nette schwarze Schnürstiefeletten mit mutigem Absatz, die auszuführen ich ohnehin noch keine Gelegenheit gehabt hatte. Mit einem Wort: Ich war ausgestattet!

Wirklich bedenklich war dagegen die Uhrzeit. Von der eingeplanten Stylingzeit blieb nicht mehr viel übrig. Dennoch erschien es mir unerlässlich, diesmal das volle Programm durchzuziehen, auch wenn das möglicherweise einigen Stress bedeuten würde.

Ich kam fluchend zu Hause an, nachdem mir sämtliche öffentliche Verkehrsmittel genau vor der Nase davongefahren waren. Murphys Gesetz, was sonst? Die Küchenuhr zeigte siebzehn Uhr zweiundzwanzig, mir blieben also genau achtundachtzig Minuten, bevor ich die Wohnung wieder verlassen musste. Eine Herausforderung.

Zuerst entledigte ich mich meiner Kleider und begab mich unter die Dusche, wo ich sorgfältig jedes unerwünschte Haar entfernte, jedes erwünschte mit Shampoo samt Pflege traktierte, meinen Körper mit drei verschiedenen Duschcremes einseifte und abschließend mit Duftöl einrieb. Dermaßen glänzend legte ich Deospray, einen Hauch Parfüm, dazu mein Geheimmittel, Ananya Bodylotion auf, anschließend begann ich, meine Haare zu föhnen und gleichzeitig meine Zehennägel zu schneiden, was ein etwas kompliziertes Unterfangen ist, das viel Konzentration erfordert. Ausgerechnet da klingelte mein Handy, die Katze kam ins Bad und bettelte um Futter, und ich schnitt mir schmerzhaft in die Nagelhaut meiner linken großen Zehe. Au!

»Was?«, brüllte ich ins Telefon, während ich die blutende Zehe unter kaltes Wasser hielt und den Föhn weiterhin auf meine Haare richtete, was die Katze dazu veranlasste, beleidigt brummend um meinen noch am Boden stehenden, rechten Fuß zu streichen.

»Ich höre Föhn. Ich höre Fließwasser. Ich rieche

schwerste Lebensgefahr, meine Liebe«, flötete es aus dem Hörer.

Verdammt. Frau Perfektion von schräg gegenüber, immer damit beschäftigt, auf dem Gang herumzuschleichen oder durch den Türspion zu linsen, kurz, die Nase in jedermanns Angelegenheiten zu stecken, ohne die Leute auch nur beim vollen Namen zu kennen. Für gewöhnlich hing sie um diese Uhrzeit ja bis zur Hühnchenbrust aus dem Fenster zum Hof, um schwerstkriminelle, weil ein paar Millimeter schräg parkende Autofahrer zu ermahnen, aber offensichtlich hatte sie ein interessanteres Opfer geortet.

»Föhnen Sie sich immer noch im Badezimmer? Wissen Sie eigentlich, wie schnell so ein Stromschlag passiert ist? Das ganze Haus kann abbrennen!«

Aha! Eigennutz in sozialem Catsuit.

»Ja, Entschuldigung Frau ... äh ... gleich fertig ... sehr eilig ... wiederhören!«

»Sie sollten wirklich ...«

Ich legte auf und schüttelte den Kopf. Während ich mich fertig föhnte, schminkte, frisierte und die Katze fütterte, dachte ich mir ein paar qualvolle Todesarten für neugierige Nachbarn aus, von denen mir »An einem Bein aus dem Fenster hängen und mit heißem Fett übergießen« am besten gefiel.

Bevor ich pünktlichst um achtzehn Uhr fünfzig die Wohnung verließ, betrachtete ich mich im Spiegel. Noch eine widerspenstige Strähne hinters Ohr gekämmt, die äußerst enge Hose aus der Pospalte gezogen, den BH unter der noch engeren Stretchbluse (Hat das in der Umkleidekabine nicht alles gepasst? Bin ich angeschwollen, aufgedunsen oder wie Hefeteig auseinandergegangen seit vorhin?) gerichtet und, na ja, das Ergebnis konnte sich schon sehen lassen. Die Katze maunzte anerkennend, als ich mich auf den Weg machte, und ich zwinkerte ihr bedeutungsvoll zu: Dieser Abend, das hatte ich im Gefühl, würde grandios werden.

Dreieinhalb Stunden, eine durchnässte Bluse, eine Briеallergie sowie mehrere Gläser mit lauwarmem Sekt-Orange später schloss ich völlig erschöpft meine Wohnungstür auf, goss mir ein Wasserglas voll Rotwein ein, warf mich aufs Sofa und starrte mein Mobilfunkgerät an. Ich drückte zum dreihundertachtundneunzigsten Mal die Kurzwahl der Mailbox und hörte mir die Nachricht an, sorgfältig darauf bedacht, mir jegliche weibliche angeborene Tendenz zur Tonfallanalyse oder Subtextinterpretation zu verkneifen.

»Wenn Sie die Nachricht noch einmal hören wollen, drücken Sie die 1, um zu speichern ...«

Ich drückte die 1.

Mein ganzes Leben war innerhalb weniger Stunden aus den Fugen geraten, meine sorgfältige Lebensplanung war zum Teufel und, verflixt und zugenäht, ich war bis über beide Ohren verliebt wie ein Teenager. Die Hormone waren längst in mein Gehirn eingedrungen, hatten die Gehirnzellen in Geiselhaft genommen und stellten horrende Lösegeldforderungen: Augenblicklich Sex oder eine Tafel Lindor-Schokolade, sonst bringen wir sie um. Das ist unser voller Ernst!

Ich wankte in die Küche, wo ich nach Süßigkeiten kramte, wurde jedoch nicht fündig, da diese im Zuge eines Diätanfalls einem radikalen Massaker zum Opfer gefallen waren. Ein Schoko-Karamell-Müsliriegel war meine ganze Beute, fünfundsiebzig Kalorien das Stück, nicht gerade viel angesichts des Geiseldramas in meinem Brummschädel, aber immer noch besser als gar nichts. Dafür trank ich das Glas Rotwein in einem Zug leer, stolperte ins Schlafzimmer, warf mich quer aufs Bett und schlief augenblicklich ein.

Schon beim Öffnen der Café-Poesie-Tür war mir ein Geruch von Intellektualität entgegengeweht. Die Luft war dermaßen stickig, angereichert mit CO_2, Nikotin und satzzeichenhaltigen Worthülsen, dass ich husten musste. Ich sah mich um und entdeckte Kornblume, am Kopf der Tafel thronend wie eine etwas verformte Bienenkönigin, umschwirrt von diversen Abarten Schrägstrich Unterordnungen der Spezies Schriftsteller.

Es gibt kaum etwas Schlimmeres als eine Ansammlung von Vertretern der schreibenden Zunft, jeder für sich eine Ich-AG, statt Parfüm oder Eau de Toilette eine Prise L'Air d'Individualisme aufgelegt und tief im Inneren ohnedies der Meinung, dass es, abgesehen von der eigenen Person, nichts Relevantes oder für die zukünftige Geschichtsschreibung Bedeutendes auf der Welt geben könne. Wird Größe anerkannt, so wohlweislich stets die eines völlig unbekannten, aber leider früh verstorbenen Genies. Verpönt war es dagegen, lebende und womöglich gar erfolgreiche Autoren für talentiert zu halten. Ihnen gegenüber legte man eine kühle Ignoranz an den Tag, während man historische Vorbilder schlichtweg verleugnete und bei Nennung eines Namens wie Goethe, Schiller oder Shakespeare (Gott bewahre!) nur leicht gelangweilt seufzte. Bestsellerwerke bedachte man trotz geheimer Sehnsucht mit der Gleichgültigkeit des weitaus talentierteren, aber leider nur ungenügend anerkannten Künstlers. Niemals empfahl man die Lektüre dieser massentauglichen, schrecklich populären Kommerzwerke, dafür wusste man detailliert über deren Verkaufszahlen Bescheid und arbeitete im Geheimen an ähnlichen Erfolgen. So viel zur Etikette.

Gottergeben betrat ich daher das Café, hielt vergebens nach dem Pianisten Ausschau und kämpfte mich zu meinem Platz an der Seite von Brie48 durch, der, wie sich herausstellte – welche Überraschung –, Vertreter für Käse, achtundvierzig Jahre alt, kahlköpfig, Hobbyschriftsteller (das sind die Schlimmsten!) und äußerst unsympathisch war. Eine von ihm ausgehende Alkoholfahne strich wie der erste verwirrte Frühlingshauch um meine Nase. Ich hielt den Atem an, bis ich hochrot auf meinem Sessel saß. Ein denkbar schlechter Beginn.

Nachdem jeder der Anwesenden ein Glas Sekt-Orange (ein Getränk, dem ich wirklich gar nichts abgewinnen konnte) vor sich stehen hatte, erhob sich die Gastgeberin feierlich, wodurch ihr schweinchen-rosa-lila-gebatikter Rock sichtbar wurde, der in Kombination mit ihrer grellroten Strickweste richtig schön zur Geltung kam. Sie hieß die treue Gemeinschaft herzlich willkommen, begrüßte ihre liebsten Gäste (also eigentlich jeden) nicknamentlich, prostete uns mit dem lauwarmen Gebräu zu, und begann schließlich, nach viel chaotischer Zettelwirtschaft, zusammenhanglose Texte ihrer endlosen Internetkaskaden zu rezitieren, was zu schnell schwindender Konzentration unter der versammelten Fangemeinde, spürbaren Ermüdungserscheinungen sowie einem immer höher werdenden Geräuschpegel führte.

Nichts davon irritierte Kornblume, hartnäckig las sie weiter und unterbrach ihren Vortrag nur, um ab und zu bedeutungsvoll in die Ferne zu blicken, die sich im konkreten Fall ziemlich genau da befand, wo ihre Gestalt von den Fensterscheiben reflektiert wurde. Ein gewisses Maß an Eitelkeit ist eine angeborene Geisteshaltung aller Kreativen auf diesem Planeten.

Neben mir begann der Käsevertreter, die bartstoppeligen Bäckchen leicht sektgerötet, mir vom poetischen Potenzial diverser Milchprodukte vorzuschwärmen. Dazu drückte er bekräftigend ständig mein Handgelenk, sodass ich, nicht unbedingt körperkontaktsüchtig, es ihm fortwährend entwinden musste, was er mit fröhlichem Gekicher quittierte.

Als ich schließlich kurz davor war, eine Kreislaufschwäche zu simulieren, um den Ort des Geschehens verlassen zu können, hielt Kornblume in ihrem Vortrag bedeutungsvoll inne, und, ich hatte schon nicht mehr damit gerechnet, Klaviermusik setzte ein.

Wie plötzliche Zugluft strich sie mein Rückgrat entlang, fraß sich durch die Poren unter meine Haut und breitete sich in meinem Körper aus, bis mein Herz gleichmäßig im Takt schlug.

Seine Finger spielten nicht auf den Klaviertasten, sondern direkt auf der empfindlichen Stelle in meinem Nacken. Mir kam es so vor, als würde die Musik nicht von außen, durch meine Ohren, kommen, sondern, im Gegenteil, aus mir heraus, wie diese Atemwölkchen bei kalter Luft, fast sichtbar vor meinen Augen.

Man könnte diese Beschreibung für pure ästhetische Übertreibung halten, aber nicht anders ist es gewesen, ich schwöre es beim Leben meines heiß geliebten, blank polierten, schneeweißen MacBooks.

Ich konnte von meinem Platz aus nicht direkt zum Klavier sehen, aber ich sah sein Spiegelbild in den Fensterscheiben. Keine Schafwollweste diesmal, sondern ein einfaches weißes Hemd, das ihn erstaunlich seriös wirken ließ, auch wenn die restliche Erscheinung dagegensprach.

Er spielte ein paar Minuten, dann setzte er einen Schlussakkord, bei dem die Haut zwischen meiner zweiten und dritten Zehe angenehm vibrierte und sich hinten auf meiner Zunge diese feine Wärme ausbreitete, die die Nasenhöhle hinaufwanderte, um sich dort in echte Hitze zu verwandeln.

Während Kornblume ihren Vortrag fortsetzte, gelang es mir nicht, die Augen von der spiegelnden Fensterscheibe abzuwenden. Ich ignorierte Brie48, seine Käsepoesie sowie seine schweißnasse Grapschhand völlig, stattdessen dachte ich über möglichst kluge Sachen nach, die ich zu dem Mann sagen konnte, der soeben das volle Hormonprogramm bei mir gestartet hatte. Kluge Sachen, die mit Sätzen wie »Schon Einstein hat gesagt…«, »Kant würde dazu Folgendes einfallen…« oder »Kennen Sie diese Stelle in Faust Zwei, wo…« eingeleitet wurden. Bloß dass ich weder Einstein noch Kant und noch weniger Faust Zwei ganz verstanden hatte, dafür aber an die zweihundert Sex-and-the-City-Zitate auswendig wusste, alle Filme mit Meg Ryan mitsprechen konnte und eine ganz passable Heidi-Klum-Parodie beherrschte.

Nachdem Kornblume die Lesung für beendet erklärt hatte, servierte sie Lachsbrötchen und Kuchen, von dem ich mir zwei Stück einverleibte, nicht, weil er so gut war (Kornblume hatte prinzipiell die billige

Früchtekuchensorte von Lidl auf Lager), sondern weil ich darauf wartete, dass auch der Pianist sein Programm beendete. Doch er spielte leise weiter, während gegessen und getrunken wurde, so als hätte er die anwesenden Leute völlig vergessen. Jana, die Kellnerin, stellte ihm einen Teller mit Brötchen aufs Klavier, den er allerdings, nach einem kurzen, dankbaren Nicken, augenblicklich vergaß. Weil ich es nicht länger neben Brie48 aushielt, der mittlerweile ziemlich angetrunken war, schlenderte ich zum Klavier hinüber und blieb mit in den Ohren rauschendem Blut und aller gespielten Ruhe der Welt daneben stehen, bis er mich endlich bemerkte und seine Musik ausklingen ließ. Er sah mich nachdenklich an.

»Ich erkenne Sie. Sie haben gesagt, Sie sind öfter hier.«

Blau? Wie hatte ich seine Augen für blau halten können? Sie waren hellgrün, ein Grün wie Efeu an einer Steinmauer im Sonnenlicht, schoss es mir durch den Kopf. Ich schwor mir augenblicklich, diesen romantiktrunkenen Vergleich in die hinterste Gedächtnisschublade zu verbannen, um ihn nicht womöglich eines Tages zu Papier zu bringen. Der Schutzgott aller Schriftsteller bewahre mich davor!

»Das war gelogen. In Wahrheit hasse ich dieses Lokal zutiefst!«

Er grinste. »Ich auch. Und all diese Oberflächlichkeiten, das hält man nur aus, wenn man ein eigenes Luftschloss hat.«

»Und, haben Sie eines?«

»Ein Luftschloss? O ja, ein ziemlich geräumiges sogar. Es hat Türme, dreitausend Fenster Minimum, Säulen aus weißem Marmor und rundherum Bäume, Wälder, Berge. Eine Bibliothek mit allen Büchern, die je geschrieben wurden, ein verzauberter Flügel spielt den ganzen Tag Musik, und durch jedes Fenster kann man den Himmel sehen. Ich brauche das, den Himmel zu sehen.«

Meine Knie waren weich wie Wackelpudding.

»Und Sie«, fragte er mich, »haben Sie ein Luftschloss?«

»Eines für jede Stimmungslage. Mein liebstes ist das Schloss der erfüllten Wünsche. Dort halte ich mich immer am Dienstag und Donnerstag auf, und solange ich das Schloss nicht verlasse, werden alle meine Wünsche wahr.«

Er sah mich an. Efeu an einer Steinmauer im Sonnenlicht, keine Frage.

»Und welchen Wunsch erfüllen Sie sich als Nächstes?«

Meine Antwort bewegte sich vom Herz zum Kehlkopf, vibrierte dort kurz zögernd, ehe sie von hinten auf die Zunge kletterte, bis zur Zungenspitze kroch, wo sie hängen blieb, weil genau zum Zeitpunkt des Absprunges Kornblume mit dem Löffel an ihr Glas klopfte, um einen weiteren Toast auf den gelungenen Salonabend auszusprechen.

Seine und meine Blicke trafen sich, er lachte mir

mit den Augen zu, und es war völlig klar, dass unsere Gedanken blitzartig auf Brüderchen und Schwesterchen machten, noch bevor wir uns näher kennengelernt hatten.

Es war verrückt.

Es war unlogisch.

Es war perfekt.

»Salonabend, pah!«, sagte ich leise, »ich kann Dichterlesungen nicht ausstehen. Ich mag nicht einmal die Dichter so richtig.«

»Ah, Madame, Sie haben noch keinen Salonabend in Paris erlebt?«

Ich schüttelte den Kopf.

»Das ist etwas Unglaubliches. Das ist *magie*, wie sagt man hier? Zauberei! Ich will Ihnen das zeigen. Sie müssen mit mir nach Paris kommen!«

Ich sah ihn an, als wäre er ET, Darth Vader, der Weihnachtsmann oder alle gleichzeitig, hatte allerdings auf diese Aussage partout keine passende Antwort parat außer: »Ja?«

»Ja! Was meinen Sie? Wir fahren nach Paris. Es müsste ein Wochenende sein, vielleicht im Herbst. Ich werde nachsehen, wann die nächste interessante Soirée stattfindet. Kommen Sie mit?«

»Okay.«

Ich war der Überzeugung, dieser Mann ticke nicht richtig, aber ich war gleichzeitig in einem Ausmaß hingerissen, dass ich augenblicklich mit ihm nach Timbuktu, Lappland oder zum Mond geflogen, in der Transsibirischen Eisenbahn nach Novosibirsk gefahren oder in einem löchrigen Schlauchboot über den Atlantik gerudert wäre.

Er lächelte nur und fixierte mich mit seinen strahlenden Efeuaugen (hinterste Gedächtnisschublade, sofort!), was meine Muskelspannung komplett außer Kraft setzte. Ich musste mich unauffällig am Klavier festhalten, um nicht umzukippen.

»Abgemacht!«, rief er, immer noch lächelnd, und streckte mir die Hand hin. Das brachte mich ziemlich in die Bredouille, da ich meinen sicheren Halt aufgeben musste. Vorsichtig löste ich die Hand vom Klavier, hielt tapfer mein Gleichgewicht und ergriff seine Hand, erwiderte mit letzter Kraft seinen weichen, warmen, festen Händedruck (o Gott, mein Hirn ist auf Romanheftniveau angekommen!) und sah ihm dann, wahrscheinlich recht dümmlich grinsend, aber wenigstens solide stehend, nach, wie er seine Noten unter den Arm klemmte und sich auf den Ausgang zubewegte.

Als er ihn fast erreicht hatte, fiel mir ein, dass wir keine Adressen, Telefonnummern oder sonstige Kontaktdaten ausgetauscht hatten. Ungelenk wie eine Pinocchio-Holzpuppe stöckelte ich ihm auf meinen gewagten Absätzen nach. Ich hatte ihn fast eingeholt, als sich mir mit Brie48 ein unerwartetes, breit grinsendes und mit einem Glas Sekt-Orange bewaffnetes Hindernis in den Weg stellte. Den Frontalzusammenstoß konnte ich um Haaresbreite vermeiden, doch rempelte ich den Käsevertreter so unglücklich an, dass sich der Sekt-Orange direkt in mein Dekolleté ergoss, von wo aus er sich Wege bahnte, die erstaunlicherweise bis zu meinem linken Hosenbein führten, wodurch sich um meinen linken Schuh eine unanständig aussehende Lache bildete. Für den völlig verdutzten Brie48 hatte ich jedoch keine Zeit, ich lief mit feuchtem Ausschnitt und tropfendem Fuß einfach weiter, stolperte beinahe über einen Sessel und erreichte die Tür mit Müh und Not gleichzeitig mit dem Pianisten, der mich erstaunt ansah.

»Ich sollte Ihnen noch meine Karte geben«, sagte ich und unterdrückte ein Keuchen, »falls Sie sich wegen eines Termins für Paris oder einfach auf ein Glas Wein melden wollen.«

Es klang wie »eifacheiglasswei«, aber es kam an.

»Das ist eine gute Idee!«, befand er lächelnd, während er mir den Arm um die Schultern legte. Ein Schwall von seinem Löwenzahnduft hüllte mich ein. Geizig versuchte ich, die betörende Luft möglichst lange in meinen Lungen zu halten, bevor ich ausatmete. Eine Art Nebel bildete sich um meinen Kopf und trübte mein Blickfeld, während ich in meinem Portemonnaie nach einer Visitenkarte kramte. Sobald ich eine gefunden hatte, streckte ich sie ihm hin und befreite mich damit zugleich elegant aus der beunruhigenden Schulter-Arm-Situation.

»Danke«, sagte er fröhlich, steckte die Karte ein und öffnete die Tür. »Ich rufe Sie an, dann haben Sie meine Nummer auch. Au revoir, Madame.«

Damit war er zur Tür hinaus, hatte seinen schönen Löwenzahnduft mitgenommen, und mir blieb nichts übrig, als mich schleunigst im Damenklo notdürftig zu trocknen, getröstet von der Tatsache, dass mich Brie48 dorthin nicht verfolgen konnte. Höchstwahrscheinlich.

Nach einem letzten Höflichkeitstratsch mit Kornblume und einem weiten Bogen um den grinsend auf mein Dekolleté schielenden Käsemenschen, schloss ich die Tür zum Café Poesie hinter mir, atmete die frische Nachtluft tief ein, bis meine Lungen entgiftet waren, und machte mich auf den Heimweg. Mein Herz war immer noch ziemlich angeschlagen, es hämmerte gegen meine Brust, es raste, es vibrierte richtig, ein sonderbares Gefühl, beinahe unnatürlich ...

»Scheiße«, fluchte ich lauthals, fummelte am Reißverschluss der Brusttasche meiner Jacke herum, natürlich verhakte sich alles, und als ich mein Mobiltelefon schließlich in der Hand hielt, hatte es sich leider längst ausvibriert. Die Nummer auf dem Display war mir unbekannt, was meinen Magen dazu veranlasste, wilde Kapriolen zu schlagen. Als es erneut vibrierte (eine neue Mailboxnachricht), hätte ich das Handy vor Schreck fast fallen lassen. Ich vertippte mich dreimal, ehe ich die Kurzwahltaste zur Mailbox erwischte und die Dunkelheit gnädig meine roten Wangen versteckte, während ich mitten auf der Straße glücksstarr und taub für das Gehupe verärgerter Autofahrer meine Nachricht abhörte.

»Bonsoir, Madame. Hier haben Sie meine Mobilnummer, ich würde mich freuen, etwas mehr Gedanken mit Ihnen auszutauschen, Sie sind ein sehr netter Mensch. Ich melde mich morgen wieder, schönen Abend, au revoir!«

4. Kapitel

Auf einmal höre ich ein ohrenbetäubendes Kreischen aus dem Bad, gefolgt von einem langgezogenen Fauchen.

Die Katze, denke ich verwirrt und noch einmal deutlicher: Die Katze, ohgottohgottohgott, die Katze!

Ich hechte in Richtung Bad, von wo mir der Frosch bereits entgegenhüpft, dicht gefolgt von einem getigerten Blitz.

»Sperr das Monster weg!«

»Wie hast du die Tür aufgemacht?«

»Hochgesprungen. Weg damit!«

Ich packe die fauchende, kratzende Katze, setze sie ins Schlafzimmer und sperre die Tür zu, was sie angesichts dieses frechen Mundraubes mit empörtem Protest kommentiert.

»Willst du mich umbringen?«

Er hüpft erst auf die Couch, dann aufs Bücherregal, um möglichst viele Höhenzentimeter zwischen sich und den von wilden Raubtieren bevölkerten Parkettboden zu bringen. Ich verrate ihm nicht, dass meine Katze ein ebenso begabtes Klettertier ist, zudem spezialisiert auf hoch oben montierte und schwer zugängliche Möbelstücke, wo sie als passionierte Kühlschrankschläferin stets eine gute Figur macht, stattdessen deute ich anklagend auf ihn.

»Wer hat denn die Tür aufgemacht? Wer?«

»Das war Notwehr, du hast mich eingesperrt!«

Wir starren uns an wie zwei Boxer im Ring, von denen einer freilich nur etwa zehn Zentimeter groß und relativ grün ist.

»Damit eines klar ist«, sage ich langsam und überdeutlich, »in deiner momentanen Situation ist es besser, dich wie ein kleiner, schwacher Frosch zu benehmen, nicht wie ein großer starker Mann.«

»Ich bin *kein* ...«

»Auch wenn du kein Frosch bist, derzeit ist der Stand der Dinge der, dass du wie einer *aussiehst*. So lange sich daran nichts ändert, bist du in permanenter Lebensgefahr, vor allem, wenn man in Betracht zieht, dass Frösche in der Großstadt nicht wirklich beheimatet sind.«

Er denkt darüber nach und hüpft schließlich zurück aufs Sofa.

»Einverstanden. So lange das zähnefletschende Monster hinter Schloss und Riegel bleibt. Können wir jetzt etwas unternehmen?«

Meine erste Eingabe in Google lautet »Frosch Verwandlung«, was zu 77 300 Ergebnissen führt, von denen die meisten sich um Kaulquappen drehen. Bei »Frosch magische Verwandlung« sind es noch 20 100, nun dominieren Seiten über Märcheninhalte. Ich versuche es weiter mit »Tierverwandlungen«, was 1630 Seiten ergibt, die erwartungsgemäß hauptsächlich Hexen- und Werwolfthemen abhandeln.

»So wird das nichts!« Typisch männliche Ungeduldsbesserwisserei. »Erstens musst du weltweit suchen, nicht nur auf Deutsch, und zweitens viel spezifistischer.«

Das verquere Wort rührt mich ein wenig. Außerdem fällt mir auf, dass er angefangen hat, mit den Augen rastlos den Raum abzusuchen. Deshalb verkneife ich mir eine bissige Antwort und versuche es auf Englisch.

Magic spell transformation frog: 362 000.

Magic transformation frogs: 75 500.

»Magic spells« transformation frog: 7740.

»Magic spells« »man to frog« transformation: 1.

»Ach, du meine Güte!«

»Was? Was?« Er hüpft ungeduldig auf und ab.

»Diese Seite nennt sich ›European Witches and Witchcraft Society‹. Europäische Hexen- und Hexenkunst-Vereinigung.«

»Und was ist das?«

Ich klicke den einzigen angezeigten Link an und übersetze den englischen Text, der in dunkelgrauer Schrift auf schwarzem Hintergrund nicht leicht zu entziffern ist.

»Brauchen Sie Hilfe, um ein Rätsel zu lösen? Suchen Sie nach Zaubersprüchen oder benötigen Sie professionelle Unterstützung, um sie ungeschehen zu machen? Haben Sie Transformationsprobleme oder suchen nach ›Vom Mann zum Frosch‹-Lösungen, dann zögern Sie nicht, uns zu kontaktieren. Bleiben Sie ruhig, informieren Sie keinesfalls die Polizei oder ähnliche Institutionen, und wählen Sie diese Nummer JETZT: +44-2 07-4 94-23 24.«

Und in doppelt unterstrichener Schrift:

»Das Problem kann sich verschlimmern, wenn Sie es nicht tun!«

»+44 für England! Was ...?«

In dem Moment stößt sich der Frosch kraftvoll ab, springt aufs Fensterbrett und fängt mit seiner Zunge eine Fliege, die auf der Scheibe sitzt. Aus dem Schlafzimmer hört man ein gedämpftes, aber eindeutiges Fauchen.

»Verschlimmern« ist gar kein Ausdruck! Meine Hände zittern nun heftig, als ich zum Handy greife.

Wie durch ein Wunder ist es mir gelungen, den Frosch an allen Security Checks vorbeizuschmuggeln. Mucksfröschchenstill hat er in meiner Jackentasche gesessen, während mein Handgepäck durchleuchtet wurde, keinen Pieps hat der Metalldetektor gemacht, vorsichtshalber hatte ich nicht einmal einen Gürtel angelegt und auf Plastikknöpfe an Hose und Jacke geachtet. Jetzt allerdings, kurz vor dem Start, wird er unruhig und murmelt leise vor sich hin.

»Was?«, flüstere ich ärgerlich.

»Ich kann nicht glauben, dass ich eine Fliege gefressen habe.«

»Instinkt, mein Lieber, mehr nicht. Und jetzt Ruhe«, zische ich ihm wenig überzeugend zu.

»Aber sie hat wirklich gut geschmeckt! Wie zartes Kalbfleisch ...«

»Pst!«

Es ist an der Zeit, nachzudenken, dazu bin ich bei der überstürzten Fahrt zum Flughafen sowie dem anschließenden Sprint vom Ticketschalter zum Abfluggate nicht gekommen. Auf den Rat einer wildfremden Telefonstimme hin mit Sack, Pack und Frosch nach London zu fliegen, das hört sich nicht nach leichten Verhaltensstörungen an, sondern nach der ganz, ganz großen Idiotie. Ich muss völlig verrückt sein, komplett geisteskrank, jenseits aller Vernunft.

Andererseits, was ist mir schon übrig geblieben?

Zuerst hat sich ein englisches Tonband gemeldet:

»For German instructions press five.«

Ich drückte die 5.

»Willkommen bei der Europäischen Hexen- und Hexenkunst-Vereinigung. Wenn Sie unsere Hilfe in Anspruch nehmen wollen, dann drücken Sie jetzt die Rautetaste. Wir machen Sie darauf aufmerksam, dass Sie ab diesem Zeitpunkt einen verbindlichen Vertrag mit uns eingehen, der nur in beiderseitigem Einverständnis gelöst werden kann. Wenn Sie auflegen, werden Ihre Daten augenblicklich aus unserem Netz gelöscht. Bitte wählen Sie jetzt.«

Ich dachte nach. Dann fiel mein Blick auf den Frosch, der völlig entgeistert auf dem Fensterbrett saß und Würgegeräusche von sich gab. Ich drückte die Rautetaste. Nach einem einzigen Klingelton wurde abgenommen.

»Sie sind mit der Europäischen Hexen- und Hexenkunst-Vereinigung verbunden, Abteilung Kundenservice. Bitte tragen Sie Ihr Problem kurz und präzise vor.«

»Ja, hallo, mein, äh, Freund hier wurde in einen Frosch verwandelt. Er ...«

»Kann er sprechen, oder quakt er?

»Er spricht, aber ...«

»Moment, ich verbinde.«

Ich wartete. Diesmal dauerte die Verbindung etwas länger. Wie beim Finanzamt.

»Lady Grey, Abteilung Froschkönig, womit kann ich Ihnen behilflich sein?«

»Abteilung Froschkönig? Du meine Güte! Entschuldigung, mein, äh, Freund wurde in einen Frosch verwandelt. Er spricht, und er verhält sich auch sonst meistens wie ein Mensch.«

Genau, meistens. Die Fliege konnte davon kein Liedchen mehr summen.

»Wenn Sie sagen, er wurde verwandelt, wie meinen Sie das?«

Mir wurde mulmig zumute, und ich hatte das Gefühl, dass Lady Grey mich durchschaute. Ängstlich blickte ich zum Fensterbrett.

»Nun, von einem Moment auf den anderen ist es passiert, einfach so.«

Die kurze Stille am anderen Ende sagte mir, dass die Lady sich Notizen machte. Sie räusperte sich, ließ aber das Thema glücklicherweise vorläufig fallen.

»In welcher Beziehung stehen Sie zum Verwandelten?«

»In keiner. Ich meine, ich bin eine gute Freundin. Nicht das, was Sie jetzt womöglich denken, wir, nun, wir sind einfach nur Freunde.«

»Ich verstehe. Also hören Sie zu: Ich muss mir den Fall näher ansehen, um Ihnen helfen zu können. Ich werde Ihnen jetzt eine Adresse in London nennen, wo Sie mich innerhalb der nächsten vierundzwanzig Stunden antreffen können. Kommen Sie rasch und ohne Verzögerung, sonst könnte der Frosch in Schwierigkeiten geraten. Für gewöhnlich verschlechtert sich der Zustand innerhalb von achtundvierzig Stunden radikal. Zeit erschwert unsere Arbeit. Treffen Sie nach Ablauf von vierundzwanzig Stunden nicht hier ein, ist unser Gespräch hinfällig, und Sie erhalten nur eine Rechnung für das Erstgespräch zugestellt. Für die weitere Froschhandhabung übernehmen wir dann keine Verantwortung mehr.«

»Aber...«

Sie nannte mir eine Adresse, die ich sofort aufschrieb.

»Haben Sie meine Anweisungen verstanden? Sind Sie sich über den Ernst der Lage im Klaren? Ich muss von Ihnen eine deutliche Bestätigung hören, dass Sie vor Nichteinhaltung der Anweisungen gewarnt wurden.«

»Ja, ich habe alles verstanden, aber ...«, sagte ich mit zittriger Stimme. Sofort war die Verbindung beendet, und ich sah den Frosch niedergeschlagen an.

»Wir müssen nach London.«

»Wann?«

Achtundvierzig Stunden, dachte ich. Verschlechtert sich radikal.

»Sofort. Ohne Verzögerung.«

»Und meine Hochzeit?«

Ich seufzte.

»Soll ich sie anrufen? Willst du mit ihr sprechen?«

Er überlegte kurz.

»Nein, besser nicht. Ich kann jetzt nichts erklären. Meinst du, diese London-Sache löst das Problem?«

»Ich hoffe es.«

Mehr Ermunterung hatte ich beim Stand der Dinge nicht zu bieten.

»Gut, dann vertraue ich dir. So Gott will, ist der Spuk bald vorbei, dann muss ich mir eben etwas einfallen lassen. Pas maintenant, nicht jetzt. Wann geht der nächste Flug?«

Ich entdeckte online einen Billigflug, der in zwei Stunden starten sollte.

»Das schaffen wir nie.«

»Come on, Miss London Town, das schaffen wir

lei-heicht«, rief er, und zum ersten Mal an diesem sonderbaren Tag musste ich herzlich lachen.

Tatsächlich bin ich wenig später auf dem Weg nach London, in meiner Jackentasche ein unruhiger Frosch und ein Zettel mit einer Adresse. Es war keine Zeit, viel zu packen. Ich habe nur in Windeseile Geldbörse, Pass, Notebook, ein paar Slips, ein T-Shirt, einen Pyjama, die Kosmetiktasche und mein Handy samt Ladegerät in meine größte Handtasche gestopft, während wir auf das Taxi warteten. Am Weg zum Flughafen telefonierte ich mit dem Ticketschalter der Billigairline, reservierte mir mein Ticket, dann ein Sprint quer durch den Flughafen, und schon waren wir an Bord.

Zu leicht, denke ich unruhig, viel zu leicht!

»Alles grün?«, frage ich flüsternd meine Jackentasche, nachdem ich mich versichert habe, dass der dicke Mann neben mir fest schläft.

»Sehr lustig. Ha, ha, ha!«, antwortet der Frosch und quakt. Wir erschrecken beide furchtbar, woraufhin wir konsequenterweise den restlichen Flug lang sicherheitshalber schweigen.

Nach einer wahren Odyssee von knapp verpassten Zugverbindungen, endlosen Wartezeiten und überfüllten U-Bahnen bin ich völlig am Ende, als wir um halb elf Uhr abends endlich die U-Bahn-Station-Covent Garden verlassen. Trotzdem wirkt der alte Zauber augenblicklich ...

Ich habe einmal gesagt, dass es in meinem Leben die eine große Liebe gibt. Daraus ist, nach einem heftigen Flirt, eine intensive und dauerhafte Beziehung geworden. Das Gute daran ist, wir geben uns alle Freiheiten, legen keinen Wert auf Äußerlichkeiten, finden auch ungeschminkt und schmutzig immer noch Gefallen aneinander, und ich kann sagen, dass diese meine große Liebe kein Verfallsdatum hat, denn in guten wie in schlechten Zeiten war sie gleich groß. Diese Liebe heißt London Town.

Begonnen hat sie vor vielen Jahren, als ich zum ersten Mal abends die vielen Treppen der U-Bahn-Station Piccadilly Circus hinaufgestiegen bin und mir die Stadt mit einer Leidenschaft um den Hals gefallen ist, die man mit nichts anderem vergleichen kann. Sicher, sie ist keine prüde Geliebte und bestimmt eine laute, vergnügungssüchtige, unbequeme Gefährtin, aber ich werde diesen Augenblick nie vergessen können, den einen Moment, als der Großstadtpuls auf mein Herz übergesprungen ist, das seitdem im selben Takt schlägt. Dort am Piccadilly, diesem lauten, auto- und busreichen Platz mit seinen meterhohen Leuchtreklamen, den Dutzenden Ampeln und dem allgegenwärtigen Burger-King-Geruch, dort ist für mich für alle Zeit der Mittelpunkt der Welt. Auch wenn ich anderswo bin, andere Luft atme, andere Lichter sehe oder andere Pflastersteine unter den Schuhen habe – treu wie der treueste Schoßhund trage ich London unablässig im Herzen wie andere ihr Portemonnaie in der Gesäßtasche.

Während mein Herz also seinen Platz am Piccadilly gefunden hat, zieht mein Kopf den Leicester Square vor. Dort, im Park auf der Bank vor der Shakespeare-Statue, ist mein Denkzentrum, dort entstehen Geschichten, dort löse ich Rätsel und lasse mir neue einfallen, dorthin sehnt sich mein Verstand, wenn ein leeres Word-Dokument mit Raubtierkrallen nach mir greift. Ein sonderbar grüner Fleck im Großstadtmeer, eine Oase in der Asphaltwüste, im Sommer schattiger Picknickplatz, im Winter feuchtes Naturbarometer, wo rundherum das Leben pulsiert, während ganz im Inneren ein Punkt ist, um Atem zu holen.

Wenn Herz und Hirn schließlich im Einklang sind, dann wandere ich nach Covent Garden, diesem riesigen Unterhaltungsviertel, wo Nahrung für die Sinne wartet. Die Zeit vergeht hier nicht, sie ist konserviert in einer riesengroßen Sanduhr, während das Kind im erwachsenen Menschen durch dieses Disneyland für Junggebliebene stapft und Plastiktüten mit Dingen anhäuft, die man bestimmt nicht braucht, aber unbedingt haben muss. Es mag Frauen geben, die ihr persönliches Wunderland zwischen Calvin Klein und Rubinstein's finden, manche entdecken es in Schuhgeschäften oder bei Tiffany's. Das alles lockt mich relativ wenig, aber wenn ich Alice werde und dem Hasen folge, dann lande ich unweigerlich in Covent Garden und bin nur schwer wieder davon zu trennen.

Dort, wo das Opernhaus seinen langen Kunstschatten wirft, stehe ich gerne, beobachte das Treiben unter dem wunderbaren Glasdach der Markthalle, werfe Geld in Clownsmützen, Gitarrenkoffer oder Obstkörbe und fühle mich herrlich, angefüllt mit Augenblicken.

Hier bin ich wieder, Covent Garden duftet wie immer, und auch jetzt öffnen sich meine Poren mit vertrauter Erregung, um ganz viel Londonsauerstoff aufzunehmen. So eine Art zwischenzeitlicher Frieden erfasst mich, als ich den altbekannten Weg ums Opernhaus herum zum Fielding Hotel einschlage, das sich versteckt in einem postkartentauglichen Seitengässchen zwischen andere Backsteinbauten quetscht. Auf gut Glück betätige ich die Nachtglocke, denn um ein Zimmer zu reservieren, ist keine Zeit mehr geblieben.

Das Fielding Hotel ist ein sehr englisches, kleines, verwinkeltes Gebäude ohne Aufzug, dafür mit Atmosphäre, in dem ich mich seit längerer Zeit immer wieder einmiete, wenn mich die Sehnsucht nach London treibt, seit mein Stammquartier, das Regent Palace, vor ein paar Jahren geschlossen wurde. Es ist teuer, wie alles in dieser Stadt, aber trotzdem günstig für die Lage. Da ich es nicht ertragen kann, irgendwo ausserhalb meiner geliebten Downtown zu wohnen und mit der U-Bahn zu pendeln, zahle ich regelmässig ein kleines Vermögen für mein Bett in Covent Garden, in dem allerdings freier Internetzugang inbegriffen ist, was Googlesüchtigen wie mir ein Herzensanliegen ist. Meine Freundin Mona meinte einmal spöttisch, wenn ich nicht täglich nach meinem Namen googlen könnte, würde ich ihn glatt vergessen, was selbstverständlich eine maßlose Übertreibung ist. Einmal wöchentlich genügt vollkommen.

Der Türöffner wird von innen betätigt, und ich trete durch die enge Tür in den noch engeren Empfangsbereich, wo es nach der ewig gleichen Mischung riecht: Holzlack, Teppichfasern und der Staub antiquarischer Bücher, die an jeder freien Stelle Simse und Regale dekorieren. Alles ist grün, Tapeten, Möbel, Heizkörperverkleidung, einfach alles. Davon abheben können sich nur die skurrilen Bilder und Zeichnungen, die in schweren Goldrahmen prinzipiell schief an allen Wänden hängen. Hinter der Theke blickt mich ein Paar himmelblauer Augen durch die dicksten Brillengläser der Welt an, die wiederum auf der Nasenspitze eines schmächtigen Nachtportiers sitzen. Glatze darüber sowie ergrauender Ziegenbart darunter lassen auf ein unbestimmtes Alter zwischen fünfzig und siebzig schließen. Die wässrigen Augen mit den leicht hängenden Lidern erinnern mich an diesen Hundedetektiv in alten Looney Tunes Cartoons. Wie hieß er doch gleich? Droopy oder so. Erschrocken löse ich mich aus dem hypnotischen Sog dieser Augen (vielleicht doch eher Kaa, die Schlange!), als er mich fragt, ob er mir helfen kann.

Er kann. Wir haben Glück, kaum zu glauben, es ist noch ein Einzelzimmer frei, in dem ich nach dem Aufstieg über drei quietschende Treppenstockwerke völlig erschöpft auf dem Bett zusammenklappe. Der Frosch verlässt meine Jackentasche und klettert auf meinen Bauch.

»Nicht hinlegen, los, auf, wir müssen diese Adresse suchen.«

Ich schaffe es nicht, die Augen zu öffnen, um ihm einen bitterbitterbösen Blick zuzuwerfen.

»Das machma morgn. Muss jetzt schlafn.«

»Wir dürfen keine Zeit verlieren!«, ruft er aufgeregt und hüpft schmerzhaft auf meinem Bauch auf und ab. Ich setze mich auf, böse, froschmordende Gedanken im Kopf.

»Jetzt hör mal gut zu, Meister Fliegenfresser. Ich bin in Lichtgeschwindigkeit mit dir von Wien hierhergerast, bin bei den Security-Checks kurz vorm Nervenzusammenbruch gewesen, habe einen langen Weg hinter mir und bin müde. Im-Sarg-tot-liegend-müde, um präzise zu sein. Diese Lady Grey hat gesagt, innerhalb von vierundzwanzig Stunden. Morgen früh ist also zeitig genug. Ich werde nicht im Dunkeln durch London gurken, um eine Adresse zu suchen, ich werde mich jetzt hier in dieses Bett legen und tief und fest schlafen. Vorher dusche ich und lasse dir etwas Wasser ins Becken ...«

Er schnauft hörbar.

»... ob du jetzt ein Frosch bist oder nicht. Momentan kannst du von mir aus auch ein Chamäleon, eine Sumpfkröte oder eine Klapperschlange sein, solange du dich ruhig verhältst. Sobald es hell ist, fahren wir zu dieser Adresse. Ich schwöre dir, ich werde alles Menschenmögliche tun, um dir zu helfen. Morgen. Ist das akzeptabel?«

Er nickt leicht, und ich rappele mich auf, um mich zu duschen und den Pyjama anzuziehen, wobei ich darauf achte, dass die Badezimmertür fest geschlossen ist. Ich meine, er ist zwar ein Frosch, aber immer noch ein männlicher Frosch. So weit, dass er in meinem Bettchen schlafen dürfte, sind wir noch nicht. Schon gar nicht in seiner derzeitigen Amphibienhaut. Brrr.

Dabei erinnere ich mich an eine Zeit, wo ich die Tür weit, weit offen gelassen hätte.

5. Kapitel

Am Morgen nach dem Café Poesie-Event wachte ich, erstaunlicherweise immer noch quer im Bett liegend, davon auf, dass mein Handy auf dem Nachtkästchen klingelte. Meine Katze, die sich wie immer wohlig auf meinem Hintern zusammengerollt hatte, schlug mir vor Schreck die Krallen in die linke Pobacke. Mein Schmerzensschrei veranlasste sie schließlich, empört das Schlafzimmer zu verlassen, nicht ohne mir einen ihrer demonstrativ mitleidigen Blicke zuzuwerfen. Nachdem einen Augenblick später die Erinnerung an den vergangenen Abend zurückgekehrt war (»Ich melde mich morgen wieder«), schaffte ich es mit einem Hechtsprung, rechtzeitig abzuheben, ohne jedoch auf die Anruferkennung zu achten.

»Halloooo«, flötete ich, bemüht, ausgeschlafen und fröhlich zu klingen, so als käme ich gerade von meinem erfrischenden Morgenspaziergang zurück und wäre eben dabei, hausgemachte Dinkelbrötchen in den Ofen zu schieben. »Halloooo zurück!«

Ich entkrampfte mich und seufzte. Es war meine Freundin Sorina, natürlich an einem Erste-Hand-Bericht aus Liebeslebenhausen interessiert.

»Kann man dich als Weckrufservice engagieren, oder hast du einen Morgensonnenstich?«

»Morgen? Olivia, mein Murmeltier, es ist elf Uhr vorbei!«

Tatsächlich war es kurz vor halb zwölf, wie mir ein Blick auf die Uhr zeigte.

»Und? Was macht das Liebesleben?«

Na bitte.

»Es schläft noch. Es war klug genug, Ohropax zu nehmen!«

»Erzähl schon, wie war dein Abend gestern? Hast du ihn wiedergesehen?«

»Ja, habe ich.«

»Jetzt lass dir nicht alles aus der Nase ziehen. Du hast doch gerade jemand anderes am Telefon erwartet, oder wendest du neuerdings deine Verführungskünste bei mir an? *Haloooo*, also bitte!«

»Na ja, wir sind ins Gespräch gekommen, haben Nummern getauscht, und er wollte sich heute melden.«

Das musste vorerst genügen. Ich war noch nicht bereit, über den Rest nachzudenken.

»Details?«

».Nicht jetzt, ich bin grade erst aufgewacht, habe Katzenkratzer am Po und muss dringend für kleine Prinzessinnen. Komm doch am Abend auf Bellini und Nudeln vorbei! So um acht?«

»Okay, dann bis später. Ciao!«

»Baba!«, sagte ich, legte auf und drückte augenblicklich die Mailboxtaste. Daraufhin gab das Handy einen undefinierbaren Laut von sich, worauf das Display abstürzte und die Tote-Handy-Farbe annahm. Ich hängte es ans Ladekabel, schaltete es wieder ein, wartete auf das beruhigende Piepsen für »Netz gefunden« und drückte erneut die Mailboxtaste.

»Sie haben keine Nachrichten.«

Ich versuchte es noch fünf Mal, bevor ich kapitulierte und seufzend die Liste entgangener Anrufe aufrief. Sie war leer.

Das war der richtige Zeitpunkt, um panisch zu werden. Genau genommen blinkte Panik in Neonlettern vor meinen Augen.

Ich atmete dreimal tief durch, schaltete das Handy aus, entfernte den Akku, wartete kurz, schob den Akku wieder an seinen Platz, schaltete das Gerät ein, suchte die entgangenen Anrufe – doch da war immer noch keine einzige Nummer gespeichert. Wütend und verzweifelt setzte ich mich aufs Bett, leise schluchzend. Warum hatte ich mir die Nummer nicht aufgeschrieben? Was hatte das Elektronikzeitalter aus uns gemacht? Wie waren wir so abhängig von unzuverlässigem Elektronikschrott geworden? Ich schniefte. Und warum hatte ich nie Taschentücher im Schlafzimmer? Ich produzierte einen meiner speziellen lautlosen Schreie, indem ich alle Luft aus meinen Lungen durch meinen aufgerissenen Mund ausstieß, ließ mich zurückfallen und zog mir die Bettdecke über den Kopf. Klarer Fall von akutem Nervenzusammenbruch, verursacht durch fortgeschrittene Dummheit.

Es gibt, außer raschelndem Schokoladenzellophan, nur ein einziges Geräusch, das in einer solchen Situation tröstend wirken kann, ein Trost, der erstaunlicherweise immer wieder wirkt, den man allerdings im Gegensatz zu Schokolade nicht kaufen kann, sondern sich verdienen muss ...

»Griau?«

Vier Katzenpfoten landeten sanft auf meinem Bauch, eine Vorderpfote tatzte so lange nach der Bettdecke, bis mein Gesicht freigelegt war, woraufhin eine feuchte Schnauze sanft meine Nasenspitze berührte und eine äußerst raue Zunge die Haut zwischen meinen Augen ableckte.

»Grr!«

Fünf Kilo Tigerkatze ließen sich mit einem Wohlfühlton auf meiner Brust nieder und starteten die übliche Antidepressions-Vibrationsmassage in Form von gleichmäßigem Schnurren, kombiniert mit leichtem Krallenspiel am Hals. Ich konnte zwar kaum atmen, war aber dennoch dankbar wie selten in meinem Leben.

Teilt man seinen Wohnraum, sein Hab und Gut mit einer Katze, ist jede Form von Herzerkrankung unwahrscheinlich, weil diese unglaublichsten aller Tiere die natürlichste und gleichzeitig wirkungsvollste Form von Heilkraft besitzen. Wissenschaftlich erwiesen!

»Aug?«

Ich streichelte über den Katzenkopf und blinzelte mit beiden Augen. Dass Katzen angeblich »Miau« sagen sollten, konnte ich nicht verifizieren, da ich noch nie eine Katze miauen gehört hatte. Ich hatte so meine Zweifel daran, dass der Konsonant »M« für sie überhaupt artikulierbar war. Ansonsten funktionierte die Kommunikation zwischen meiner Gefährtin und mir jedoch einwandfrei. Zufrieden blinzelte sie zurück, was so viel hieß wie: »Das Schlimmste ist überstanden. Es freut mich, zu sehen, dass dieses, mein sonderbares Menschenmitbewohnerding sich wieder tadellos normal benimmt und das grässliche Klingelvibrafon Ruhe gibt.«

Sie legte den Kopf auf ihre Vorderpfoten und betrachtete mich weiterhin wachsam aus halb geschlossenen Augen. Man konnte nie vorsichtig genug sein ...

LaBelle und ich, wir hatten uns, wie es im einundzwanzigsten Jahrhundert nun einmal üblich ist, via Internet kennengelernt. Untröstlich nach dem frühen Tod ihrer heiß geliebten Vorgängerin, hatte ich unschlüssig hier und da nach einer neuen Katze gesucht, da ich ein katzenloses Leben weder gewöhnt war noch lebenswert fand. Von Tierheimen war mir, wegen erhöhter Krankheitsgefahr, abgeraten worden, Katzenbabys waren nicht so ganz nach meinem Geschmack, und Rassen wie Züchter gab es einfach zu viele. Da trudelte eines Abends per E-Mail die Anfrage einer Freundin ein, deren Bekannte ein neues Zuhause für eine zweijährige Tigerkatze, eine Scheidungswaise, suchte. In das beiliegende Foto hatte ich mich innerhalb von einer Zehntelsekunde verliebt, folglich zog keine Woche später LaBelle bei mir ein. Sie hatte damals einen anderen Namen, an den ich mich beim besten Willen nicht mehr erinnern kann, für mich war sie vom ersten Blick an »Die Schöne«, und so nannte ich sie immer.

Das alles, auch LaBelles liebevolle Schnurrkur, änderte jedoch nichts an der Tatsache, dass ich es fertiggebracht hatte, die Telefonnummer des Mannes zu verschusseln, der – das war mir inzwischen völlig klar – der für mich bestimmte Märchenprinz war, derjenige, auf den ich seit Jahren als Rapunzel im Turm oder Dornröschen im Himmelbett gewartet hatte. Ohne ihn sah ich mich mit einem Leben in ewigem Tiefschlaf beziehungsweise zopflos im obersten Stockwerk konfrontiert, aus dem mich kein Kuss erlösen konnte. Wenn einem Dornen die Augen auskratzten oder Handys den Geist aufgaben, blieb einem nicht mehr viel übrig als öde Warterei.

Inständig hoffte ich, dass er sich bald melden würde. Es war ohnehin erstaunlich, dass er es bis mittlerweile fast zwölf Uhr Mittag noch nicht getan hatte. Andererseits, da wir offensichtlich seelenverwandt waren, war es nur natürlich, dass er wie ich zur Spezies der Langschläfer gehörte, also kein Grund zur Aufregung.

Ich gähnte, kraulte LaBelles Bauch so lange, bis sie sich wohlig zur Seite und damit von mir herunterrollte, was sie mit einem ausführlichen Verlegenheitsputzen sowie aller Katzenverachtung der Welt quittierte, und stand dann endgültig auf, um Frühstück zu machen.

Ein spätes Frühstück, sozusagen ein Homebrunch, dazu wahlweise BBC im Fernsehen oder Jazz aus der Stereoanlage, gehörte für mich zu den essenziellen Dingen des gepflegten menschlichen Daseins. Erst nach dieser ausgiebigen Entspannungsprozedur konnte ich mich dem Alltag mit seinen Tücken zuwenden.

Ich schaltete also den Fernseher ein, aus dem wunderbares britisches Englisch ertönte, steckte den Wasserkocher an und arrangierte die spärlichen Reste aus dem Kühlschrank auf einem großen Teller. Drei Oliven, mit Mandeln gefüllt, zwei ziemlich weiche Cherrytomaten, eine Scheibe Sonnenblumenbrot, Butter und etwas Käse. LaBelle war inzwischen in der Küche eingetroffen und forderte griauend ihr Futter, woraufhin ich die Trockenfutterschale sowie die Milchschüssel auffüllte, außerdem etwas Nassfutter herrichtete. Mir wäre beinahe der Löffel aus der Hand gefallen, als das Handy erneut klingelte. Na also!

Strahlend griff ich danach, doch ein Blick aufs Display ließ alle Glücksgefühle verfliegen. O nein!

»Ja, bitte?«

»Plasmazentrum Wien, entschuldigen Sie, dass wir Sie so kurzfristig fragen, aber wir bräuchten dringend eine Thrombozytenspende. Wäre Ihnen heute Nachmittag recht?«

Ich seufzte. In einer Phase akuter Geldnot hatte ich mich einmal zu einer Plasmaspende angemeldet. Es hatte sich dabei herausgestellt, dass ich weiße Blutplättchen in faszinierend großer Menge besaß (wenigstens eine Sache!), samt einer nicht gar so häufigen Blutgruppe, womit ich die Ehre hatte, zur privilegierten Gruppe der Thrombozytenspender zu gehören. Und da das eine wirklich sinnvolle Sache war, hatte ich es weiter betrieben. Anrufe dieser Art waren keine Seltenheit, und, um die akute Notwendigkeit wissend, konnte man nicht Nein sagen.

»Ja, natürlich, wann soll ich da sein?«

»Ginge dreizehn Uhr?«

Mein Blick fiel auf die Wanduhr. Schweren Herzens sagte ich den gemütlichen Brunch mit mir ab. Er würde ersetzt werden durch blitzartige Flüssigkeits- bzw. Nahrungszufuhr bis zum Platzen, die Einnahme einer grässlichen Kalziumsprudeltablette, eine gehetzte Fahrt quer durch die Stadt und eineinhalb Stunden flachliegenderweise am Tropf hängen.

»Dreizehn Uhr ist in Ordnung.«

»Gut, dann bis später, und trinken bitte nicht vergessen.«

»Nein, nein.«

Aaaaah!

Eineinhalb Stunden und zwei Flaschen Wasser später lag ich im Abnahmeraum, wo mich zwei Schwestern an den Schlauch anschlossen.

»Haben Sie Ihr Handy ausgeschaltet?«

Kalter Schweiß stand auf meiner Stirn.

»Mein Handy?«

»Ja, ich sehe, Sie haben es dabei«, meinte die Schwester und deutete auf meine ausgebeulte Hosentasche.

»Ja, äh, ich stelle es lautlos.«

»Nein, bitte ganz abschalten, es ist wegen der Geräte.«

Ich fluchte innerlich. Was, wenn er gerade jetzt versuchte, mich zu erreichen? Ich hatte nach den letzten Erfahrungen kein großes Vertrauen in die Funktionstüchtigkeit meiner Mailbox oder der Anruferkennung. Außerdem wusste man nie genau, ob sich das Ding nach dem Ausschalten auch wieder einschalten ließ, ich war eigentlich recht froh, dass es gerade widerspruchslos seinen Dienst tat.

»Ich, äh, erwarte einen dringenden Anruf.«

»Bitte!«

Es hörte sich keineswegs wie eine Bitte an, also kappte ich die einzige Verbindung zum Märchenprinzen, nicht ohne mir ganz viele schlimme Foltermethoden für Blutabnahmeschwestern auszudenken, wovon mir die Variante: eine Nadel durch jede Zehe gestochen und dann zum Volkshochschul-Gruppen-Stepptanz geschickt, am besten gefiel.

Verdammt!

Ich litt Höllenqualen, während ich beobachtete, wie mein Blut frustrierend langsam durch das Schlauchsystem floss. Hektisch pumpte ich mit der Hand mit, um nur ja keine Pausen zu haben. Pausen bedeuteten Aufschub, Aufschub bedeutete kostbare Minuten, Sekunden, Zehntelsekunden. Ein Zyklus nach dem anderen verging derartig schleppend, dass ich ernsthaft darüber nachdachte, ein Kreislaufproblem vorzutäuschen, um rasch befreit zu werden.

Die Nerven an meinem Schenkel, wo das Martergerät stumm und tot ruhte, waren so angespannt, dass ich permanent ein gewisses Phantomvibrieren fühlen konnte. Im Innenohr wiederum hatte sich der Klang meines Ruftones festgekrallt, sodass ich bei jedem neuen Musikstück aus dem nervenden Radio ein wenig zusammenzuckte. Der Name dieser Krankheit lautet Phonringitis, der Wahn, neben dem Telefon ausharren zu müssen, um den entscheidenden, Leben verändernden, essenziellen Anruf nicht zu verpassen, der dann für gewöhnlich nicht kommt. Es gibt diese Krankheit nicht erst seit Erfindung des Mobilfunktelefons, sie hat aber durch den technologischen Fortschritt ungeheure Ausmaße angenommen, da man dem Nichtklingeln als Feindbild nun nirgendwo mehr entgeht, es sei denn, man macht das Ding rechtzeitig unschädlich oder treibt ein günstiges Funkloch auf, in das man sich bei Gefahr verziehen kann. Die Symptome der ominösen Krankheit sind zahlreich und vielfältig. Am häufigsten wird ein Tastzwang festgestellt, die Unfähigkeit, das Handy aus der Hand zu legen, das ständige Danachgreifen sowie Anfälle leichter Panik, wenn man es kurzfristig nicht finden kann. Auch die minütliche Uhrzeitkontrolle, Empfindlichkeit allen piepsenden, trällernden oder dröhnenden Geräuschen gegenüber sowie eine völlige Beschäftigungsunfähigkeit wird oft beobachtet. Die Erkrankten betätigen nicht selten die Hörerabhebetaste mehrmals pro Stunde, um sich davon zu überzeugen, dass es auch wirklich, wirklich nicht geklingelt hat. Beängstigend, oder?

Zur Zeit meiner verheirateten Affäre hatte ich meine engsten Freundinnen unter Androhung von konsequentestem Freundschaftsentzug gezwungen, mich beim Ausgehen einem genauen Bodycheck zu unterziehen und mir, wenn nötig mit Gewalt, das Handy abzunehmen und dafür zu sorgen, dass ich es daheim ließ. Falls wir uns irgendwo getroffen haben, hieß die Anordnung, das Gerät zu konfiszieren, abzuschalten und erst am Ende des Abends wieder herauszurücken. Was habe ich gebettelt, gefleht, die Hände gerungen, meine eigenen Anweisungen für null und nichtig erklärt – keine Chance. Meine vorbildlichen Freunde, allen voran Sorina, waren gnadenlos. Und recht hatten sie. Denn im Besitz dieser elektronischen Geißel fragte ich nur alle paar Minuten verzweifelt: »Warum ruft er nicht an? Er müsste doch schon längst anrufen. Heute hat seine Frau doch Yoga-Kurs, also warum, zum Teufel, ruft er nicht an?«

Klassische Phonringitis!

Solchermaßen infiziert, lag ich geschlagene neunzig Minuten da, immer knapp an der Grenze zum Kreislaufkollaps, und stellte mir vor, wie genau in diesem Augenblick irgendwo in der Stadt meine Nummer gewählt wurde. Ich konnte förmlich spüren, wie Energie von Sendemast zu Sendemast strömte, als es tatsächlich laut piepste, was mich aus meinem ansatzweise komatösen Zustand riss, mich veranlasste, mein Handy aus der Hosentasche zu ziehen, es ans Ohr zu pressen und »Halloooooh?« zu flöten.

»Der letzte Zyklus ist beendet«, herrschte mich die Schwester missbilligend an und schaltete die piepsende Maschine aus. Verschämt steckte ich das immer noch stillgelegte Handy wieder ein, ließ mich entnadeln und verbinden, um dann, schwach in den Knien, aus dem Abnahmeraum zu wanken. Nie wieder, schwor ich mir feierlich, um mir gleich darauf meinen nächsten Termin geben zu lassen. Wo verdient man schon im Liegen auf anständige, karitative Weise vierzig Euro? Solange ich keine berühmte Schriftstellerin war, ermöglichten mir vierzig Euro zudem eine Drittel Nacht in London!

Das wieder eingeschaltete Handy fand sofort ein Netz, machte aber keine Anstalten, sich betreffs irgendwelcher Nachrichten zu melden. Es blieb grausam still. Trotzdem rief ich die Mailbox an, sicherheitshalber, doch auch das brachte mir nur die unbeteiligt freundliche Aussage der Elektronikstimme: »Sie haben keine neuen …«

Ich legte auf.

Normalerweise, zumindest glaubte ich das zu wissen, erhielt man eine SMS mit der Kennung jener Anrufer, die zwar meine Nummer gewählt, aber keine Nachricht hinterlassen hatten. Großes Vertrauen hatte ich in diesen Dienst jedoch nicht, weshalb ich das Gerät nie ganz ausschaltete, sondern immer nur lautlos stellte. Was, wenn die für mich lebensnotwendige Information in einem Funkloch verloren gegangen war! Im Elektrosmog verpufft!

Ich verfluchte die Blutabnahmeschwester von ganzem Herzen und machte mich auf den Heimweg, das Mobiltelefon fest in der Hand, ein erstes Anzeichen für akutes Zwangsverhalten.

»Also, ich rekapituliere«, sagte meine Freundin Sorina in ihrem sanftesten Tonfall. »Er spricht dir auf Band, dass er sich wieder meldet, was er nicht tut, und schickt dir seine Nummer, die du nicht mehr hast, folglich kann er zwar dich anrufen, vorausgesetzt, er hat das vor, aber du kannst ihn nicht erreichen. Sehe ich das richtig?«

Ich nickte schweigend und nippte unglücklich an meinem Bellini.

»Ach, komm schon, vergiss ihn, wir kennen die Sorte Mann ›Ich-melde-mich-morgen‹, ihr zweiter

Vorname ist ›Ward-nie-mehr-gehört‹ und ihr Nachname ...«

»... ›Keine-Träne-wert‹!«

»Na also. Du hast ja doch nicht alles verlernt.«

Sorina applaudierte spöttisch.

»Nein.«

Ich seufzte.

»Aber so einer ist er bestimmt nicht. Künstler mit etwas chaotischer Ader vielleicht, aber kein Arschloch.«

»Woher willst du das wissen? Ich meine, du kennst ihn wie lange? Zweimal gesehen in ein paar Wochen? Hoffentlich weißt du noch, was für die äußerst charismatische Zunft der chaotischen Künstler gilt?«

»Augen hin, Finger weg«, gab ich kleinlaut zu.

»Genau. Anschauen, aber nicht anfassen, zwar ein erfreulicher Anblick, aber absolut ungeeignet für jegliche Form emotionaler Bindung, einzugehender Verpflichtung oder gar potenzieller Beziehung, das haben wir doch schon durchgekaut. Oder sollen all diese kalorien- und alkoholreichen Abende für die Fische gewesen sein?«

Sorina, selbst wiederholt Opfer oben genannter Sorte von Männern und dadurch bleibend traumatisiert, reagierte empfindlich auf meine zunehmende Tristesse angesichts des anruflosen Tages. Es gäbe Schlimmeres, hatte sie gleich bei ihrem Eintreffen verkündet. Ein falscher Mann galt für sie erst dann als Anlass für eine mittlere bis starke Migräne, wenn man ihm zumindest einen zerbrechlichen Gegenstand an den Kopf geworfen oder wenigstens eine gewisse Anzahl eindeutiger körperlicher Kontakte gehabt hatte. Eine gescheiterte Beziehung auf rein intellektueller Basis dagegen war für sie ein rein hypothetisches Liebesproblem und fiel damit unter den Oberbegriff »Spinnerei, Schrägstrich Hirngespinst«. Kurz gesagt, mein Ressort.

»Du hast ein paar Worte mit ihm geredet, Punkt, Punkt, Punkt. Mag ja sein, dass er dir sympathisch ist, Doppelfragezeichen, aber was weißt du im Grunde über ihn, was du nicht« – womit sie meinen Einwand souverän abblockte – »in Google recherchiert hast?«

Schuldbewusst betrachtete ich meine Zehenspitzen unter dem Tisch.

»Ich weiß, dass er ein Luftschloss hat, Augen wie Efeu und Musik im Herzen, die so klingt, wie ich mich fühle.«

Sorina schüttelte konsterniert den Kopf.

»Dich hat es richtig erwischt, oder?«

Ich nickte nur und betrachtete bekümmert das unverändert dunkle Display meines Handys. Kraft telepathischer Manipulation versuchte ich, dem Gerät einen Ton – irgendeinen Ton – zu entlocken. Vergebens.

»Ich gebe zu, das hört sich nach Kitschroman an, aber ich weiß, er ist derjenige, welcher. Und da nun mal die Anzahl potenzieller, in freier Wildbahn herumlaufender Märchenprinzen begrenzt ist, darf man nicht zimperlich sein.«

Sorina sah mich aus schmalen Augen an. Siegessicher wagte sie sich an die Frage aller Fragen.

»Freie Wildbahn? Woher willst du denn wissen, dass er solo ist?«

»Nur so eine Vermutung.«

»Vermutung, aha, darauf baust du also dein eigenes Luftschloss? Auf einer unbewiesenen Annahme? Gratuliere, Schaf Olly, solides Fundament!«

Sie hatte natürlich recht, wie meistens, und kannte mich auch entsprechend gut, um ein vernünftiges Urteil zu fällen. Trotzdem war ich felsenfest davon überzeugt, es nicht mit einer Vernunftfrage zu tun zu haben.

»Stimmt hundertfünfeinhalbprozentig, aber ich frage dich: Haben wir nicht ständig darüber philosophiert, dass es die große Liebe auf den ersten Blick geben muss? Warten wir nicht unser ganzes feministisch dominiertes Leben darauf, dass so ein unverschämtes, unlogisches, irrationales Wunder geschieht? Sollten wir es folglich nicht mit offenen Armen in Empfang nehmen, während wir Saltomortale schlagend all diesen rationalen Schwachsinn über Bord werfen?«

Sorina sah mich mitleidig an und nahm genüsslich einen Schluck Bellini.

»Nein, weil das Wunder maximal ein halbes Jahr andauert, die Post-Wunderphase jedoch erheblich länger. Erwiesenermaßen ist das Einzige, das dir dann hilft, eine gesunde Portion Rationalismus.«

Um Punkt acht war Sorina, eine Flasche Frizzante in jeder Hand, vor meiner Tür gestanden, hatte sich geduldig meine Leidensgeschichte angehört und sogar in rührender Weise darauf bestanden, mir das Nudelkochen abzunehmen, und hatte, im Zuge der ersten Runde Bellini, lediglich mitfühlend gebrummelt. Erst nach einer gewissen Dosis Alkohol sowie nach beendeter Mahlzeit war ihr angeborener Skeptizismus durchgekommen, der sich in einer leicht sarkastischen Grundeinstellung zu allen Beziehungsfragen äußerte. Sie hatte die Schonzeit radikal beendet und angefangen, mein Unglück infrage zu stellen.

Erklärbar war das dadurch, dass Sorinas große Liebe, ein verträumter Freizeitphilosoph, ihr vor ein paar Monaten das Herz gebrochen hatte, indem er ihr eine gute Nacht gewünscht und sich für den nächsten Tag wieder angekündigt hatte, seitdem jedoch weder gehört noch gesehen worden war. Dabei war er erwiesenermaßen, wie Recherchen im erweiterten Bekanntenkreis ergeben hatten, am Leben und erfreute sich bester Gesundheit.

Zahlreiche Versuche der Kontaktaufnahme ihrerseits waren gescheitert, darum befand sie sich, nach zwei langen und durchaus guten Beziehungsjahren, mit Anfang dreißig ohne Erklärung vor den Trümmern ihres Liebeslebens. Zwar stand sie sehr wohl mit beiden Beinen im Leben, ging tough ihren Weg als Kulturjournalistin, Inbegriff einer starken, flexiblen, modernen Frau, doch die Rätselhaftigkeit dieses plötzlichen Rückzugs hatte ihr einen gehörigen Schock versetzt, den sie erst einmal verarbeiten musste. Nicht-klingelnde Telefone waren ihr also bestens bekannt, ebenso der Zustand akuter Phonringitis, doch für eine rein verbale, äußerst kurze Bekanntschaft mit nur einem einzigen, unwesentlichen, für das ewige Glück völlig nebensächlichen Tag Klingellosigkeit hielt sich ihr Mitleid logischerweise in Grenzen.

»Du musst das positiv sehen. Besser, er outet sich gleich am Anfang, als Jahre später, wenn man Zeit, Mühe und Emotionen in ihn investiert, gemeinsam Immobilien erworben oder, Gott bewahre, Nachwuchs produziert hat. Wenn er nicht anruft, dann musst du ihn blitzartig vergessen. Punkt. Hast du noch eine Flasche Frizzante da?«

Ich kannte Sorina seit über neun Jahren. Wir hatten uns in einem völlig überlaufenen Uni-Seminar im Institut für Theaterwissenschaften kennengelernt und uns auf Anhieb verstanden. Wir waren die einzigen beiden Studentinnen, die sich in dem zum Bersten gefüllten Hörsaal standhaft geweigert hatten, uns wie die restliche Masse auf Fensterbretter, Tischkanten, Sessellehnen oder gar mit unseren in hochwertigen, schmutzempfindlichen Stoffen steckenden Allerwertesten auf den dreckigen, klebrigen Fußboden zu lümmeln. Stattdessen war Sorina in ihren hochhackigen Pumps unter den pikierten Blicken all der Jeans-und-Turnschuh-Träger zum Stehpult gestöckelt und hatte ein paar vertrauliche Worte mit dem reichlich verwirrten Gastprofessor gewechselt. Keine fünfzehn Minuten später hatten wir, in Besitz der notwendigen Seminarunterlagen sowie zweier Seminararbeitsthemen, über dem besten Sashimi Wiens im Do&Co am Stephansplatz Telefonnummern sowie Lebensgeschichten ausgetauscht. Seither waren wir eine verschworene Zweiergemeinschaft, ab und zu ergänzt durch unsere gemeinsame Freundin Hanna.

»Drück ihm einen ›Rest In Peace‹-Stempel auf, und ab die Post in freundlichere Gefilde!«

Im Ansatz gab ich Sorina recht, doch da waren die berühmten zwei Ws:

Wenn er nun vielleicht angerufen hatte, während ich im Vampirlabor war?

Womöglich war ihm nur etwas dazwischengekommen?

Das war doch gar nicht so abwegig. Musste man einen Mann, der nicht sofort punktgenau agierte, wirklich gleich mit donnernden Raketen zum Mond schießen?

»Man muss!«, rief Sorina aus der Küche, meine Gedanken erratend. »Sonst hast du später den Salat, vertrau mir!«

Nach zwei weiteren Runden Bellini verabschiedete sich Sorina, die einer geregelten Arbeit nachging und daher unfreiwillig zur Zunft der Frühaufsteher zählte. Da es beinahe Mitternacht war, was eher meiner Arbeitszeit entsprach, setzte ich mich an den

Computer. Ich versuchte, zu schreiben, kam allerdings über ein paar Korrekturen und belanglose Einschübe nicht hinaus, weshalb ich beschloss, noch eine heiße Dusche zu nehmen, um mich danach, ganz mit Babyöl eingefettet, früh schlafen zu legen.

Während ich mir also das warme Wasser übers Gesicht laufen ließ und »La vie en rose« summte, ertönte auf einmal das ersehnte Geräusch aus dem Wohnzimmer:

Mein Handy klingelte.

Ich fluchte, tropfnass wie ich war, zunächst überzeugt, dass Sorina entweder vergessen hatte, mir die wichtigste aller Zen-Weisheiten mitzuteilen, oder mich einfach nur ärgern wollte. Andererseits, was, wenn nicht? Ich hechtete splitternackt und klatschnass Richtung Couchtisch und schaffte es, die Hörerabhebetaste etwa eine Hundertstelsekunde vor dem Ende der Melodie zu betätigen.

»Hallo?«

»Entschuldigung, ich hoffe, ich störe nicht, ich bin jetzt erst von der Arbeit weggekommen.«

Mein Herz tanzte vor Freude einen Walzer.

»Nein, gar nicht«, antwortete ich, gerade noch verkniff ich mir das schrecklich abgelutschte »Sie stören nie«, das mir auf der Zunge lag.

»Ich dachte mir, als Künstlerin arbeiten Sie sicher spät, das kenne ich von mir. Von mir aus könnten Konzerte um drei Uhr früh sein, nur Publikum findet man da schwer.«

Er lachte. Meine Hormone warfen den Gefühlsofen an, und es hätte mich nicht gewundert, wenn die Wassertropfen auf meiner nackten Haut zu kochen begonnen hätten und mit einem Zischen verdampft wären. Als wäre ich ein emotionaler Mikrowellenkombigrill. Quasi ein Spanferkelnackedei.

»Ich wollte Sie fragen, ob Sie morgen Zeit haben. Ich gebe ein kleines Konzert in privatem Rahmen, da möchte ich Sie gerne einladen.«

Jaaaaaaaaaaa!

»Mit Vergnügen. Im Café Poesie?«

»O nein!«

Er klang richtig entsetzt und nannte mir ein Lokal im ersten Bezirk, das ich vom Hörensagen kannte und das einen weitaus besseren Ruf hatte als Kornblumes ehrgeiziges Projekt.

»Ich fange an um halb neun, aber wenn Sie vorher Zeit haben, lade ich Sie ein auf ein Glas Wein oder etwas.«

Die falsche Satzstellung zauberte ein dümmlich-glückliches Grinsen auf mein Gesicht. Vor allem »oder etwas« klang interessant.

»Ja, selbstverständlich habe ich Zeit.«

Ich hüpfte albern von einem Fuß auf den anderen.

»Schön. Dann um sieben da?«

»Um sieben, fein.«

Strrrrrike!

»Bis morgen, Madame, und bonne nuit.«

»Ihnen auch, bis morgen. Ich freu mich.«

Kaum hatte er aufgelegt, stieß ich den Freudenschrei aus, der mir schon die ganze Zeit auf den Stimmbändern brannte, hüpfte kichernd durch die Wohnung, drückte die völlig verdutzte LaBelle an mich und sang dazu laut und falsch »Er hat mich angerufen« zur Melodie von »Der Mond ist aufgegangen«, bis jemand erbost an meine Wohnungstür klopfte. Frau Perfekt, höchstwahrscheinlich in rosa Bommelpantoffeln und Lockenwicklern. Ich streckte der Tür die Zunge heraus, ersetzte jedoch den lauten Gesang durch stummes Grinsen, wickelte mich endlich in mein Frotteehandtuch, warf mich fröhlich auf mein Bett und konnte es kaum erwarten, dass der Morgen kam.

6. Kapitel

Der Morgen ist viel zu schnell gekommen. Mein Kopf fühlt sich schwer an, und unmittelbar nach dem Aufwachen muss ich kurz überlegen, wo ich mich befinde. Nicht zu Hause, das steht fest. Als schließlich der gestrige Tag vor meinem geistigen Auge abläuft, kann ich ein verzweifeltes Stöhnen nicht unterdrücken. Als Antwort darauf höre ich aus dem Bad ein lautes Plantschen, gefolgt von dem unheimlichen Geräusch hopsender Froschsohlen auf Fliesen. Da sitzt er, an der Schwelle, und schaut mich erwartungsvoll an (so weit Frösche eben erwartungsvoll schauen können).

»Bist du wach?«

»Nein.«

»Also können wir los?«

»Was?«

»Können. Wir. Lo-hos?«

Ich seufze tief.

»Ich ziehe mich an.«

Beim Verlassen des Hotels lese ich den Adresszettel noch einmal genau.

»Weißt du, wo das ist?«

Ich betrachte den Zettel ungläubig und könnte

schwören, dass ich mir etwas anderes notiert hatte. Denn *das* wäre mir aufgefallen. Aber es ist unverkennbar meine Schrift, mit dem runden »w«, dem geschwungenen großen »B« sowie den voneinander getrennten lateinischen Buchstaben.

»Was?«

Mir fällt auf, dass er einsilbig geworden ist, seit ihm von Zeit zu Zeit ein Quaken passiert.

»Nichts, es ist nur, aufgeschrieben habe ich bestimmt nicht ... Egal. Wir sind gleich da.«

Einmal ums Eck, doch schon nach ein paar Häusern bleibe ich stehen und vergleiche den Zettel mit der Nummer an der Tür.

»37, Bow Street.«

»Restaurant/Pub to let« steht da auf einem großen Schild unter der Tafel »The Globe«. Ergraute Spitzenvorhänge in den Fenstern und Kästen mit mickrigen, verdorrten Blumen davor. An der Fassade ist ein altmodischer Globus angebracht, auf dem in goldener Schrift die Worte »Heritage&hospitality on top« geschrieben stehen. »Tradition und Gastfreundschaft zuerst.« Irritiert sehe ich mich um.

»Ein geschlossenes Pub?«

Ich versuche, durch die Scheiben etwas zu erkennen, doch es ist dunkel drinnen, und das Glas ist zu schmutzig, daher sieht man wenig von der für englische Pubs typischen überladenen Einrichtung. Neben der Tür ist eine Klingel angebracht, über der zu lesen ist: »Please press for staff assistance.«

»Was immer das heißen mag«, murmle ich leise.

Kurz entschlossen drücke ich die Klingel. Es ertönt ein elektrisches Summen, woraufhin die Tür lautlos aufspringt. Meine Magengrube sagt mir, dass ich erstens Hunger habe und zweitens ganz, ganz tief im ärgsten Schlamassel stecke.

»Also los«, sage ich, mehr zu mir selbst als zum Frosch.

Unter gewaltigem Magenzwicken trete ich ein.

»Ich habe Sie schon gestern erwartet«, begrüßt mich eine Stimme, die mir vom Telefon noch gut in Erinnerung ist.

In meiner Jackentasche grummelt es.

»Lady Grey?«

»Die bin ich. Heute zumindest«, sagt die Stimme, woraufhin aus dem Dunkel eine große, schlanke Frau in einem lavendelfarbenen Businesskostüm tritt, deren grau meliertes Haar streng zu einem Knoten frisiert ist und die mich aus wachen hellblauen Augen gründlich betrachtet, während sie mir ihre Hand hinstreckt. Eine durch und durch perfekt geformte Hand mit langen, geraden Fingern. Der Händedruck ist fest, nur ihre Haut fühlt sich viel zu zart an für ihr Alter.

»Meine Hände sind mein wichtigstes Arbeitsgerät, ich pflege sie gut«, sagt sie lächelnd, als hätte sie meine Gedanken gelesen, was sie vermutlich auch hat, fällt mir ein. Ihr Lächeln bleibt undurchschaubar, auch wenn ich glaube, ein verräterisches Funkeln in ihren Augen zu erkennen. Ich starte den Versuch, nicht zu denken, was natürlich zum Scheitern verurteilt ist, und kapituliere.

»Folgen Sie mir!«, sagt die Lady bestimmt.

Keine Bitte, so viel steht fest.

Der Raum, in dem ich mich befinde, hat eine helle Stuckdecke, goldene Balken, staubige Kristallüster, schwere Stoffvorhänge und ist mit jeder Menge alter Möbel, Küchengeräte und ähnlichem Müll vollgestellt. Die Lady führt mich über ein enges Stiegenhaus mit wackligem Holzgeländer, dem im Fielding Hotel nicht unähnlich, in den zweiten Stock, wo sich ein geräumiges Büro befindet, ausgestattet mit allen erdenklichen technischen Raffinessen. Sie setzt sich an den Schreibtisch und deutet auf den Sessel ihr gegenüber, während sie konzentriert den Computerbildschirm betrachtet. Das gibt mir Gelegenheit, ihre Gesichtszüge zu studieren. Die Augen mit ihrem dunklen Blau erinnern an diese eisigen Saunatauchbecken, in denen ein Mensch zur Gänze verschwinden kann. Die Mundwinkel sind leicht nach unten gekrümmt, um sie herum zeigen sich die einzigen Falten im ansonsten makellosen Teint, ein feines Netz bitterer Spinnweblinien, das …

»Sie kommen aus Wien. Schöne Stadt, viel Grün, ich bin oft da, am liebsten im Winter, wenn es schneit. Ich habe ein Faible für verschneite Großstädte. Hier in London haben wir das ja so gut wie nie. Bedauerlich. Dabei bevorzuge ich die kalte Jahreszeit. Gefrorenes Wasser, sehr erfreulich, Schneedecken auf Teichen, gibt es etwas Schöneres? Aber in den letzten Jahren ist der Schnee so unzuverlässig geworden wie die schlampigsten Wunschfeen, kann ich Ihnen sagen.«

Mit diesem Satz schaut sie mich forschend an. Ich schlucke und denke: »Eine Tasse Tee wäre jetzt toll«, woraufhin sie zu einer eleganten Thermoskanne greift und mir eine Tasse einschenkt. Der Tee hat eine ungewöhnliche, braunschwarze Farbe, bei deren Anblick sich meine Speiseröhre schaudernd zusammenzieht.

»Zucker?«

»Und Milch bitte. Danke.«

»Durch und durch Englisch, wie nett«, sagt Lady Grey kühl, bevor sie wieder zum geschäftlichen Tonfall übergeht.

»Aber, bitte, verzeihen Sie meine Unachtsamkeit, wollen Sie nicht Ihren«, sie macht eine Pause, »Ihren Freund aus seiner unbequemen Lage befreien? Ich meine Ihre Jackentasche«, ergänzt sie, als sie meinen hoffnungsvollen Blick bemerkt.

Ich setze den Frosch vorsichtig auf den Schreibtisch. Lady Grey betrachtet ihn wie etwas sehr Schmutziges.

»Quak«, sagt er und sieht mich anklagend an.

»Wie lange quakt er schon?«, fragt Lady Grey sofort.

»Seit wir ins Flugzeug gestiegen sind«, antworte ich alarmiert, »wieso?«

»Aber er spricht noch von Zeit zu Zeit?«

»Natürlich spreche ich«, antwortet er für mich. »Bitte sagen Sie, dass Sie mir helfen können!«

Lady Grey lehnt sich zurück, das unverbindliche Lächeln einer Krankenschwester im Gesicht, die einem todkranken Patienten die Henkersmahlzeit serviert. Ein kalter Luftzug streift mich, obwohl ich kein offenes Fenster entdecken kann. (Hermetisch verschlossen!)

»Wir können helfen, aber es wird keine einfache Sache. Die Zeit drängt, schon sind bald vierundzwanzig Stunden um. Das halbiert die Möglichkeiten. Zuerst, ich hoffe, Sie verzeihen diese Unhöflichkeit, muss ich mit Ihrer ... Freundin allein sprechen. Darf ich Sie zu diesem Zweck bitten, nebenan zu warten?«

Er zögert.

»Ist das notwendig? Wir haben keine Geheimnisse.«

Mein schlechtes Gewissen meldet sich mit Glockengeläut und Tusch zurück.

»Ich fürchte, das ist absolut unerlässlich. Ich hole Sie wieder herein, sobald unser Gespräch unter vier Augen beendet ist. Nebenan finden Sie alles, was zu Ihrer Bequemlichkeit notwendig ist. Ich würde sogar behaupten, Sie werden sich wie zu Hause fühlen. Vertrauen Sie mir.«

Ein langer Tauchbeckenblick.

Er schaut mich verunsichert an, hüpft aber gehorsam ins andere Zimmer. Lady Grey folgt ihm und schließt die Tür. Dann kommt sie auf mich zu und bleibt neben meinem Stuhl stehen. Sie ist wirklich eine sehr große Frau.

»Was wissen Sie über das Wunschwellenprinzip?«

»Warum hat sich die Adresse auf meinem Zettel verändert?«, kontere ich mit einer Gegenfrage.

Sie sieht mich einen Moment lang sprachlos an, ehe sie sich wieder im Griff hat, schmallippig lächelt und sich mir gegenüber an den Schreibtisch setzt. Die Zugluft ist mittlerweile kühl genug, um bei mir eine Gänsehaut zu verursachen. Nicht vom Fenster ...

»Sie haben recht. Ich sollte Ihnen, bevor wir Ihren Fall besprechen, ein paar Informationen über die Europäische Hexen- und Hexenkunst-Vereinigung geben. Sie müssen einigermaßen verwirrt sein, in Ihrem Zustand.«

Ich zucke mit keiner Wimper.

»Die Adresse war nichts als eine Variable. Sobald wir Ihren Standort wussten, haben wir uns den besten Punkt für ein Zusammentreffen gesucht. Wir haben keine fixen Orte, wir sind flexibel und passen uns den Gegebenheiten an. Das schützt uns einerseits und garantiert Diskretion andererseits. Was wollen Sie noch wissen?«

»Besteht die Vereinigung aus richtigen Hexen?«

Sie verzieht die Lippen, die Falten kräuseln sich.

»Wenn Sie Hexen meinen, die mit krummen Nasen in Gesellschaft schwarzer Katzen in Waldhütten leben und streng biologische Kräutertees kochen: nein. Wir sind eine moderne GmbH mit Statuten, Auflagen, Gesetzen, Amtswegen und all diesen Zutaten. Der alte Märchenspuk ist nichts als Erfindung. Das sollten Sie eigentlich verstanden haben. Wir haben keine Kochtöpfe, keine Zauberstäbe, keine Krallen und schon gar keine Besen. Jedoch ...«, – sie sieht mir ernst in die Augen – »jedoch ist es eine Tatsache, dass wir sehr wohl magische Fähigkeiten besitzen, durch die wir Dinge beherrschen, zu denen normale Menschen nicht fähig sind. Magie ist ein weites, zum Großteil unerforschtes Feld, das meist grob unterschätzt wird. Komplexe Materie. Aber das ist für Sie ohnehin nicht relevant.«

Ihre langen Finger trommeln ungeduldig auf den Tisch. Ich komme mir vor wie ein besonders dummer Erstklässler im Büro des Schuldirektors.

»Wie, äh, wie groß ist die Vereinigung?«

»So groß wie nötig. Unser Netzwerk umfasst derzeit ganz Europa, wobei sich die Zentrale hier in London befindet. Genaueres darf ich Ihnen dazu nicht sagen. Was noch?«

»Wie lange gibt es sie?«

Zum ersten Mal lacht Lady Grey laut auf, ein Geräusch, das die feinen Haare auf meinem Handrücken in die Höhe treibt.

»So lange es die Welt gibt, meine Liebe.«

»Aber warum ist dann nichts darüber bekannt?«

»Oh, es ist sehr viel über uns bekannt, nur meistens völlig verfälscht oder verfremdet. Man hat uns so einiges angedichtet, uns eine Zeit lang sogar richtiggehend verfolgt. Lächerlich natürlich. Neuerdings sind wir äußerst beliebt, seit diese Schriftstellerin so großen Erfolg mit ihren Kinderbüchern hat. Die war übrigens sehr nahe an der Wahrheit dran, hat allerdings, um die Auflage zu erhöhen sowie als Gegenleistung für, sagen wir, regelmäßige Wunschwellenlieferung, alles ins Fantastische verfremdet. Die Realität ist viel unspektakulärer.«

Nun die wichtigste Frage.

»Wie werden Sie meinem Frosch helfen können?«

Sie sieht mich spöttisch an, die Finger hören auf zu trommeln, hätten sie sich nicht eben noch bewegt, man hätte sie für gemeißelten Marmor halten können.

»Dazu müssen wir erst einmal die genauen Umstände der Verwandlung erfahren. Man wird schließlich nicht so mir nichts, dir nichts in einen Frosch verwandelt. So etwas hat prinzipiell eine Ursache, sind wir uns da einig?«

Ich nicke stumm.

»Ohne Beweggrund keine Wunschenergie, ohne Wunschenergie«, sie lehnt sich vor und fixiert mich, »keine Metamorphose.«

Ich senke den Blick.

»Also gut«, sage ich leise, »ich habe es mir gewünscht. Es war das erste Mal, dass ich mit Wunschwellen zu tun hatte, daher habe ich die Angelegenheit wohl nicht richtig ernst genommen.«

Lady Grey wirkt zufrieden.

»Und warum, wenn ich fragen darf, hatten Sie diesen speziellen Wunsch? Das war nicht sonderlich intelligent. Sie hätten sich ja auch unendliche Schönheit, Reichtum oder eine geräumige Wohnung mitten in London wünschen können. Die Immobilienpreise in dieser Stadt sind horrend.«

»Ich weiß, ich weiß. Aber es war ja sein Hochzeitstag, und ich war der Meinung, dass dieser Ring viel eher mir zustand als der Braut. Wir sind uns ähnlich, er und ich, wir sind aus dem gleichen Holz, wir sind füreinander geschaffen ...«

»Es ist nicht immer so im Leben«, antwortet die Lady mit einem bedauernden Kopfschütteln, »dass man bekommt, was man verdient. Keineswegs. Die Wunschwellen sind«, dabei zittert ihre Stimme ein wenig, »unberechenbar, sie sind wie Ebbe und Flut. Man weiß, wie sie kommen, sogar in etwa, wann sie kommen, aber so vieles hängt vom Seegang ab, und das Meer ist immer in Bewegung. Glauben Sie mir, ich habe genug Veränderungen gesehen, um der Unberechenbarkeit misstrauisch gegenüberzustehen und Verlässlichkeit zu schätzen. Spontaneität? Kinderkram!«

Für einen kurzen Moment sehe ich ein Funkeln in ihren Augen, das ich nicht deuten kann, doch schnell hat sie sich wieder im Griff.

»Ich fasse zusammen: Die Wunschwellen waren stark genug, Ihnen erschien eine Fee ...«

»Ein Feerich!«

»Ein Feerich, von mir aus, der Ihnen die Regeln erklärt ...«

»Er hat nicht gesagt, dass ...«

Die Marmorfingernägel bohren sich ins Holz des Schreibtisches.

»Unterbrechen Sie mich nicht! Ein Feerich, von dem Sie sich daraufhin wünschten, der Mann, den Sie zu lieben behaupten, möge in einen Frosch verwandelt werden. Ist das korrekt?«

Es hört sich schlimm an, und ich kann nur zerknirscht nicken. Lady Grey tippt eifrig auf ihrer Computertastatur. Mein Tee ist kalt geworden, doch um meine Verlegenheit zu überspielen, trinke ich einen Schluck. Er schmeckt schrecklich, abgestanden, bitter, irgendwie fischig. Langsam, aber sicher wird mir unheimlich zumute, das Bedürfnis, den Raum zu verlassen, das Gebäude zu verlassen, schnellstens an die frische Luft zu kommen, wird übermächtig.

(Hermetisch ...!)

»Lady Grey, bitte sagen Sie mir, ob Sie uns helfen können, beziehungsweise, was wir dafür tun müssen. Ich fühle mich etwas übernächtigt und würde mich gerne ausruhen.«

»Das halte ich für eine ausgezeichnete Idee«, sagt die Lady bestimmt, während sie den Computer herunterfährt und sich von ihrem Stuhl erhebt. Die perfekte Hand mit der zarten Haut streckt sich mir entgegen. Ich betrachte erst die Hand, dann Lady Greys Gesicht, dann noch mal die Hand und stottere:

»A-a-aber, was haben Sie vor, was geschieht jetzt, was unternehmen wir?«

»Oh«, haucht die Lady gedehnt, »da haben Sie etwas falsch verstanden. Ihr Part in der Geschichte ist hier und jetzt zu Ende. Sie haben die Verwandlung verursacht, daher sind Sie vom zukünftigen Revisionsprozess aus Sicherheitsgründen ausgeschlossen. Die Bearbeitung des Falles wird einige Zeit in Anspruch nehmen, die Akte muss von den zuständigen Stellen begutachtet, Bewilligungen müssen eingeholt, Formulare ausgefüllt werden. Ich schlage vor, dass Sie die nächste Maschine zurück nach Wien nehmen.«

Mit einem furchtbar endgültigen Geräusch schaltet sich der Computer aus. Im Raum ist es, bis auf unsere Atemzüge sowie das monotone Ticken einer alten Uhr, völlig still. Warum ticken in solchen Momenten immer alte Uhren, fragt eine weit entfernte Gehirnwindung. Mein Blick fällt auf die Zeiger, die sich zwölf Uhr nähern, und ich denke zusammenhanglos, dass es Zeit ist, etwas Essbares aufzutreiben.

Immer noch streckt Lady Grey ihre Hand wie einen auf mich gerichteten Pfeil in Brusthöhe aus. Wird sie sie mir ins Herz rammen, wenn ich sie nicht bald nehme? Ich sehe mich selbst, wie ich mich in einer Blutlache am Boden winde, während Lady Grey das

Blut mit Erfrischungstüchern von ihrer perfekten Hand wischt. Voll Grauen betrachte ich diese Hand. Doch ich greife nicht danach.

Mir fällt nur eine mögliche Lösung ein. Von wegen hermetisch. Blitzschnell springe ich auf, hechte zur Tür zum Nebenzimmer, reiße sie auf und kann einen Überraschungsschrei nur knapp unterdrücken.

7. Kapitel

Mitten im Raum stand ein schöner Bösendorfer-Flügel. Das Ambiente war elegant, und für die frühe Uhrzeit waren die Tische im Lokal gut besetzt. Ich suchte mir einen Platz seitlich an der Wand, von dem ich einerseits einen guten Blick zum Klavier haben würde, andererseits die Tür im Auge behalten konnte, denn mein Prinz war offensichtlich noch nicht da, was mich nicht weiter beunruhigte, da ich zwanzig Minuten vor sieben eingetroffen war.

Bei der Tischwahl in Lokalen neigte ich ohnehin zu leicht alltagsneurotischem Verhalten. So machte mich ein Platz irgendwo in der Mitte derart nervös, dass ich nicht entspannt sitzen konnte. Ich brauchte immer eine Wand oder zumindest einen Raumteiler hinter mir und freien Rundblick. Außerdem war es mir nicht nur ein Mal passiert, dass ich durch unüberschaubare Innenräume mit fehlender Sicht auf die Tür Verabredungen ganz oder zumindest minutenlang verpasst hatte, was mir natürlich bei wichtigen Treffen wie diesem nicht zustoßen durfte.

Unauffällig, den Eingang wachsam im Augenwinkel, kontrollierte ich mein Make-up im Handspiegel der Puderdose, zupfte meine Frisur zurecht und war im Grunde genommen mit der Spiegeldame ganz zufrieden. Ich hatte, dem Anlass entsprechend, etwas tiefer in den Schminktopf gegriffen, Lidstrich und Lippenstift inklusive, jedes Kleidungsstück war sorgfältig ausgesucht, Dame von Welt, zeitlos elegant und dennoch aufregend, lautete das Motto. Eine Herausforderung für die fettnäpfchengeübte, handwerklich sowie motorisch ungeschickte Chaosfrau, die ich die restlichen sechsdreiviertel Tage pro Woche war.

Um achtzehn Uhr sechsundfünfzig bestellte ich schon mal ein Glas Rioja, da eine solche Dame von Welt den Herrn ihrer Wahl prinzipiell mit einem Glas in der Hand sowie einem charmanten Lächeln auf dem roten Kussmund zu empfangen pflegte. Die große Kunst war es, beim Trinken die Lippen so zu verziehen, dass nicht die halbe Farbe am Glas hängen blieb. Kussecht, pah, nicht einmal weinglasecht.

Um neunzehn Uhr zwölf war zwar der Lippenstift noch da, dafür der Rotwein futsch und um neunzehn Uhr dreiundzwanzig auch das charmante Lächeln. Wo blieb er? Ich warf einen gar nicht weltdamenhaften Blick auf mein Handy, aber er hatte auch nicht angerufen, keine SMS geschickt oder eine Verspätungsankündigung irgendeiner Art fabriziert. Der Kellner räumte mit mitleidigem Gesichtsausdruck mein leeres Glas ab und meinte:

»Darf ich noch einen Rioja bringen, bis der Herr eintrifft?«

Ich nickte griesgrämig und wünschte mir, wie oft und ausschließlich in solchen Situationen, zur geächteten Spezies der Raucher zu gehören, dann wären meine Hände beschäftigt, wodurch ich nicht so fehl am Platz wirken würde.

Es ist nämlich eine erwiesene Tatsache, dass Menschen mit Zigarette nie so aussehen, als ob sie auf jemanden warten. Allein der Vorgang des Rauchens gibt jeder Herumsteh- oder Herumsitztätigkeit einen für jedermann offensichtlichen Zweck. Als Nichtraucher dagegen wird man schnell enttarnt und erntet permanent mitleidige Blicke, egal, ob man Daumen dreht, an einem Getränk nippt oder sich hinter einer großformatigen Zeitung verschanzt.

Ich knackte alternativ dazu mit den Fingerknöcheln, was mir die Genugtuung verschaffte, meine mitleidig dreinschauenden Zeitgenossen wenigstens eine Spur zu quälen. Sadismus im Kleinen.

Die Sekunden und Minuten vergingen gnadenlos, ohne dass die freudige Erwartung, mit der ich jedes Öffnen der Tür verfolgte, sich erfüllte. Genau genommen hasste ich die Tür bereits, sie war das Symbol meiner enttäuschten Hoffnungen. Am liebsten hätte ich sie aus den Angeln gerissen, um nicht bei jedem Geräusch, das sie von sich gab, dieses lästige Ziehen in der Magengegend spüren zu müssen, und beim Anblick jedes wildfremden, vollkommen uninteressanten Mitmenschen, der hindurchschritt, die gleiche Bitterkeit zu empfinden.

Neunzehn Uhr einunddreißig. Hatte ich mich im Tag geirrt? Den Lokalnamen falsch verstanden? War eventuell Paris gemeint gewesen? Zweifel plagten mich. Doch wäre dem so, hätte er dann nicht angerufen, um zu fragen, wo ich war? Sollte ich ihn anrufen? NEIN! Ein ganz, ganz eindeutiges No-Go in derartigen zwischenmenschlichen Situationen!

Neunzehn Uhr siebenunddreißig. Ich begann, mich allmählich, leicht benebelt von meinem dritten Glas Rotwein auf nüchternen Magen, mit der Möglichkeit auseinanderzusetzen, dass er eventuell gar nicht mehr kommen würde, sondern mich klassisch peinlich versetzt hatte. Ich sah schon vor meinem inneren Auge, wie ich die Lokalität geduckt, unter den Blicken der Kellner sowie all jener Gäste, denen ich mit den Worten »leider besetzt« den zweiten Sessel an meinem Tisch verweigert hatte, als Dame von Welt a.D. einsam verlassen musste. Hilflose Wut packte mich, innerlich hielt ich bereits eine glühende Ansprache an den kurzfristig entthronten Prinzen, sollte er mir jemals wieder über den Weg laufen. Gnade ihm Gott!

Als ich gerade an der Stelle angekommen war, wo ich ihm erklärte, wie froh ein Mann wie er über die Begegnung mit so einer klugen, hinreißenden, geduldigen, faszinierenden Person wie mir sein konnte, und dass er mich eigentlich überhaupt nicht verdient hatte, betrat er tatsächlich, leibhaftig das Lokal. Die bösen Gedanken lösten sich zischend in Luft auf, ein charmantes Lächeln zwängte sich zurück auf meine verkrampften Lippen, und während er, ebenfalls lächelnd, auf mich zukam, hob ich mein Weinglas perfekt weltdamenhaft, um einen Schluck zu nehmen, bemerkte jedoch leider zu spät, dass es leer war ...

Hätte der Abend hier ein jähes Ende gefunden, zum Beispiel durch plötzliche Evakuierung des Lokals aufgrund pestizidverseuchter Oliven in den Martinis oder durch Explosion einer Feuerzangenbowle, dann könnte man ihn als zwar verzögert eingetretenen, aber durchaus gelungenen ersten Rendezvousabend bezeichnen. Zwar hatte die Hauptprotagonistin ein wenig zu tief in mehrere volle sowie leere Gläser geschaut und der kurz Prinz genannte Darsteller der männlichen Hauptrolle hatte sich um geschlagene zweiundvierzigeinhalb Minuten verspätet, doch, man höre und staune, die Lage sollte sich noch um vieles verschlimmern.

»Entschuldigen Sie vielmals, ich bin etwas spät. Danke, dass Sie gewartet haben. Ich habe mein Handy zu Hause gelassen, deshalb konnte ich nicht anrufen.«
»Dort liegt es gut.«
Schon immer hatte ich einen maßlosen Groll empfunden, wenn Menschen im Handyzeitalter einfach nicht erreichbar waren. Nichts als kümmerliche Extravaganzen von Zeitgeistverweigerern, die uns gewöhn-

liche Phonringiten auf die sprichwörtliche Palme brachten!

»Ja, ich weiß, das klingt seltsam, aber ich lasse es oft da. Ich finde es schrecklich, immer erreichbar zu sein.«

Er blinzelte mir zu. Ich verdrehte innerlich die Augen.

»Ah ja. Klingt logisch. Ich wiederum habe meines immer in Griffweite, sehen Sie, hier ist es.«

Ich tippte mein stummes Begleitgerät an, das neben dem leeren Rotweinglas auf dem Tisch lag. Die Kombination beider Gegenstände musste wohl, im drastischen Gegensatz zu meinem immer noch überaus charmanten Lächeln, eine durchaus anklagende Wirkung haben, denn er sah ansatzweise zerknirscht aus. Ansatzweise.

»Können Sie mir verzeihen?«

Ein tiefer Blick in seine Augen machte mein Herz weich wie in der Mikrowelle gegarten Toastkäse.

»Kommt darauf ...«

»Pardon, ich muss nur kurz hinten Bescheid sagen, dass ich da bin, eine Minute. Nehmen Sie noch von dem Wein, Sie sind mein Gast.«

Mit diesen Worten im französischen Stil war er auch schon wieder verschwunden. Wie gewonnen, so zerronnen. Da das Konzert in knapp vierzig Minuten beginnen sollte, sah ich die Zweisamkeitsgesprächszeit schwinden. Dementsprechend unruhig war ich, schließlich hatte ich mir etwa dreihundertfünfzig

Dinge überlegt, die ich ihm unbedingt sagen musste und die ich in Gedanken bereits sorgfältig in spannende Konversationen verpackt hatte, welche nun darauf warteten, in der Realität geführt zu werden.

Ich seufzte, bestellte mir noch ein Glas Wein und war mir vage bewusst, dass Klobesuche sowie alle weiteren, mit Aufstehen verbundenen Tätigkeiten mangels Gleichgewichtssinn nun kaum noch infrage kamen. Wie das Leben so spielt, fühlte ich selbstverständlich gerade im Moment dieser scharfsinnigen Erkenntnis einen dezenten Harndrang und fluchte leise.

Zwölf Minuten und circa fünfhundert Blicke auf meine Uhr später war er zurück. Ich war einigermaßen betrunken, hatte mich aber relativ gut unter Kontrolle.

»Excusez-moi, der Lokalbesitzer ist ein guter Freund, er redet und redet, ich bin einfach nicht weggekommen. Was trinken Sie? Ist der Rotwein gut?«

»Ja, schon.«

Meine Einsilbigkeit resultierte aus der Angst, über meine Zunge zu stolpern, er schien sie jedoch anders zu interpretieren.

»Wir kennen uns noch wenig, deshalb klingt das seltsam, aber ich glaube, wir sind auf einer Wellenlänge.«

Auf einer Wellenlänge und Wolke Siebenplus, was mich anging.

Was waren das für wummernde Lichtringe in meinem Glas? Ich betrachtete das Phänomen fasziniert.

»Es ist sehr interessant, mit Ihnen zu reden, ich mag Ihre Kreativität, ich denke, da könnte sich eine Freundschaft entwickeln.«

Ich nickte und lächelte. Freundschaft, sicher ...

»Das Problem bin ich. Ich bin so beschäftigt immer, verstehen Sie, mein Leben ist verrückt, da vergesse ich oft vieles.«

Ich winkte großmütig ab, während der Kellner noch ein Glas Rotwein servierte.

»Das geht mir genauso. Zeit ist einfach schwierig einzuteilen.«

Unter Einsatz all meiner Kräfte konnte ich einen äußerst undamenhaften Rülpser gerade noch unterdrücken. Mein erschrockenes Gesicht schien einfühlsam zu wirken.

»Ich bin froh, dass Sie das verstehen. Wollen wir darauf trinken und du sagen?«

Ich hob mein Glas, wobei ich ihm so lange in die Augen sah, wie ich es gerade noch schaffte, ohne schwindlig zu werden. Wummernde efeugrüne Hügellandschaft in der Toskana. Na Prost ...

»Auf die Freundschaft!«

»Auf Freundschaft!«

Nachdem ich einen tiefen Schluck aus meinem Glas genommen hatte, überlegte ich, welches meiner vorbereiteten, perfekten Themen ich wohl als Erstes anschneiden sollte. Es gab so vieles, was ich von ihm wissen wollte, doch er kam mir zuvor.

»Schreibst du eigentlich auch Gedichte?«

»Nun ja, ich habe eine ziemliche Sammlung, allerdings etwas älter, in letzter Zeit habe ich hauptsächlich Prosa geschrieben.«

»Schön. Und hast du Gedichte über die Liebe geschrieben?«

Eine hohe Dosis an Glückshormonen machte sich von meinem benebelten Hirn aus auf den Weg Richtung Unterkörper, was mein Blut veranlasste, mit doppelter Geschwindigkeit zu fließen und den Harndrang dazu, sich in Luft aufzulösen.

»Ja, viele sogar. Warum?«

»Ich würde sie gerne lesen, wenn ich darf. Ich suche Texte zum Vertonen, ich möchte so gerne Lieder über die Liebe komponieren.«

Er hatte einen leicht verklärten Blick, den ich hinreißend fand. Schubertisch beinahe.

»Oh, du kannst sie gerne lesen, ich such dir welche zusammen.«

»Das wäre toll. Ich kann mir vorstellen, dass du so schreibst, wie ich fühle, das habe ich mir schon bei deiner Lesung gedacht.«

Ich strahlte ihn an, die ganze große, weite Welt war im Lot, mein Herz schickte Leuchtstrahlen durch meine Pupillen nach draußen, und mir kam der Gedanke, dass Glück sich genau so anfühlen musste. Den Moment nehmen, dachte ich, in Frischhaltefolie wickeln, in eine Dose stecken und im Safe versperren, schleunigst, bevor er vorbei ist.

Eine Kleinigkeit, eine wirklich unbedeutende Winzigkeit störte allerdings das Bild, das auf meine Netzhaut traf und von dort mit ohnehin reichlich Verzögerung mein Sehzentrum erreichte. Ich machte den kapitalen Fehler, es anzusprechen, statt selig in Freudentränen zu ertrinken.

»Sag einmal, was hast du eigentlich mit deinen Haaren gemacht?«

Noch Monate später sollte mir dieser Punkt im Gedächtnis haften bleiben, der Punkt, wo das Gipfelkreuz erreicht war und unweigerlich der Abstieg vom Berg der Glückseligkeit begann. Was so minimale Dinge bewirken können, ist erstaunlich. Gleich bei seinem verspäteten Eintreffen war mir aufgefallen, dass kleine Änderungen mit ihm passiert waren. Nicht nur die Kleidung war ausgesuchter, auch die kreative Chaosfrisur war einem relativ strengen Kurzhaarschnitt gewichen, was ich mit Bedauern zur Kenntnis nahm, da ich eine gewisse Schwäche für Männer mit Strubbelmähne hatte. Retrofreak, wie mich Sorina von Zeit zu Zeit zu nennen pflegte, mit Tendenz zu Geschmacksverwirrungen.

»Findest du es nicht gut?«

Ich schüttelte entschieden den Kopf und nippte wieder am Wein.

»Ich bin mir auch nicht sicher, ob das wirklich zu mir passt, aber meine Freundin meinte ...«

Ich hätte mich beinahe verschluckt, schaffte es gerade noch, den Alkohol in die Speiseröhre zu lenken statt in die Luftröhre und starrte ziemlich perplex in Richtung des Mannes, der mir gegenübersaß, seelenruhig über Liebesgedichte konversierte, um fast im gleichen, verdammten Atemzug das entsetzliche F-Wort in den Mund zu nehmen. Wenn es irgendwo im Reich der weißeren als weißen Plüschwolken einen Gott der geplagten Singlefrauen gab, dann hatte er wohl gerade Feierabend, machte Ferien auf Mallorca oder zeigte mir, lauthals lachend, den Stinkefinger.

Der Prinz mit dem neuen Haarschnitt hatte von meinem Fast-Anfall Gott sei Dank nichts mitbekommen, da er gerade vom Lokalbesitzer zum Klavier bugsiert wurde. Er winkte mir noch bedauernd zu, um sich dann seinem Instrument zuzuwenden.

Der Harndrang rief lauthals: »Hallo, da bin ich wieder!«

Ich stöhnte. Kein Anlass zur Panik, sagte ich mir immer wieder, warum sollte denn ein Mann wie er keine Freundin haben.

Eine kleine Sorina mit roten Teufelshörnchen saß auf meiner Schulter und kicherte. Ich sollte weniger Alkohol konsumieren!

So eine Freundin war ja in Wahrheit nicht der Weltuntergang, Beziehungen endeten tagtäglich rund um den Globus aus den unterschiedlichsten Gründen, da würde sich doch wohl ein klitzekleiner Anstoß zur Lösung meines Problems finden lassen. War die ominöse Freundin denn bisher auf der Bildfläche erschienen? Hatte sie Besitzansprüche geltend gemacht oder ihr Terrain ordnungsgemäß durch Anwesenheit und Kontrolle markiert? Nein! Womöglich bestand diese Verbindung ohnehin nur noch auf dem Papier, immerhin hatte er *mich* an diesem Abend eingeladen, um *mich* bei so einem wichtigen Event wie seinem Konzert dabeizuhaben, während die sogenannte Freundin durch Abwesenheit glänzte. Klarer Fall von schändlichem Desinteresse an der künstlerischen Persönlichkeit des Objekts der Begierde. Darum volle Kraft voraus, keine Gnade, Attacke mit wehenden Fahnen! Das wäre doch gelacht, wenn ich nicht ein paar Liebesgedichte fabrizieren könnte, die seinen Puls zum Rasen brachten.

Die Wahrheit sah nämlich so aus: Ich besaß zwar tatsächlich eine umfangreiche Sammlung jugendlicher Sturm-und-Drang-herz-und-schmerzhaltiger Liebesgedichte, jedoch kein Einziges, das ich für literarisch wertvoll genug erachtete, um es dem Mann namens Märchenprinz freiwillig zu zeigen.

Doch warum sollte mir jetzt, wo mein Herz nur so vor Liebe überfloss, nicht ein Haufen lyrischer Meisterwerke gelingen? Solange ich es schaffte, die Worte Efeu, Steinmauer und Sonnenlicht nicht zu erwähnen, war so ein plötzlicher Talentschub durchaus im Bereich des Möglichen. Ich würde ganze Zyklen über die Sehnsucht unerwiderter Zuneigung schreiben, Balladen über die Qual nicht klingelnder Telefone sowie Luftschlosshaikus vom Feinsten. Ein Goethe, ein Schiller, ein Rousseau mal Eichendorff würde in mir wachsen und gedeihen, keine Frage!

Während ich solchermaßen über die Zukunft nachdachte, hatte der Märchenprinz, der von alldem natürlich vorläufig nichts erfahren durfte, zu spielen begonnen, und es zeigten sich die nun schon bekannten körperlichen Reaktionen, vom Alkohol deutlich verstärkt.

Von meinem Platz aus konnte ich ihn im Profil sehen. Einmal mehr bewunderte ich diese scharf geschnittenen Gesichtszüge, den konzentrierten Blick sowie die unglaubliche Feinheit seiner Hände, die über die Klaviertasten flogen. Schamhaft, doch genüsslich malte ich mir aus, wie diese Hände im gleichen Tempo über meine Haut streichen könnten, dachte über langsame Fingerbewegungen in meinem Nacken nach und überlegte, ob es wohl die schlimmste, emanzipationsfeindlichste Sache auf der Welt war, das Instrument eines Mannes sein zu wollen. Zwischen zwei Nummern warf er mir einen strahlenden Blick zu, der in Kombination mit dem Rotwein ein leuchtendes Rosé auf meine Wangen pinselte. Die kleine Sorina auf meiner Schulter hatte mir aus Protest in den Nacken gespuckt.

Und wenn sie nicht gestorben ist, dachte ich versonnen, sitzt die reichlich alkoholisierte Prinzessin bis in alle Ewigkeit dort im Wiener Innenstadtlokal bei Klaviermusik, schwelgt errötend in blumigen Formulierungen und wirft mit der goldenen Kugel nach dem Mann ihrer Wahl. Denn das war er, kein Zweifel. Jeder Ton, den er spielte, machte mich sicherer. Wenn nur das Wörtchen wenn nicht wäre, dann könnte das Leben so einfach sein. Denn manchmal, das war mir klar, gehen auch goldene Kugeln verloren, und dann fangen die Probleme erst so richtig an!

8. Kapitel

Mitten im Raum steht ein riesiger gemauerter Brunnen, über dem sich im Augenblick meines Eintretens ein schwerer, schmiedeeiserner Deckel schließt. Der Frosch ist im Brunnen – das begreife ich sofort und versuche verzweifelt, den Deckel zu entfernen, doch er bewegt sich keinen Millimeter. Frustriert trommle ich mit den Fäusten auf die Eisenplatte.

Lady Grey ist mir gefolgt und lehnt mit verschränkten Armen in der Tür.

»Das ist zwecklos, mein liebes Kind. Der Weg ist versperrt. Aber seien Sie unbesorgt, Ihr Frosch ist bei uns in den besten Händen. Er ist da, wo er hingehört. Glauben Sie mir, wir wissen, was wir tun. Fälle wie dieser kommen häufiger vor, als man denken mag.«

Sie lacht abermals ihr haarsträubendes Lachen, während ich mir mehrere Fingernägel blutig kratze bei dem Versuch, den Brunnen wieder zu öffnen. Ich gebe mir größte Mühe, zwischen Rand und Deckel zu greifen, doch die Oberflächen sind so glitschig, dass weder Finger noch Nägel Halt finden. Enorme Wut lässt mich die Beherrschung restlos verlieren.

»Geben Sie mir sofort meinen Frosch zurück!«, brülle ich verzweifelt.

»Der Frosch wird, vorausgesetzt, dass die Revision erfolgreich ist, von uns psychisch betreut, und, nach Ablauf einer gewissen Frist, in seinen Heimatort zurückgebracht. Es versteht sich von selbst, dass Sie über alles, was hier besprochen wurde, sowie über die Vereinigung als solche absolutes Stillschweigen zu bewahren haben. Andernfalls müssten wir Maßnahmen ergreifen, was natürlich auch den Abbruch der Behandlung des von Ihnen mitgebrachten Frosches bedeutet. Seine Sicherheit...«, sie hebt bedeutungsvoll die Augenbrauen, »ist dann nicht mehr gewährleistet. Ich denke, wir haben uns verstanden.«

Ein Tonfall, der das Ende des Gesprächs signalisiert. Die Tauchbeckenaugen sind streng auf mich gerichtet. Mir dagegen erscheint alles so weit fort wie durch ein umgekehrtes Fernrohr betrachtet. Weltzusammenbruch en miniature.

Wo er hingehört...

Ich starre stumm auf den verschlossenen Brunnen.

»Und jetzt sage ich guten Tag und wünsche eine gesunde Heimreise.«

Erneut streckt sich mir die Pfeilhand entgegen (täusche ich mich, oder ist Blut an den Fingerspitzen?), mechanisch schüttle ich sie und lasse mich willenlos die Treppen hinunter bis zum Ausgang schieben. Mein Hirn ist wie gelähmt, unfähig, einen klaren Gedanken zu fassen, mein Körper befindet sich in akutem Schockzustand, nur meine Beine bewegen sich automatisch, wenn auch ziemlich steif, auf die Straße hinaus.

»Vergessen Sie nicht«, sagt Lady Grey eindringlich, bevor sie die Tür hinter mir schließt, »die Vereinigung verfolgt jeden Ihrer Schritte. Wenn Sie das Wohlergehen des Frosches nicht gefährden wollen, halten Sie sich an unsere Abmachung. Sie haben keine Vorstellung davon, was Sie sich sonst für Probleme einhandeln. Wir sind nicht immer …«, ein bitterböser Zug schleicht sich zwischen ihre Mundfalten, ein Etwas ergreift mich, das mir die Luftröhre zu kappen scheint, nahe am Ersticken fasse ich an meine Kehle, nur von Weitem dringen die letzten beiden Silben zu mir durch: »… so nett!«

Ich stehe wie in Trance in der Bow Street und höre dumpf das Einrasten der Pubtür hinter mir. Es klingt wie das Fallbeil eines Schafotts, nur dass kein abgehackter Kopf auf den Asphalt rollt, sondern eine komplette weibliche Endzwanzigerin, deren Nervensystem schlagartig außer Kraft gesetzt ist. Meine Knie geben zu guter Letzt nach, schlapp und mutlos sacke ich auf dem Gehstein zusammen. Blackout.

Eine Dreiviertelstunde später im Whittard Teegeschäft. Es ist mir gelungen, die erschrockenen Passanten davon abzuhalten, die Rettung zu rufen. Das hätte gerade noch gefehlt. Meine weichen Knie haben mich jedoch nicht weitergetragen als bis zu den

Markthallen von Covent Garden. Dort bin ich erst einmal kreuz und quer durch die Gegend gelaufen, ohne Plan und ohne die leiseste Idee, was ich jetzt tun soll. Heimreise samt damit verbundener Zurücklassung des Frosches in Hexengewalt kommt nicht infrage, immerhin handelt es sich nicht um irgendeinen x-beliebigen Frosch, sondern um den Frosch, den ich liebe. Folglich bleibt mir nur die unmögliche Aufgabe, ihn aus den Händen Lady Greys und der Vereinigung zu befreien. Bilder einer glorreichen Rettung gipfelnd in der altbekannten Märchen-Happy-End-Kussszene ziehen vor meinem geistigen Auge vorbei, während ich den achten Minibecher Instanttee trinke, worauf mich die Verkäuferin zum neunten Mal fragt, ob sie mir helfen kann.

Whittard hat nämlich große Thermoskannen voll süßem, gesundheitlich fragwürdigem, kaltem und warmem Instanttee, der in kleinen Styroporgefäßen zum Probieren gereicht wird. Wenn man es geschickt anstellt und das Zeug trinkbar findet, kann man dieses in größeren Mengen gratis konsumieren, eine willkommene Pause an einem langen Einkaufstag. Diesmal jedoch verzichte ich wegen der akuten Notsituation völlig auf die übliche Alibirunde durchs Geschäft. Ich oute mich als potenzieller Nichtkäufer, sprich offensichtlicher Schmarotzer, indem ich mich direkt neben den Kannen hinsetze und in meinen Becher ungeniert Tee nachschenke, die misstrauischer werdenden Blicke des Personals stoisch ignorierend. Beleidigt kommt schließlich eine der Verkäuferinnen auf mich zu und fragt mich mit pflastersteinerner Miene, ob ich etwas kaufen möchte, woraufhin ich, zum ersten und einzigen Mal an diesem verworrenen Tag, in Tränen ausbreche, drei Packungen Walkers Pure Butter Shortbread kaufe, mich zu einem freien Plätzchen vor der Halle schleppe und zwei Packungen aufesse. Die dritte schenke ich dem jonglierenden Clown, dem keiner zuschauen will, denn erstens ist mir schlecht, und zweitens ist es an der Zeit, etwas zu unternehmen. Mittag ist längst vorbei, mir bleibt weniger als ein Tag für Froschfindung, Froschrettung und Froschrückverwandlung, ein Gedanke, der äußerst beängstigend ist!

Es gibt ein Geschäft in den Markthallen, um das ich bisher immer einen großen Bogen gemacht habe. Sorina und ich nennen es gerne scherzhaft den Rosenquarzhort, und tatsächlich sind Edelsteine mit diversen Heilfunktionen das Erste, das mir ins Auge fällt, während ich mich nun, um Fassung bemüht, dem Esoterikladen nähere. Na toll. Steine und Tarotkarten.

Ich meide im normalen Leben sogar das »Esoterik- und Lebenshilfe«-Regal in Buchhandlungen und bestelle entsprechende Werke ausschließlich via Onlineversand. Ein einziges Mal habe ich ein Buch über die Kraft der Chakren mitten in einem Innenstadtgeschäft in die Hand genommen, als ein durchaus attraktiver Mann an mir vorüberging, einen Blick auf den Titel erhaschte und augenblicklich seine Schritte beschleunigte. Mitleidig betrachten einen dann die stolzgeschwellten Babybauchträgerinnen vom »Familie und Kinder«-Regal aus ihren Heile-Welt-Augen, was mich an schlechten Tagen schon dazu verleitet hat, eine von ihnen nach einem Standardwerk über Scheidungskinder zu fragen.

Nein, denke ich seufzend, mit Esoterik habe ich wirklich nicht viel am Hut. Bei meiner einzigen Tarotkartenlegung ist herausgekommen, dass meine große Liebe bereits überwunden, eine neue unwahrscheinlich ist, dafür Geldschwierigkeiten vor mir liegen und ich prinzipiell mit einem frühen Tod rechnen sollte. Nun, wenn ich so darüber nachdenke, womöglich ist doch etwas dran …

Fest entschlossen, beim ersten Hauch von Räucherstäbchen die Lokalität im Laufschritt zu verlassen, betrete ich also, getrieben von akuter Froschnot, den Esoterikladen, der sich im Untergeschoss der Markthallen befindet.

Überrascht sehe ich mich um. Nichts an diesem Geschäft schreit »Esoterik«. Es stinkt nicht nach Weihrauch, sondern duftet angenehm nach den Lackmöbeln der äußerst eleganten Einrichtung. Weiß und Ocker dominieren, nirgendwo ein Flecken Schwarz oder Dunkelrot. Der Raum wird beherrscht von luftigen Regalen mit wenigen gediegenen Exponaten, säuberlich abgestaubt, nirgendwo Spinnweben, keine hässlichen Plastikkatzen, Spitzhüte, ätherische

Öle, kein Halloweenschrott, Vodoozubehör oder billige Zaubertricks, dafür absonderliche, an Designeraccessoires erinnernde Ware. Ich könnte mich leicht auch bei Kare oder Interio befinden, einziger Unterschied ist das breite Lächeln auf den Lippen der Verkäuferin.

Ich zucke schuldbewusst zusammen, weil ich erst jetzt überhaupt wahrnehme, dass sich außer mir noch jemand im Laden befindet, so fasziniert war ich von der radikalen Widerlegung all meiner sorgfältig einzementierten Vorurteile.

»Entschuldigung, ich habe Sie nicht gleich bemerkt.«

Wenn ich darüber nachdenke, dann bin ich mir sogar fast sicher, dass sie gerade eben noch nicht da gewesen ist. Eine optische Täuschung vielleicht, weil sie selbst so perfekt in die Umgebung passt, sowohl farblich als auch durch die absolute Ruhe ihrer Bewegungen.

»Keine Entschuldigung, bitte.«

Sie strahlt mich an.

»Sehen Sie sich in Ruhe um, ich bin mir sicher, Sie finden, was Sie suchen.«

Nachdenklich kaue ich auf meiner Unterlippe. Wo fange ich an? Ganz vorn? Wie viel verrate ich, was kann ich gerade noch preisgeben? Ich betrachte sie aus dem Augenwinkel, während ich, scheinbar äußerst interessiert, die absonderlichen Stücke in den Regalen begutachte.

Sie ist etwas älter als ich, Ende dreißig, Anfang vierzig, grob geschätzt, etwas kleiner und definitiv zarter. Dafür hat sie ein freundliches, rundes Gesicht, um das feines, blondes, in der Mitte gescheiteltes Haar wie gesponnene Seide bis auf die Schultern fällt. Ein beiger Hosenanzug aus einem leichten Material kleidet sie hervorragend, das einzige Schmuckstück, das sie trägt, ist eine sehr antik aussehende, breite türkisfarbene Halskette. Ihre Haut ist fast so hell wie der blassrosa Tisch, an dem sie lächelnd, mit verschränkten Armen lehnt.

Nach etwa drei Minuten tritt sie neben mich, als ich gerade einen billardkugelförmigen Kristall von allen Seiten mustere, auf der Suche nach einem Hinweis auf seine Anwendungsgebiete.

»Kann ich Ihnen behilflich sein?«

Lebensbedrohliche Situationen erfordern radikale Maßnahmen. Im normalen Leben gehöre ich zu jenen Menschen, die sich nach der absoluten Verselbstbedienisierung der Welt sehnen. Denn nichts ist irritierender als ein Mensch, der einen auf Schritt und Tritt verfolgt, einem über die Schulter starrt, womöglich Dinge sagt wie: »Sind Sie sich bei der Körbchengröße *sicher*?« und am Ende Geld dafür bekommt, einem *behilflich* gewesen zu sein. Mittlerweile trompete ich schon laut: »Danke, ich schau nur!«, sobald ich einen Laden betrete, noch ehe die gefürchtete Frage aufkommt, doch nun, zum ersten Mal in meinem Leben, sehne ich mich nach ausführlicher Beratung.

Ich nicke schweigend und wende den Blick von der glänzenden Kristalloberfläche ab. Es nützt nichts, die Minuten verrinnen, ich bin ratlos und, wenn sich daran nichts ändert, für alle Zeit froschlos. Ich brauche definitiv Hilfe auf meinem Weg.

»Alles, was Sie hier sehen, habe ich selbst entworfen. Jedes Stück besitzt eine eigene Kraft, in jedem wohnen andere Mittel, andere variable Funktionen. Damit ich weiß, was Sie suchen, müssen Sie mir verraten, wozu das Objekt verwendet werden soll.«

»Frau, äh ...«

»Nennen Sie mich Hathor.«

»Hathor, schöner Name!«

»Danke.« Sie lächelt breiter. »Meine Eltern waren verrückt nach allem, was mit Ägypten zu tun hatte.«

»Ich verstehe. Nun, Hathor, das Problem ist, ich habe meinen Frosch verloren. Besser gesagt, er wurde mir gestohlen. Eigentlich ist er ja gar kein Frosch, das ist auch der Grund, warum ich überhaupt in London bin. Der Frosch muss seine ursprüngliche Gestalt zurückbekommen, doch vorher heißt es erst einmal, ihn wiederfinden, und Sie halten mich jetzt bestimmt für geisteskrank!«

Beinahe ohne Luft zu holen, habe ich diese absurde Textkaskade aus mir herausbrechen lassen, heilfroh, endlich einem normalen Menschen gegenüberzustehen und bis zum Platzen gefüllt mit unausgesprochenen Dingen.

Hathor betrachtet mich aus fremdländisch (ägyptisch?) anmutenden Augen, reibt sich nachdenklich das Ohrläppchen und lässt ihren Blick schließlich durch den Laden schweifen.

»Es handelt sich tatsächlich um ein nicht alltägliches Anliegen. Frösche, speziell verwandelte, sind nicht mein Spezialgebiet, obwohl ich früher das eine oder andere Mal damit zu tun hatte.«

»Tatsächlich?«

Schmerzlich süße Hoffnung keimt in mir auf.

»Ja, aber das ist lange her. Heutzutage widme ich mich mehr den schönen Seiten der Magie, den Farben, den Gefühlen, den positiven Energieströmen. Sie müssen wissen, Magie hat nichts mit Hokuspokus zu tun, Magie entsteht im Menschen selbst. Und das Beiwerk, das Sie hier sehen, die Hilfsmittel, die ich anbiete, sie sind nur dazu da, unsere Energie zu lenken. Katalysatoren könnte man sie wohl nennen. Den allmächtigen Zauberstab, das überirdische Elixier oder das ultimative Buch der Sprüche werden Sie hier nicht finden, denn jedes Ding kann nur verstärken oder freilegen, was von Natur aus in uns steckt.«

»Das heißt«, flüstere ich enttäuscht, »Sie können mir nicht helfen?«

»Vielleicht doch. Es gibt – Methoden. Den Weg, sie einzusetzen, müssen Sie jedoch selbst finden. Warten Sie einen Moment hier, ich hole schnell etwas aus meinem Lager.«

Mit diesen Worten lässt sie mich allein. Verblüfft sehe ich ihr nach. Kein Aufschrei, kein Gelächter, kein Anruf im Irrenhaus – mir scheint, ich bin die Einzige, der meine Situation paradox vorkommt. Nun, eine gewisse Menge Esoterik steckt wohl doch in diesem Laden.

Unter dem Eindruck der neuen Erkenntnisse sehe ich mich noch einmal um. Beiwerk hat sie es genannt. Nun, sehr hübsches Beiwerk, edle Schmuckstücke, mysteriöse Kugeln, Kristalle, Stäbe, diverse unorthodox geformte Objekte, ein schlichtes Holzkästchen, eine versilberte Blume, ein leeres Schneckenhaus und das eine oder andere antiquarische Exponat.

Ein Gegenstand speziell erregt meine Aufmerksamkeit, ein kleiner, altmodischer Handspiegel mit goldenem Griff, der im untersten Regal liegt. Ich nehme ihn vorsichtig in die Hand. Er ist leichter, als er aussieht, ich hätte massives Metall vermutet, doch der Rahmen scheint aus goldbemaltem Holz oder Pappmaché gefertigt. Mit dem Finger streiche ich vorsichtig über die kunstvollen Verzierungen, die aus Blättern und Ranken bestehen, die das Spiegelglas umschlingen. Neugierig sehe ich hinein und hätte das Ding vor Überraschung fast fallen lassen: Es ist mein Gesicht, aber auch wieder nicht. Genau genommen war es mein Gesicht, aber das ist lange her. Ein zehnjähriges Kind blickt mich aus großen, verängstigten Augen an, bittet mich stumm um Hilfe, denn es hat sich verirrt, und ein Teil von mir weiß auch ganz genau, wo. Mein Herz klopft schmerzhaft im Brustkorb, etwas fehlt. Nur was? Es fällt mir nicht ein.

Hastig lege ich den Spiegel ins Regal zurück, die Fläche nach unten. Was auch immer für Magie in dem geschliffenen Glas eingesperrt ist, ich will damit nichts zu tun haben. Kinder verirren sich manchmal und graben aus verborgenen Erdschichten tief unter der Oberfläche dunkle Geheimnisse. Besser, man lässt die Finger davon, von der Erde wie vom Spiegel.

»Ein interessantes Stück, finden Sie nicht?«

Ich drehe mich zu Hathor um, deren Schritte ich nicht gehört habe.

»Sie können gerne länger hineinsehen, wenn Sie möchten.«

Ich schüttle den Kopf.

»Nein danke, lieber nicht. Sind Sie denn fündig geworden? In der Froschangelegenheit, meine ich?«

Sie reicht mir einen Gegenstand, den ich ratlos in den Händen drehe.

»Äh ...?«

Sie lacht heiter.

»Sie sind wohl keine begeisterte Köchin, sehe ich das richtig?«

Ich verneine. Eigentlich ist das die Untertreibung des dritten Jahrtausends. Tätigkeiten, die mit dem Zerkleinern oder Vermischen von Nahrungsmitteln verbunden sind, sowie jegliche Art der Zubereitung von Speisen sind mir nur ansatzweise vertraut. Dafür, so habe ich schon vor langer Zeit beschlossen, gibt es schließlich Experten. Ich würde ja auch kaum auf die Idee kommen, ein Stromkabel eigenhändig zu verlegen oder ein Haus zu bauen, nur weil man das Material dafür käuflich erwerben kann. Die Kochkunst ist folglich ein völliges Rätsel für mich. Ehrgeizige Versuche wie das Erhitzen von Flüssigkeiten oder das Garen von Fleischstücken sind früh und kläglich gescheitert. Wasser kocht mir über, Milch brennt mir an, und Fleisch verkohlt außen, bleibt dafür innen roh, während Tiefkühlfisch eklig in der Pfanne klebt. Brotmesser, Spargelschäler, Grillspieße, all das sind potenziell lebensgefährliche Gegenstände, wenn sie sich mit mir in einem Raum befinden. Daher habe ich sie allesamt auf eBay versteigert und dafür eine überdimensionale Pinnwand erworben, wo ich permanent etwa zwanzig verschiedene Annoncen von Zustellservices aus der näheren Umgebung horte, von welchen ich jede nur erdenkliche kulinarische Spezialität servierfertig ins Haus geliefert bekomme.

»Äh, nein, Kochen gehört nicht gerade zu meinen Stärken.«

»Das dachte ich mir. Sehen Sie, das hier«, Hathor nimmt mir das undefinierbare, eiförmige Objekt aus der Hand, »ist ein Aroma-Shaker.«

»Ein WAS?«

»Man kann damit Saucen, Dressings oder Gewürzmischungen zubereiten, der Shaker kann zerkleinern, mixen, pürieren, vermengen. Was immer man hier oben einfüllt und anschließend gut durchschüttelt, wird sich zur gewünschten Konsistenz mischen. Ein vielseitiges Hilfsmittel für die moderne Frau von heute.«

Ich komme mir vor wie spätnachts vor dem Shopping-Kanal. Ungläubig starre ich erst Hathor an, dann das Utensil in ihrer Hand.

»Sehr schön. Ich bin mir sicher, es liefert erstaunliche Ergebnisse. Aber wie, um Himmels willen, soll ein Pürier-Ei mir in meiner Situation nützen? Führt es mich zum Frosch? Spürt es Hexen auf? Kann es Tiere in Menschen verwandeln?«

Ich seufze frustriert. »Danke, Hathor, für den Versuch, mir zu helfen, ich weiß das sehr zu schätzen, doch ich fürchte, ich muss jetzt weiter, für qualitativ hochwertige Haushaltswaren fehlt mir momentan die Zeit.«

»Halt!« Die Tür schließt sich vor mir, ehe ich das Geschäft verlassen kann.

Na toll, denke ich verärgert, schon wieder in die Falle gegangen. Was kann man in einem Esoterikladen auch anderes erwarten als Hexen? Welcher Schwachsinnseinfall hat mich dem Feind direkt in die Arme getrieben?

Ich drehe mich langsam um. Hathor steht unverändert, die Hände mit dem Mixer-Ding ausgestreckt, der Blick ernst, aber keineswegs böse.

»Sie sind zu schnell. Für ein Urteil muss man sich Zeit lassen. Mit Hast kommt man nicht ans Ziel. Ich bitte Sie, nehmen Sie diesen Aroma-Shaker als Geschenk von mir. Ich kann Ihnen nicht versprechen, dass er nützlich sein wird, denn ein magisches Ding erhält seinen Zweck immer vom Benutzer. An Ihnen wird es liegen, ihn zu verwenden. Oder auch nicht.«

»Wer sind Sie?« Die Frage boxt sich einen Weg aus meinem Mund ins Freie, ohne dass ich es verhindern kann.

»Ich mache nur meinen Job, der darin besteht, dem Interessenten genau das zu zeigen, was er möglicherweise sucht. Ich bin eine Verkäuferin.«

»Dann, liebe Hathor, machen Sie kein gutes Geschäft mit mir, wenn Sie Ihre Ware verschenken.«

Sie kommt auf mich zu, nimmt meine Hand und drückt den Shaker hinein.

»Oh, alles hat seinen Preis. Empfehlen Sie mich weiter, wenn mein Artikel Ihnen doch noch von Nutzen ist. Ich kann ein wenig Mundpropaganda gut gebrauchen. Die Konkurrenz schläft nicht, ganz besonders in der magischen Branche.«

Das freundliche Verkäuferinnenlächeln stiehlt sich wieder auf ihre Lippen. Unsicher erwidere ich es und schließe die Finger um die glatte Kunststoffhülle meines ersten selbst erworbenen Küchenutensils.

»Dann, äh, vielen Dank.«

»Bitte, ich hoffe, Sie als zufriedene Kundin wiederzusehen.«

Ich stecke den Shaker in die Jackentasche, greife nach dem Türknauf, drehe ihn, fast überzeugt davon, ihn unbeweglich zu finden, was er aber nicht ist, öffne die Tür und werfe einen Blick hinaus in die Markthalle.

»Und wohin jetzt?«

Ich sage den Satz zu mir selbst, rechne nicht mit einer Antwort, bekomme aber trotzdem eine.

»Am besten beginnt man mit einer Suche dort, wo man die stärkste Bindung empfindet«, sagt Hathor, und wirft dabei einen Blick auf den billigen Plastikring an meiner Hand – oder bilde ich mir das nur ein? Nun, ja, egal, es ist eine Idee, ich kann es dort ebenso gut wie überall sonst probieren.

Also, tief Luft holen, Blick geradeaus und weiter, die Froschzeit läuft ...

Ich denke, jeder Mensch hat einen Platz, den er in seinen Träumen oft besucht, wo Fantasie und Realität sich mischen, während man Kraft tankt und in Ruhe denken kann. Was mich anbelangt, wird es diesmal jedoch schwierig, das sehe ich mit einem Blick. Denn der Leicester Square ist voller Menschen, die den sonnigen Nachmittag für ein Picknick nutzen. Auch meine Bank ist besetzt, bleibt nur der alte Trick. Ich versteife mein Bein und täusche ein starkes Humpeln vor, wobei ich ab und zu das Gesicht vor fiktivem Schmerz verziehe. Zwecklos. Die Teenager, die meine Bank in Beschlag genommen haben, spielen gerade HNO-Doktor und untersuchen sich gegenseitig die Mandeln, was zu eingeschränktem Sehvermögen sowie chronischer Ignoranz führt. Ich seufze und setze mich auf den Boden, zwischen die Figur von Chaplin und einen Mülleimer, von wo aus ich immerhin den besten Blick auf die Shakespeare-Statue habe. Eine Taube sitzt oben auf seinem Kopf, wie meistens. Von meinem Platz aus kann ich die vielen federviehbedingten Flecken erkennen, die Shakespeares Scheitel weißgrau färben. Ich schließe meine Augen.

Es ist jetzt ein paar Jahre her, seit ich den Shakespeare-Pakt geschlossen habe. Genau genommen war jede Menge Zufall im Spiel sowie ein gewisses Quantum an Verzweiflung. An einem grauen Tag Ende Oktober flüchtete ich, frisch einer Arbeitsstelle entbunden, die ich sehr gemocht hatte, nach London, ohne Job, ohne Perspektive und auch ohne feste Beziehung. In diesem Gemütszustand hatte ich Stunden damit verbracht, auf meiner Bank am Leicester Square zu sitzen, wo ich den Tauben bei ihren Landeanflügen auf den Statuenkopf zusah. Shakespeare lehnte standhaft müßig auf seiner gemeißelten Schriftrolle und deutete auf ein Zitat, das ich nach all der Zeit schon auswendig kannte: There is no darkness but ignorance – Es gibt keine andere Finsternis als Unwissenheit, ein schöner Vergleich aus »Was ihr wollt«.

Eines Nachmittags schließlich, als ich gerade von einem von Frustkäufen dominierten Ausflug nach Knightsbridge zu Harrod's zurückkam und an der National Portrait Gallery vorbeispazierte, zog es mich in deren Shop. Museumsshops üben eine magische

Anziehungskraft auf mich aus, als Königin der Schnickschnackkäufe fühle ich mich in ihnen grundsätzlich wie im heiligsten Schnickschnackhimmel. Wo sonst bekommt man Radiergummis in Buchform, Lineale mit Magritte-Musterung oder, Glück zum Quadrat, Badges mit der Aufschrift »future artist«. Nach solchen und ähnlichen Dingen wollte ich auch hier kramen.

Sie hatten, gleich beim Eingang, eine Dose voll billiger nachgemachter Siegelringe berühmter Persönlichkeiten, einer davon war angeblich dem Siegelring Shakespeares nachempfunden, mit den Initialen WS. Der Schnickschnackgott lebe hoch. Ich kaufte mir für knapp zwei Pfund eines dieser Teile in Kaugummiautomatenqualität und pilgerte damit zum Leicester Square. Es war schon dämmrig, und ein leichter Londoner Nieselregen sorgte dafür, dass der Platz nahezu menschenleer war. Nur ab und zu schlurften Miniaturgespenster, Mumien und Untote vorbei, Halloween brach unaufhaltsam über die Stadt herein.

Ich setzte mich aus Gewohnheit auf meine Bank, von den Bäumen nur notdürftig vorm Regen geschützt, und dachte darüber nach, ob ich ein Kino ansteuern oder doch versuchen sollte, Karten für Les Misérables zu ergattern.

Während ich Überlegungen zu diesem Problem anstellte, packte ich den Siegelring aus und studierte die gravierten Initialen sowie den beiliegenden Text, der Auskunft über die Herkunft und fragwürdige Echtheit des zugrunde liegenden Originals gab. Dieses war wohl irgendwann auf dem Stratforder Friedhof ausgebuddelt und danach auf Verdacht dem guten, alten William zugeordnet worden.

Bis heute weiß ich nicht, ob mich einfach der Teufel geritten oder meine sonderbar düstere Grundstimmung den Ausschlag gegeben hat. Jedenfalls stand ich auf, stellte mich genau gegenüber der Shakespeare-Statue auf, verbeugte mich vor dem Meister der Schreibkunst und streifte mir, indem ich den Satz »There is no darkness but ignorance!« mit ansatzweise britischem Akzent laut rezitierte, den Ring über den Ringfinger. Daraufhin sagte ich zu Shakespeare:

»Verehrter Herr William, ich möchte Schriftstellerin sein, wie Sie, ich möchte endlich einen Weg finden, meine Schreibfähigkeiten zu entwickeln, ich möchte gelesen und geliebt werden wie Sie. Können Sie mir dabei behilflich sein?«

»Das kommt ganz darauf an«, antwortete Shakespeare, »wie viel Ihr selbst investiert. Schreiben ist harte Arbeit, Mylady, das lässt sich nicht so auf eins, zwei, drei herbeikommandieren.«

Ich stand mit offenem Mund mitten am Leicester Square und hätte mich beinahe freiwillig in eine Nervenheilanstalt eingewiesen oder zumindest einen guten Psychotherapeuten konsultiert. Zwicken half nicht, und egal, wie oft ich mir die Augen rieb oder mir wahlweise leichte Ohrfeigen verpasste, Shakespeare sah mich immer noch mit seinen Steinaugen an und deutete schließlich auf meine Hand.

»Dieser Ring, den Ihr tragt, ist ein magischer Ring, entworfen von der besten Magierin der Welt. Er wirkt nur unter bestimmten Voraussetzungen. Auf dieser Tafel hier wiederum steht ein Zauberspruch, der Macht über alle magischen Dinge hat, ob aus Fleisch und Blut oder aus Stein. Der Mensch, der sucht, findet Mittel und Wege, Magie einzusetzen, und wenn er es richtig macht, dann kann er sie für seine Zwecke nutzen.«

»William, also, Herr Shakespeare, heißt das, dass mein Wunsch, Schriftstellerin zu sein, sich möglicherweise erfüllen kann?«

»Wenn Ihr diesen Pakt schließt und Euch daran haltet ...«

»Welchen Pakt?«

Er seufzte tief.

»Bringt man euch jungem Volk denn gar nichts mehr bei heutzutage? Habt Ihr noch nie etwas vom Shakespeare-Pakt gehört?«

Ich schüttelte den Kopf.

»Der Shakespeare-Pakt ist die Milch im Tee englischer Schriftsteller. Alle bedeutenden Autoren dieses Landes haben ihn irgendwann geschlossen, die wenigsten haben ihn je gebrochen.«

»Und was«, fragte ich zaghaft, »beinhaltet dieser Pakt? Muss man Engländer sein, um ihn schließen zu können?«

Shakespeare sah mich streng an.

»Die Nationalität spielt keine Rolle. Es kommt nur sehr selten vor, dass Schriftsteller aus anderen Ländern hier vorsprechen. Den Pakt kann jeder schließen, der sich an drei Grundregeln hält.«

»Und die wären?«

»Zuerst müsst Ihr Regelmäßigkeit und Konsequenz lernen. Disziplin, Mylady, eiserne Disziplin. Kein Tag ohne zu schreiben. Wie jeder andere Beruf ist die Schriftstellerei an zeitlichen Rahmen, Gewohnheit sowie Verlässlichkeit gebunden. Keine Ausreden, keine Ausnahmen, kein Augenzudrücken. Jeden Tag schreiben, und wenn es nur ein Satz ist. Das vertreibt die Angst vor der leeren Seite im Nu!«

»In Ordnung, einverstanden.«

»Zweitens: Eure Feder ist Euer Kopf, aber Eure Tinte ist eigenes Herzblut. Ihr könnt keine gute Schriftstellerin sein, ohne etwas von Euch herzugeben. Schreiben bedeutet das Bloßlegen der Seele, darum schreibt nie etwas, was nichts mit Euch zu tun hat. Erfindet nicht, gebt preis! Besser mittelprächtig aus dem Herz gerissen als blendend erfunden. Alle wahrhaft Großen füttern ihre Schreibgeräte mit Träumen, Erinnerungen, Sehnsüchten oder sogar geheimsten Mysterien ihrer Psyche. Die Bereitschaft dazu ist ein Wagnis, das eingegangen werden muss. Berühren könnt Ihr nur, wenn Ihr Euch verschenken könnt.«

Ich schluckte. Shakespeare wedelte heftig mit dem Finger.

»Von mir aus verkleidet, verfremdet, zieht Euren Seelenwerken neue Kostüme an oder setzt ihnen komische Hüte auf! Da gibt es recht gute Methoden. Aber zwingt Euch nie in ein selbst geschnürtes Korsett, und vor allem, erkennt Euch selbst immer noch darin. Ohne Mut geht gar nichts, Wahrheit ist ein großes Abenteuer.«

Ich nickte schweren Herzens. Das war die heikelste Sache beim Schreiben: so viel von sich preiszugeben, so viele Geheimnisse offenzulegen. Aber ich verstand Shakespeares Ansatz.

»Ihr habt also«, meinte er weiter, »die Regelmäßigkeit und die Echtheit angenommen. Ein Punkt fehlt noch, und erstaunlicherweise ist er für die meisten Autoren das größte Problem: die Liebe.«

Ich sah Shakespeare verblüfft an.

»Nie werdet Ihr eine gute und erfolgreiche Schriftstellerin werden ohne ein Übermaß an Liebe. Einerseits Liebe zu Eurem Beruf, aber das ist nicht genug. Ihr müsst lieben, grenzenlos, uneigennützig, wahr, schmerzhaft, unlogisch, aber vor allem sehnsüchtig. Erfüllung ist der Tod des wahren inneren Antriebs zum Schreiben. Nur Sehnsucht gibt wahre Inspiration. Wie Don Quichottes Dulcinea, if you know what I mean. Ein Schriftsteller, der keine Dulcinea hat, egal, wie sie aussieht, wo man sie aufgetrieben hat oder ob sie tatsächlich existent ist, dem fehlt die Liebe, aus der ein Buch entsteht, das wiederum vom Leser geliebt wird. Liebe, versteht Ihr?«

»Ja«, ich sprang auf, »das verstehe ich. Den Pakt kann ich schließen.«

Shakespeare lächelte freundlich.

»Dann habt Ihr das Recht, diesen Ring zu tragen. Tragt ihn mit Würde, und vor allem, brecht den Pakt nie, sonst entfernt Ihr Euch von Eurem Weg. Geht geradeaus auf Euer Ziel zu, Ihr braucht keine Straßenkarte dafür, Ihr werdet immer wissen, wie Ihr gehen müsst. Es steckt in Euch und kommt aus Euch heraus. Was Ihr gebt, bekommt Ihr zurück. Und wenn Ihr gar nicht mehr weiterwisst«, damit drehte er sich wieder in seine ursprüngliche Statuenposition, nicht ohne mir ein letztes Mal zuzublinzeln, bevor er wieder steinern und starr auf seinem Podest stand, mit dem Finger auf die Schriftrolle deutend: »There is no darkness but ignorance – Es gibt keine andere Finsternis als Unwissenheit.«

Ein Traum, dachte ich damals, ein durchaus realistischer Traum, aber in jedem Fall nichts anderes als das Produkt meiner verrückt spielenden Fantasie. Ich musste auf meiner Bank eingeschlafen sein.

Regelmäßigkeit, Echtheit, Liebe.

Was auch immer an diesem Tag am Leicester Square geschehen ist, ich habe es als eine Art inspirative Vision aufgefasst und bis heute nicht mehr daran gedacht, obwohl ich seither beim Schreiben alle Regeln befolgt habe. Zwei Jahre ist das nun fast her, denke ich, während ich immer noch mit geschlossenen Augen auf dem harten Boden neben Chaplins Füßen sitze und darüber nachgrüble, wie ich mitten am helllichten Tag am gut besuchten Leicester Square Kontakt mit Shakespeare aufnehmen kann, ohne auf der Stelle in eine Zwangsjacke gesteckt zu werden.

Wenn du gar nicht mehr weiterweißt ...

Wenn du ...

Damals ist der Platz menschenleer gewesen, Dämmerung und Regen haben mich geschützt, womit mir hier und heute keineswegs geholfen ist.

Der Shakespeare-Pakt. Ich taste nach dem Siegelring, mittlerweile eine ganz automatische Geste, und frage mich, wie mein Leben ohne ihn verlaufen wäre. Dieser eine Abend in London hat alles radikal verändert. Ich habe aufgehört, mich verpflichtet zu fühlen, ein sicheres Standbein zu haben, ich arbeite nur noch, um mir das Schreiben leisten zu können, nicht zwecks Alternativenfindung. Und tatsächlich hat es nie auch nur einen Tag gegeben, an dem ich nichts geschrieben habe. An manchen Tagen ist es nur ein Satz geworden, aber ich habe nie eine Ausrede gesucht, um ihn nicht schreiben zu müssen. Ehrensache. Ich habe aufgehört, ständig zu überlegen, was ich alles besser nicht schreibe – echt sein war kein Problem mehr. Aber die Liebe? Gute Frage. Doch darüber zerbreche ich mir später den Kopf, zuerst der Ring, dann ...

Etwas ist anders. Ich öffne die Augen. Etwas ist

keineswegs so, wie ich es gewohnt bin. Ich hebe ungläubig die Hand, um den Ring zu betrachten. Die Optik stimmt noch überein, doch das hier ist nicht mehr die billige, schon reichlich verblasste Plastikkopie aus dem Museumsshop von vor zwei Jahren. An meinem Ringfinger glänzt ein echter, schwerer goldener Siegelring mit Shakespeares Initialen. Aber das ist doch nicht möglich!

Was auch immer an diesem bizarren Tag noch mit mir passieren mag, es gibt nur einen Weg, herauszufinden, ob ich endgültig verrückt werde oder noch ein paar Sinne beisammenhabe: Ich muss dringend, dringend mit Shakespeare sprechen! Nur wie? Könnte es sein, dass es telepathisch funktioniert?

»There is no darkness but ignorance«, denke ich, so intensiv ich kann, und drehe dabei an meinem Siegelring. Tatsächlich hebt Shakespeare ein wenig den Kopf, um mich anzusehen.

»Good afternoon, Mylady! Wenn ich mich nicht irre, habt Ihr den Pakt geschlossen und nie gebrochen, was verschafft mir also das unerwartete Vergnügen?«

»Ich brauche Hilfe«, denke ich und sehe mich unauffällig um, ob irgendjemand etwas bemerkt. Aber abgesehen von den Tauben, die empört aufgeflattert sind, als der Landeplatz sich bewegt hat, reagiert niemand auf mein telepathisches Gespräch.

»Hilfe?« Shakespeare lacht dröhnend.

»Hilfe von mir? Ich bin kein Beichtvater und kein

Seelsorger, wenn Ihr Hilfe braucht, geht Ihr besser zu so einem oder zur Polizei.«

»Das geht nicht, ich habe Probleme mit der Europäischen Hexen- und Hexenkunst-Vereinigung.«

Shakespeare zieht hörbar die Luft zwischen den Steinzähnen ein.

»Also, dabei kann ich Euch schon überhaupt nicht helfen, sorry«, nuschelt er und macht Anstalten, sich wieder in die Statuenruheposition zu begeben.

»Damals, vor drei Jahren, da haben Sie, verehrter Herr William, in Bezug auf diesen Ring gesagt«, ich hebe die Hand, »die beste Magierin der Welt hätte ihn entworfen. ›Wer sucht, findet Mittel und Wege, Magie einzusetzen, und wenn er es richtig macht, dann kann er sie für seine Zwecke nutzen.‹ Das sind Ihre Worte.«

»Das habe ich gesagt?«

»Jawohl.«

Er legt den Kopf schief und betrachtet mich eine Weile.

»Niemand, meine Liebe, der bei Verstand ist, legt sich mit den Hexen an. Ich hoffe, Ihr habt meinen Macbeth studiert. Etwas übertreiben vielleicht, um des Effektes willen, aber voller Wahrheit! Hexen sind …«, er zögert, »Hexen sind von einem anderen Schlag. Sie haben Macht über vieles, und es ist für gewöhnlich besser, sich nicht in ihre Angelegenheiten zu mischen. Ich weiß nur wenig über sie, da gibt es Leute, die weit mehr wissen. Mehr, als für sie gut ist, nebenbei gesagt.«

Shakespeare hebt seine Hand zum Mund, als wolle er das Gesagte in seinen Steinhals zurückschieben.

»Wer? Und vor allem, was ist mit der besten Magierin der Welt? Ist sie auch eine Hexe? Beruht auch der Shakespeare-Pakt auf Hexerei?«

»Nein!«, ruft er, fast gekränkt, »das ist etwas ganz anderes. Das kann man nicht vergleichen. Was wisst Ihr über das Wunschwellenprinzip?«

»O bitte, nicht schon wieder. Ich habe gerade ein Déjà-vu!«

Shakespeare wedelt ungeduldig mit der Hand.

»Der Pakt ist eine Spezialform der Wunschwellen-Geschichte. Sozusagen das Positiv vom Negativ.«

Ich halte einen Moment die Luft an.

»Aber Wunschwellen sind doch unberechenbar.«

»Keineswegs. Das ist die Meinung der Hexen. Es gibt sehr wohl auch verlässliche Wunscherfüllungskriterien. Aber darüber solltet Ihr wirklich mit jemand anderem sprechen.«

»Mit der besten Magierin?«

Shakespeare verdreht die Steinaugen.

»Nein. Nicht mit der Magierin. Nicht jeder kann einfach so mit ihr sprechen. Ihre Künste sind heutzutage sehr stark in Vergessenheit geraten. Aber zumindest mit jemand Qualifizierterem aus ihrem Bereich. Meine Funktionen sind eingeschränkt, im Gegensatz zu …«

Shakespeare kratzt sich nachdenklich am Kopf, ein Geräusch, bei dem sich meine Zehennägel einrollen, wie Fingernägel auf Schultafeln oder Messerklinge an Messerklinge.

»Aus sprachlichen und Mentalitätsgründen wäre es wahrscheinlich am besten, wenn Ihr zum Globe geht.«

»Das Pub in der Bow Street? Da komme ich gerade her. Dort ...«

»Nein, doch nicht das Pub! *Das* Globe! Mein Theater! Erkundigt Euch nach Noel Gainsborough. Er wird Euch weiterhelfen. Zur heutigen Abendvorstellung sollte er anzutreffen sein. Und«, er lächelt liebevoll, »sagt ihm einen schönen Gruß von mir.«

Ich nicke.

»Danke, verehrter Herr William.«

»Gern geschehen. Denkt an den Pakt und«, er wendet sich wieder seiner bedeutungsvollen Geste Richtung Schriftrolle zu, »Vorsicht vor den Hexen!«

Wie recht er mit dieser Warnung doch hat, der gute Shakespeare, denke ich schaudernd, während ich vom äußersten Ende der Tower Bridge Richtung Süden blicke. Eine stärker werdende Brise fährt mir durchs Haar. Tower-Bridge-Wind. Ein Sightseeingboot voller Touristen gleitet gerade langsam stromabwärts. Man kann die Fahrgäste durch die Glasfenster der Kabine dabei beobachten, wie sie dekadent Steaks in Stücke hobeln, ohne der Sehenswürdigkeit über ihren Köpfen auch nur einen Blick zu schenken. Neidisch sehe ich dem Boot nach. Ein sorgloser Tourist, geborgen in den Armen der großen fremden Stadt, belastet mit keinem größeren Problem als der Suche nach dem günstigsten Abendessen, das wäre ich jetzt auch gerne. Auf Rettungsmission für einen erst unfreiwillig transformierten und dann gewaltsam entführten Froschprinzen hört sich irgendwie weit weniger gemütlich an. Ich seufze.

Da noch etwas Zeit bleibt bis zur Abendvorstellung im Globe, habe ich nach dem Gespräch mit Shakespeare beschlossen, meinen gewohnten Weg zu gehen, mit der U-Bahn zum Tower, dann zu Fuß über die Tower Bridge, Bankside entlang bis zum Globe. Freilich werfe ich unruhig einen Blick auf jede Uhr, an der ich vorüberkomme, doch es hilft nichts, ohne Noel Gainsborough stecke ich fest.

Gerade will ich, tief in Gedanken versunken, die Brücke überqueren, als mir etwas komisch vorkommt. Zwar spürt man auf den Mittelteilen der Brücke bei stärkerem Wind immer eine leichte Bewegung, doch heute fühle ich den Boden unter meinen Füßen regelrecht vibrieren. Ich sehe mich um, aber niemand sonst scheint etwas zu bemerken. Schulterzuckend richte ich den Blick wieder nach vorn und mache ein paar weitere Schritte in Richtung Brückenmitte.

In diesem Moment wird es mir klar. Geschockt starre ich auf das, was vor mir passiert, unfähig, etwas anderes zu denken als »Das kann nicht sein, das ist absolut ausgeschlossen«.

Doch kein Zweifel. Die Brücke bewegt sich.

9. Kapitel

»Vorsicht! Vorsicht vor besetzten Plätzen! Halte nach unbesetzten Ausschau, falls du das überhaupt beherrschst!«, raunte mir Sorina zu, während sie, in der rechten Hand ein Glas Prosecco, in der linken einen gehäuften Teller mit Kanapees balancierend, den einzigen noch freien Stehtisch ansteuerte. Einem älteren Herrn im Smoking, der die gleiche Intention zu haben schien, wurde von ihr gnadenlos der Weg abgeschnitten. Seine perfekt föhnfrisierte Begleiterin warf uns einen empörten Blick zu, den ich nur mit einem entschuldigenden Schulterzucken quittierte, ehe ich, Hanna im Schlepptau, den Tisch erreichte, mein eigenes Glas abstellte und erschöpft Luft holen musste.

»Und wie bitte darf ich das verstehen?«

»Das weißt du ganz genau!«

Sorina und Hanna wechselten einen bedeutungsvollen Blick.

Schon seit drei Stunden befand ich mich unter Dauerbeschuss, nachdem ich meinen beiden Freundinnen von dem Haken mit dem weiblichen Prinzenanhängsel berichtet hatte. Wir befanden uns im prachtvollen Foyer eines bedeutenden Wiener Opernhauses, in welchem gerade die Premiere von Puccinis La Bohème über die Bühne gegangen war. Sorina sollte für ihren Arbeitgeber, ein sehr buntes, sehr neues Hochglanzmagazin, eine Kritik verfassen, was insofern schwierig werden würde, als sie mir durch alle vier Akte hindurch eine geflüsterte Standpauke gehalten hatte. Unverschämt, wie sie nun einmal war, pflegte sie drei Pressekarten anzufordern und Hanna und mich zu allen wichtigen Kulturveranstaltungen der Stadt mitzuschleppen, inklusive anschließender Besuche bei bufettmäßig interessanten Premierenfeiern, wo sie Unmengen von dekorativen Lachsbrötchen mit reichlich alkoholischen Getränken hinunterspülte.

Unter normalen Umständen waren das immer äußerst unterhaltsame Abende, an denen wir nach proseccoinduziertem Geläster über die österreichische Society-Elite kichernd und singend Arm in Arm nach Hause wankten. Diesmal aber, nur zwei Tage nach meiner niederschmetternden Rendezvousmisere, war ich nicht in der Stimmung für harmlose Frauenunterhaltung.

Ich zermarterte mir den Schädel, denn es war klar, was ich wollte: den Märchenprinzen, am besten sofort und wild entschlossen, noch heute mit mir durch irgendein mondbeschienenes Gewässer zu rudern, da mir statt Schweiß Romantik aus jeder einzelnen Pore schoss.

Was ich dagegen nicht haben wollte, war Sorinas

kritische Spitzzunge, die meine höchst verfahrene Liebessituation weiter zerpflückte. Nicht einmal die hustende, sterbende Mimí auf der Bühne hatte Sorina davon abgehalten, mir jede erdenkliche gescheiterte Beziehung vorzuhalten, die es je zwischen zwei Erdenbürgern gegeben hatte, von denen einer nicht zu haben war. Die bösen Blicke der um uns herumsitzenden Musikliebhaber waren einfach an ihr abgeprallt, ebenso wie diverse hochdramatische Arien, Duette und herzerweichende Finali. Der Regisseur hatte die Handlung vom Paris des neunzehnten Jahrhunderts ins heutige New York verlegt, was Sorina offensichtlich in Cosmopolitan-Stimmung versetzte. Lediglich der Auftritt eines adonisgleichen südländischen Baritons hatte ihr ein begeistertes »Mamma mia!« entlockt, gefolgt von nicht zu überhörenden Sabbergeräuschen.

»Was wollt ihr eigentlich von mir?«, beschwerte ich mich nun am Stehtisch im Foyer. »Solange Männer kein Schild um den Hals tragen, auf dem BESETZT in Großbuchstaben steht, stellt sich doch die Frage: Woher soll man es wissen?«

Hanna trank einen Schluck Prosecco, legte mir einen Arm um die Schultern und meinte trocken:

»Gar nicht. Aber man bläst den Angriff ab, sobald man Bescheid weiß. Rückzug, verstehst du? Man muss einen aussichtslosen Kampf als verloren anerkennen, sobald er vor einem oben ohne Hula-Hoop-Reifen schwingt. C'est la vie, Olivia, sieh es ein!«

Hanna, die Sängerin, verfügte über ein äusserst faszinierendes Timbre, weshalb sich Männer schon nach ihr umdrehten, bevor sie ihrer Traumfigur, ihrer langen blonden Locken oder ihrer extravaganten Outfits ansichtig geworden waren. Spätestens nachdem das passiert war, lagen sie ihr für gewöhnlich zu Füssen, trugen sie auf Händen und boten sich an, ihr Yachten, Ferraris oder Diamantarmbänder zu kaufen. Sorina hatte einmal bemerkt, mit Hanna auszugehen, sei, wie im Karaokewettbewerb gegen Celine Dion, Whitney Houston und Mariah Carey anzutreten. Doch wir schätzten beide ihren trockenen Humor zu sehr, um uns daran zu stossen. Die Houston, die Dion und die Carey waren ja auch schon mal besser bei Stimme als dieser Tage, und Hanna entzog sich der freien Marktwirtschaft mit Nachdruck, denn sie lebte seit fünf Jahren mit einem spindeldürren Musikwissenschaftler zusammen. Sein Hinterkopf war nur noch dünn von Haaren besiedelt, ganz im Gegensatz zu seinen Armen und Beinen, dennoch vergötterte sie ihn regelrecht, aus uns nicht ganz ersichtlichen Gründen.

Ich liess den Kopf an Hannas Schulter sinken und seufzte schwer.

»Meine Heldin, du hast ja so recht! Bloss, wie stellt man das an? Kann man sich die Liebe einfach aus dem Körper rausoperieren oder absaugen lassen wie überschüssiges Fett?«

Sorina schlang ungeduldig ein halbes Lachsbrötchen hinunter, schluckte krampfhaft und schüttelte dabei den Kopf.

»Nur mal hypothetisch, Miss Liebesleid, stell dir vor, er verschaut sich in dich, schickt die Freundin in die Wüste, lässt sich die Haare wieder wachsen und liiert sich mit dir. Hättest du nicht immer Zweifel? Könntest du dir je sicher sein? Ich meine, verhält sich so ein anständiger Märchenprinz? Würde so ein Benehmen nicht zu sofortigem Ausfallen sämtlicher Zacken aus seiner Krone führen?«

Ich sah sie böse an.

»Du kannst dir gar nicht vorstellen, wie piepegal mir das ist. Hauptsache, er hält mich im Arm, und ich darf im Löwenzahnnebel einschlafen.«

Sorina verdrehte die Augen, während mir Hanna freundschaftlich den Arm streichelte, was mir den Neid der gesamten männlichen Foyerbevölkerung einbrachte.

In diesem Moment betrat Adonis höchstpersönlich den Raum, gefolgt von dem kleinen glatzköpfigen Tenor, der den Liebhaber Rodolfo gesungen hatte, den beiden absolut unauffälligen Sopranistinnen, dem steinalten, auf jede weibliche Brust starrenden Dirigenten und dem Rest des Ensembles. Zögerlicher Applaus derjenigen Gäste, die anstandshalber mit der Stürmung des Bufetts gewartet hatten, empfing sie. Alle anderen knabberten weiter ungeniert an ihren Brötchen. Der Regisseur setzte zu einer Rede in gebrochenem Deutsch an, was den allgemeinen Lärmpegel im Foyer jedoch keineswegs reduzierte, im Gegenteil. Irgendwo brach eine geliftete Societylady in hysterisches Gelächter aus, als ein Kellner ein Tablett mit Häppchen fallen ließ.

Ich habe lange genug selbst beim Theater gearbeitet, um diese Unmöglichkeit namens Premierenfeier aus ganzem Herzen zu verachten. Ich drehte mich zu Sorina, um eine dementsprechende Bemerkung zu machen (günstige Gelegenheit für ein schlaues Ablenkungsmanöver), doch meine Freundin stand nicht mehr neben mir, sie schwebte. Dabei hing sie verzückt an den Lippen des Baritons, der gerade etwas zu der kleineren Sopranistin sagte. Hektisch stieß sie mir den Ellenbogen in die Seite.

»Ist er nicht *göttlich*?«

Hanna, die einen Lachanfall nur mühsam unterdrücken konnte, antwortete in gespieltem Ernst:

»Zeus und Jupiter in einer Person. Der Strahlenkranz um sein himmlisches Haupt blendet meine Augen.«

Ich prustete in mein Proseccoglas, doch Sorina schien nichts davon zu bemerken.

»Ob der wohl noch in freier Wildbahn umherirrt, auf der Suche nach seiner Seelenpartnerin? Mädels, ihr entschuldigt mich, ich habe eine Eroberung zu machen!«

Schon stöckelte sie, mit zwei Gläsern vom nächsten Tablett bewaffnet, auf den nichts ahnenden Auserwählten zu.

»Ich wette, er wird eine fulminante Kritik bekommen«, flüsterte ich gerade grinsend Hanna ins Ohr, als mein Puls mehrere Schläge lang unter Schock aussetzte. Dort drüben, am anderen Ende des Raumes, stand mein frisierter Märchenprinz, im Smoking, herausgeputzt wie nie zuvor, ebenfalls mit zwei Gläsern in den Händen wie ein seltsames Spiegelbild Sorinas. Verflixt und zugenäht, das konnte nur eines bedeuten ...

Unsanft schob ich Hanna um den Stehtisch herum, sodass sie als Sichtschutz zwischen ihm und mir fungierte.

»He, was ...?«

»Pst. Prinz auf ein Uhr, zwei Gläser, Begleitung vermutlich für kleine Spielverderberinnen!«

»Wo?«

»Nicht umdrehen, Menschenskind! Halt still, und verdeck mich. Ich will die Freundin besichtigen!«

»Hältst du das für ...?«

»Ja, ja, dann weiß ich wenigstens, womit ich es zu tun habe. Hast du nie ›Waffen der Frauen‹ gesehen? Anschleichen, ausforschen, besser sein und, schwupp, schon hat man Harrison Ford an der Angel.«

»Was willst du denn mit Harrison Ford?«

»Hanna! Bitte!«

»In Ordnung. Also, was macht er?«

Ich warf einen verstohlenen Blick über Hannas linke Schulter.

»Nichts. Steht, schaut und bewacht die Gläser. Nein, warte, Moment, wirft einen Blick zur hinteren

Tür. Haha! Da geht es zu den Klos, dachte ich's mir doch! Verdammt!«

»Was? Was?«

Hanna rüttelte vor Aufregung am Tisch, und mein Prosecco schwappte über.

»So ein weißhaariger Herr Wichtig steht mir genau im Bild. Der – oh!«

»Oh, was?«

»Das ist der Operndirektor. Er tätschelt die Wange der langbeinigen Sopranistin und blockiert mir die Sicht. Mist, Mist, Mist. Ich muss …«

In diesem Moment brach der Tumult los.

Lautes Stimmengewirr hob an, diverse schrille Opernsängerstimmen stießen böse Flüche aus, und ich konnte gerade noch sehen, wie der baritonale Adonis mit wogenden dunklen Schmalzlocken aus dem Foyer stürmte, dicht gefolgt von einem bärtigen Muskelprotz, den ich als bedeutenden Künstleragenten identifizierte.

Ich drehte mich zu einem dünnen, rehäugigen Mädchen um, das hemmungslos in ihre Faust kicherte, und fragte sie, was passiert wäre. Sie bekam Schluckauf bei dem verzweifelten Versuch, das Kichern unter Kontrolle zu bringen, was umso schwerer fiel, als nun der glatzköpfige Tenor mit hochrotem Kopf lauthals unverständliche, italienische Wörter brüllte. Beide Sopranistinnen redeten beruhigend auf ihn ein, während der Operndirektor hektisch von einem zum anderen stolzierte.

»Pffff! So eine – hick – so eine Tussi mit – hick – mit – hick – mit kurzen, dunklen Haaren hat – hick!«

»Hat was?«

Mir schwante Bitterböses.

»Hat – hihi – hat dem Bariton an den Hintern gefasst! Pffff!«

Ich überließ Rehauge ihrem Lachkrampf und starrte Hanna mit offenem Mund an. Hanna schüttelte nur ergriffen den Kopf.

»Das ist doch nicht zu fassen!«

»Klarer Fall von sexueller Belästigung am Arbeitsplatz!«

»Ich glaube, das ist das Zweitschlimmste, was sie je gemacht hat.«

Hanna grinste breit.

»Und was war Nummer eins?«

»Ich will nicht darüber reden. Aber es waren rohe Eier, ein knallroter Spitzen-BH, ein volles Fußballstadion und eine Horde betrunkener Italiener im Spiel.«

»O weh!«

Die Situation schien sich nur allmählich zu beruhigen. Jetzt hatte sich ein grimmig aussehender Feuerwehrmann eingemischt, das Fernsehteam hatte die Kameras eingeschaltet, und der Operndirektor zerrte den verdutzten Regisseur vor die Linse, was der Gesellschaftsreporter jedoch lautstark als Ablenkungsmanöver outete. Von Sorina weit und breit keine Spur.

Ich riskierte einen Blick zum Märchenprinzen, der immer noch die Doppelglasstellung hielt und – ich schnappte aufgeregt nach Luft – jemanden anstrahlte, der sich offensichtlich von der Seite näherte. Mit klopfendem Herzen reckte ich den Hals und ... wurde abrupt am Arm gepackt.

»Nicht! Was soll das? Ich muss doch schauen ... Sorina! Bist du von allen guten Geistern ...?«

»Psssssst! Los, Abmarsch, auf der Stelle!«

Sorina duckte sich hinter meinen Rücken und zerrte mich langsam rückwärts Richtung Ausgang. Hanna folgte uns mit aufgerissenem Mund, ihr Glas noch in der Hand. Fast hätten wir es ungesehen aus dem Foyer hinausgeschafft, wäre uns nicht an der Tür der bärtige Agent entgegengekommen und hätte Zeter und Mordio angestimmt. Selbstverständlich richtete sich die Aufmerksamkeit aller Premierengäste augenblicklich auf uns, der Operndirektor schritt mit ausgestrecktem Arm auf uns zu, und das Letzte, was ich sehen konnte, bevor ich, von Hanna heftig vorwärtsgeschubst, im Laufschritt hinter Sorina herstürmte, war ein verblüffter Blick aus efeugrünen Augen, der meine Eingeweide komplett durcheinanderbrachte.

»Sorina, du Dromedar!«, rief ich, den Tränen nahe, als wir endlich heftig schnaufend durch den Haupteingang des Opernhauses ins Freie stürzten.

»Weißt du eigentlich, was du da gerade verpfuscht hast? Kannst du dich nicht ein Mal im Leben stinknormal benehmen?«

»Mein lieber Goldschatz«, antwortete Sorina fröhlich, während sie einen Arm um meine und einen um Hannas Hüfte schlang, »es muss noch sehr viel Wasser ins Meer fließen, ehe endlich Gleichberechtigung im Geschlechterkampf herrscht. Aber ich habe heute meinen bescheidenen Beitrag dazu geleistet, und ich schäme mich kein bisschen dafür! Und ich sage dir eines: Was für ein Göttera...«

Was soll man dazu noch sagen?

10. Kapitel

Nichts! Ich sehe nach unten, unmittelbar vor meine Füße, doch da ist nichts mehr. Wo eben noch stabiler Beton davon Zeugnis ablegte, dass wir Menschen die Natur technologisch besiegen können, tut sich jetzt ein Spalt auf, unter dem in der Tiefe dunkelbraunes Themsenwasser fließt.

O mein Gott, wie ist das möglich?

Mehrmals am Tag öffnet sich die Tower Bridge für große Schiffe, ich habe das schon miterlebt. Doch immer ist dieser Vorgang mit Sirenengeheul, Security-Absperrungen und einem Riesengetue verbunden, wie also kann sich das Ding unter mir ohne Vorwarnung von einer Sekunde auf die andere bewegen? Das steht so nicht in den Sicherheitsanweisungen, und wo *zum Teufel* ist meine Schwimmweste?

Verschwommen nehme ich die Vorgänge um mich herum wahr: Autoreifen quietschen, Blech stößt auf Blech, Hupen mischt sich mit Geschrei, Autotüren werden zugeschlagen, das Geräusch von rennenden Füßen auf Asphalt, Hundegebell, Kindergekreische, über allem der heulende Wind. Doch ich bin merkwürdig ruhig, so als hätte mir jemand Valium verpasst.

Normalerweise sorgt die Hydraulik dafür, dass die Brückenteile sich innerhalb weniger Sekunden heben und wieder senken, doch diesmal fühlt es sich fast so an, als kämpfe eine riesige Macht gegen die Hydraulik an, um sie außer Kraft zu setzen. Gewaltsam werden die Arme der Tower Bridge nach oben gedrückt, ein Vorgang, der langsam aber stetig passiert. Der Spalt vor meinen Füßen ist nun bereits zehn, fünfzehn Zentimeter breit, das Gefälle zieht mich nach hinten, doch ich kämpfe dagegen an. O nein, Lady Grey, ich kehre nicht um, unter gar keinen Umständen.

»So so?«, dröhnt aus den Lautsprechern der Brücke die mir wohlbekannte eiskalte Stimme. »Seien Sie doch vernünftig. Wenn Sie sich langsam rückwärtsbewegen, wird Ihnen nichts geschehen. Nach vorn führt kein Weg, sehen Sie das nicht ein? Räumen Sie das Feld, JETZT, SOFORT!«

Zwischen den letzten Silben, wie zur Untermalung, setzen endlich die Sirenen ein. Ich werfe einen Blick über meine Schulter. Auf der Besucherplattform sammeln sich wie am Spieß brüllende, fuchtelnde Menschen, die von mehreren Sicherheitsbeamten nur mühsam gebändigt werden können. Auf der Straße, die von meinem Gehweg durch ein hellblaues Geländer getrennt ist, werden die verlassenen Fahrzeuge durch die Schwerkraft nach hinten gezogen und fädeln sich mit viel Blechgetöse Stoßstange an Stoßstange auf wie die absurdeste Perlenkette der Welt. Auch ein roter Doppeldeckerbus ist dabei, doch sein Gewicht ist zu groß. Er kippt zur Seite, wobei er mehrere Autos unter sich zerquetscht, als wären sie aus Pappmaschee. Entschlossen drehe ich mich von dem Chaos weg.

»Nicht mit mir, Lady. Mein Ziel befindet sich jenseits der Brücke, und ich gedenke, es zu erreichen.«

»ACHTUNG, ACHTUNG!« Die Lautsprecherdurchsage geht mir durch Mark und Bein. »Eine suizidgefährdete Person befindet sich auf der Brücke. An alle Sicherheitsbeauftragten: Das betreffende Subjekt ist unverzüglich gewaltsam zu entfernen und in Gewahrsam zu nehmen. Ich wiederhole: In Gewahrsam!«

Das Gefälle ist mittlerweile so groß, dass ich ein Stück nach hinten rutsche, ehe es mir gelingt, mich am Geländer festzuhalten. Am Fuß der Brückenarme sehe ich die Securitys in neongelben Warnwesten, die Anstalten machen, zu mir heraufzuklettern. Der Spalt ist inzwischen größer geworden, ich schätze ihn auf einen Meter, vielleicht auch eineinhalb.

Mir klopft das Herz bis zum Hals. Ich weiß, dass ich nicht zurückkann, denn dort warten sie bereits auf mich, um mich in irgendein Krankenhaus mit weichen, gepolsterten Wänden sowie sehr verständnisvollen Ärzten einzuliefern, was mich wohl alle Froschzeit kosten würde, die ich zur Verfügung habe. Also gibt es nur einen Weg. So leicht lasse ich mich von den Hexen nicht besiegen. Das schiere Ausmaß ihrer Bemühungen zeigt mir vielmehr, dass dieser

Noel Gainsborough genau der Mensch ist, der mir helfen kann. Also, was zögere ich noch?

Ich starre in die Tiefe. Die dunkelbraune Themsebrühe, vom stärker werdenden Wind aufgewühlt, scheint bereits gierige Arme nach mir auszustrecken. Anlauf, denke ich, ich muss genügend Anlauf nehmen. Also noch ein paar Meter rückwärtsrutschen, tief durchatmen, nicht an den steiler werdenden Weg oder die brodelnde Wassermasse darunter denken. Auf drei.

Eins – zwei – drei!

Ich laufe los. Die Steigung ist zu Fuß gerade noch zu bewältigen. Gerade noch. Ich weiß, wenn ich an der Spitze des Brückenarmes auch nur eine Zehntelsekunde zögere, werde ich nicht springen können. Also stoße ich den lautesten Schrei meines Lebens aus, hole so viel Schwung wie möglich und löse ein Bein nach dem anderen vom Boden. Unter mir scheint der Spalt endlos breit, kein Boden taucht auf, keine rettende Brückenkante, dafür braust mir der Wind böig entgegen. Um den unvermeidlichen Absturz nicht mitansehen zu müssen, schließe ich die Augen. In schätzungsweise zehn Sekunden bin ich tot. Ich sehe im Kopf efeugrün, zum aller-, allerletzten Mal ...

Au! Ich schürfe mir beim Aufprall den Ellenbogen auf und schlage mir schmerzhaft das Knie an.

»Alles in Ordnung?«

Ich öffne die Augen und starre ungläubig auf eine Hand, die mir von einem neongelb gekleideten Mann entgegengestreckt wird. Hektisch blicke ich mich um. Alles wie immer. Autos und Menschen passieren die Brücke, alle sehen durchaus normal aus, bis auf mich natürlich, denn ich bin weit und breit die Einzige, die, ein Stück hinter der Brückenmitte, am Boden hockt. Ich lasse mir von dem freundlichen Securitymenschen auf die Beine helfen und sehe ihn entschuldigend an.

»Äh, danke schön, ich muss wohl gestolpert sein.«

Er runzelt die Stirn.

»Nun, Ma'am, es war ein wenig seltsam. Es sah fast so aus, als wollten Sie über ein unsichtbares Hindernis springen.

Ich sehe ihn wie vom Donner gerührt an.

»Ich – ich bin gesprungen? Aber – aber – aber sonst war nichts Ungewöhnliches auf der Brücke zu sehen?«

»Ungewöhnlich, Ma'am?«

»Die Brücke hat sich nicht – hm – geöffnet?«

Er lacht kehlig.

»O nein, was denken Sie, Ma'am? Das Öffnen der Brücke ist strengen Auflagen unterworfen. Wir machen nicht so mir nichts, dir nichts die Klappe auf. Wenn sich diese Brücke öffnet, dann hat hier keiner was zu suchen, so was wäre ja lebensgefährlich!«

Lebensgefährlich, ja. Ich reibe mir den zerkratzten

Ellenbogen und nicke dem Securitymann freundlich zu.

»Danke für Ihre Hilfe. Ich muss jetzt weiter.«

Er hält mich an der Schulter fest.

»Passen Sie auf Ma'am, der Boden hier ist ziemlich uneben, nicht, dass Sie wieder stolpern.«

»Keine Sorge. Ich gebe acht, wo ich hintrete.«

Im Gehen winke ich ihm zu und wende mich lächelnd den Fassaden von Bankside zu. Lady Grey, Ihr Fehdehandschuh ist bei mir in den besten Händen. Wir wollen mal sehen, wer mehr Durchhaltevermögen besitzt.

Es ist ein warmer Frühlingstag, der Hexenwind hat sich so plötzlich gelegt, wie er aufgetaucht ist, und spürte ich nicht dieses Angstkribbeln in den Haarwurzeln, könnte ich mich beim vertrauten Klang meiner Schritte auf dem Großstadtpflaster sogar wohlfühlen. Doch ich denke an den Frosch, frage mich, wo er gerade sein mag, sehe auf der Uhr die Zeit gnadenlos verrinnen, und schon ist es mit dem Positivismus vorbei. Augenblicklich beschleunige ich meine Schritte, vorbei an den Bankside Pubs, die jetzt, am dämmrig werdenden Spätnachmittag, einladend gemütlich aussehen, bis ich, ziemlich außer Atem, vor dem schmiedeeisernen Tor des Globe Theatre stehe. Da ich keine Karte habe, wende ich mich direkt an eine der Platzanweiserinnen und frage nach Noel Gainsborough, werde jedoch ins Hauptgebäude an den Informationsschalter verwiesen. Dort fragt mich eine nette ältere, sehr britische Dame nach meinem Namen und bittet mich, ein paar Minuten zu warten, was ich ein Stockwerk höher im Shop nur zu gerne tue, ein Ort, der das Herz jedes wahren Shakespearianers sofort höher schlagen lässt. Shakespeare-Schnickschnack!

Ich blättere in wunderbaren, illustrierten Ausgaben, aufregenden neuen Biografien sowie entzückenden Kinderbüchern zum Elisabethanischen Zeitalter, überlege, ob ich mir diesmal das Globe als Papierfalttheater kaufen soll oder doch das T-Shirt mit dem Totenschädel von Yorrick darauf, als jemand neben mir leise meinen Namen sagt. Ich drehe mich zu ihm um und denke auf den ersten Blick, der Inbegriff des typischen Engländers steht vor mir. Kleine, freundliche Augen hinter einer überdimensionalen, altmodischen Hornbrille, dünnes, rötliches Haar, das vorn schön langsam einer gepflegten Glatze Platz macht, helle Haut und ein leichtes Lächeln, das auf etwas schiefe Backenzähne schließen lässt, aber nicht uncharmant wirkt.

»Mister Gainsborough?«

»Sie können mich Noel nennen, das tun alle«, antwortet er in perfektem, deutlich österreichisch gefärbtem Deutsch und streckt mir eine Hand entgegen, die ich schüttle. Der Händedruck ist kräftig, kräftiger als seine brüchige, aber ungeheuer angenehme Stimme.

»Noel«, meine ich überrascht, »ich dachte, Sie sind Engländer?«

Er lächelt breiter.

»Das bin ich auch, obwohl ich den Großteil meines Lebens in Wien verbracht habe, auch wenn«, er legt die Stirn in Falten, »das irgendwo in der Vergangenheit liegt und in Frieden ruht. Wie kann ich Ihnen helfen?«

Ich bin so nachdenklich in seine Gesichtszüge vertieft, dass ich beinahe vergessen hätte, weswegen ich gekommen bin.

»Äh, ich soll Sie von Shakespeare am Leicester Square grüßen, er schickt mich zu Ihnen, weil ich Hilfe brauche. Es geht um ein Problem mit der Europäischen Hexen- und Hexenkunst…«

Noel legt mir eine Hand auf die Schulter und hält sich den Zeigefinger an die Lippen, sieht sich dann konzentriert um, ehe er mir ein Zeichen gibt, ihm zu folgen. Er führt mich zu einem abgelegenen, kleinen Büro, bedeutet mir, Platz zu nehmen, und schließt das einzige Fenster sowie die Tür sorgfältig, bevor er wieder zu reden beginnt.

»Bitte verzeihen Sie, aber man kann nicht vorsichtig genug sein. Es gibt Dinge, die sollte man nur an sicheren Orten besprechen. Zwar halte ich das Globe prinzipiell für relativ sicher, doch ist es besser, mithörende Ohren zu vermeiden, wenn man sich über die Hexen unterhält.«

Er macht eine Pause und sieht mir eindringlich in die Augen, ehe er fortfährt.

»Bitte, seien Sie mir nicht böse, wenn ich erst mal

ausschließen muss, dass Sie andere als gute Absichten haben. Die Vereinigung hat mehr als ein Mal versucht, mich auszuspionieren. Darum, bevor wir weitersprechen, beantworten Sie mir eine Frage: Was steht auf Shakespeares Schriftrolle?«

»There is no darkness but ignorance. Aber warum ...?«

»Eine reine Vorsichtsmaßnahme. Keine Sorge, ich bin mir jetzt sicher, der Satz und Ihr Ring«, er blickt lächelnd auf meine Hand, »genügen. Bitte, ich sehe, Ihr Anliegen ist dringend, erzählen Sie mir, was Sie hierherführt.«

»Danke, Noel, aber ich hoffe, auch Sie werden mir nicht böse sein. Seit heute Morgen habe ich keine Ahnung mehr, wem ich trauen kann, jeder natürliche Instinkt scheint mich verlassen zu haben. Darum habe ich auch eine Frage: Was verbindet Sie mit Shakespeare?«

Noels Augen funkeln fröhlich, als er meinen Blick erwidert. Mir fällt auf, dass seine Lider nicht ganz symmetrisch sind, irgendwie wirkt das eine Auge größer als das andere, was ein wenig irritierend, aber auch sehr interessant aussieht.

»Gute Reaktion, richtig gehandelt! Ich sehe mit Vergnügen, dass Sie verstanden haben, worum es geht.«

Ich blicke ihn erwartungsvoll an.

»Was uns alle mit Shakespeare verbindet: der Shakespeare-Pakt, geschlossen vor über fünfzehn Jahren.«

»Sie sind Schriftsteller?«

Ich weiß nicht, warum mich das erstaunt.

»Schriftsteller, Regisseur, Schauspieler, Straßenmusikant, Donut-Verkäufer, je nach Wunsch. Aber ja, ich gehöre der schreibenden Zunft an, irgendwie.«

Er hebt die Hand mit dem Siegelring.

»Sie sagen das wie etwas, wofür man sich ein klein wenig schämen muss.«

»Und? Was meinen Sie, muss man?«

Unsere Blicke treffen sich, und wir fangen gleichzeitig an zu lachen. Noel spricht als Erster wieder.

»Aber da wir beide hier ja quasi vom gleichen Fach sind, also unter Kollegen vom Shakespeare-Pakt und von den Hexen sprechen, wollen wir nicht das förmliche Sie bleiben lassen und Du zueinander sagen?«

Ich weiß nicht, warum, aber ich fühle mich in diesem winzigen Büro in Gesellschaft dieses Mannes so geborgen und sicher, wie seit dem Mutterbauch nicht mehr. Vorausgesetzt, ich könnte mich an den Mutterbauch erinnern. Darum kommt mir dieses schnelle Angebot absolut logisch vor.

»Einverstanden.«

Wir besiegeln das mit einem freundlichen Handschlag, ehe Noel wieder zum Grund unseres Zusammentreffens kommt.

»Also, was hat dich in den Dunstkreis der Vereinigung geführt?«

»Eine völlig missglückte Wunschwellenanwendung.«

Er nickt verständnisvoll. Es kommt mir gleichzeitig beruhigend und absurd vor, über all diese sonderbaren Begriffe sprechen zu können, ohne für verrückt gehalten zu werden. Ich erzähle einem wildfremden Menschen, dass ich regelmäßig mit einer Statue kommuniziere, Probleme mit einer Hexenorganisation habe sowie ganz nebenbei auch noch zickige Tütüfeen mit der Erfüllung von Wünschen beauftrage, die ihren Ursprung in Grimms Märchen haben. Das würde in Gegenwart der meisten Menschen, die ich kenne, genügen, um zumindest auf der Couch eines Psychiaters, wenn nicht sogar gleich in einer geschlossenen Anstalt zu landen. Doch Noel sieht keineswegs so aus, als würde er demnächst Irrenwärter auf mich hetzen, im Gegenteil, er wiegt nachdenklich den Kopf und fragt ruhig:

»Was war denn dein Wunsch?«

»Nun, Noel, das ist nicht so leicht zu erklären. Es fällt mir schwer, darüber zu sprechen, besser gesagt, es ist mir außergewöhnlich peinlich, um nicht zu sagen, furchtbar unangenehm ...«

»Kennst du das Märchen vom Froschkönig?«

Ich schlucke hörbar. Wie konnte er das wissen?

»Ja, natürlich, wer kennt das nicht?«

»Gut. Also hör zu: Niemand fragt je nach den Motiven der bösen Zauberin, warum sie den schönen Prinzen in einen Frosch verwandelt hat. Möglicherweise hatte er es verdient. Das tut nichts zur Sache. Wichtig ist die Tatsache der Gestaltveränderung als solche und die Möglichkeit, sie rückgängig zu machen. Darum frage ich dich: Bist du bereit, sie rückgängig zu machen, oder gibt es irgendeinen Teil in dir, dem der Frosch als Frosch genug ist? Das ist sehr wichtig, also denke gut darüber nach, bevor wir alles Weitere besprechen.«

Ich lasse vor meinem inneren Auge die Ereignisse der letzten dreißig Stunden vorbeiziehen, denke an ein Paar Pupillen in der Farbe von Steinmauerefeu und muss einen Moment lang Noel und das Globe ausblenden, um wieder das Blätterrauschen im Park zu hören. Ich überlege mir meine Antwort gut.

11. Kapitel

»Tja, mein Lieber, ich weiß, wie alt du bist, aber du weißt nicht, wie alt ich bin.«

Er sah ehrlich erstaunt aus.

»Woher weißt du das? Ich sage niemandem mein Alter, wirklich niemandem!«

»Ich habe dich gegoogelt!«

»Merde!«

Wir lachten. Es war nicht unser erstes Treffen seit dem Abend seines Konzertes, aber mit Sicherheit das entspannteste. Wir saßen auf einer sonnigen Bank im schönsten Park der Stadt. Ein milder Frühlingswind bewegte malerisch Blätter, Gräser sowie Miniröcke, und der Mann neben mir hatte diesen kleinen Leberfleck seitlich am Kinn, der mir, wenn ich ihn längere Zeit betrachtete, das Gefühl gab, als hätte jemand Daunenfedern unter mein T-Shirt gepackt. Er lächelte, bis die Augenwinkel hinter seinen Brillengläsern zarte Falten warfen. Die Daunenfedern wirbelten durcheinander, und mein Herz schlug mir bis zum Hals, denn ich hatte mir viel vorgenommen.

Die Wochen, seit ich ihn im Café Poesie kennengelernt hatte, waren sprichwörtlich verflogen.

Ich spürte instinktiv, dass es an der Zeit war, ihn über die Art meiner Gefühle aufzuklären, besser, ihn mit allen Mitteln und Tricks zu umgarnen, die ich via Frauenratgeber im Schnellkurs gelernt hatte. Ich hielt meinen Kopf hoch, den Blick parallel zum Boden, auf einen imaginären Punkt in der Ferne gerichtet, dabei ein entspanntes Lächeln auf den Lippen. Im Gespräch dehnte ich den Augenkontakt immer um zweieinhalb Sekunden länger aus, als ich es normalerweise tun würde, und zwar in die Pausen zwischen den Sätzen hinein. Tiefer in psychologische Tricks eindringend, passte ich meine Bewegungen den seinen an, ganz ähnlich wie meine Antworten seinen Fragen. Ich achtete darauf, Schlüsselwörter gezielt zu verwenden und somit insgesamt ein Gemeinsamkeitsgefühl zu erzeugen, das sonst nur Paare miteinander teilten. Künstlich hergestellte Verliebtheitsatmosphäre, kurz gesagt. Zwar war mir vom ersten Moment an aufgefallen, dass er kein bisschen so reagierte, wie die potenziellen Beziehungspartner aus meiner Lektüre, doch ich schob das auf sein Künstlertum sowie die grundsätzliche Andersartigkeit, die er in allem an den Tag legte, was das Verhalten der Spezies Mann betraf.

Meine Bibel auf dem Ratgebergebiet war ein brandneues Meisterwerk namens »Liebeszauber. 85 erprobte Techniken, denen keinen Mann widersteht«. Darin wurde ganz klar die These vertreten, dass man Liebe auf den ersten Blick erzeugen konnte, wenn man gewisse Körpersignale bewusst aussandte.

Nun saß ich neben ihm auf einer Parkbank, sendete wie eine Wilde, doch scheinbar ohne wesentliche Reaktion von seiner Seite, abgesehen davon, dass er durch und durch glückliche Zufriedenheit ausstrahlte, eine Tatsache, die ich nach gründlicher Überlegung meinen Signalbemühungen zuschrieb und in der ich Aufbaupotenzial sah.

Das erste Treffen nach seinem Konzert und dem peinlichen Premierenfeierintermezzo hatte im Café Poesie stattgefunden, wo ich, nach Tagen harter Dichtertätigkeit mit einer kleinen Mappe voller kitschstrotzender Liebesgedichte erschienen war. Jedes Einzelne davon hatte ich für den Märchenprinzen in spe verfasst, alle handelten von plötzlicher, blitzschlaggebeutelter, unerklärlicher, efeufarbener Zuneigung, die, so war ich überzeugt, von ihm augenblicklich erkannt und erwidert werden musste, wenn er diese aus Herz und Seele gerissenen Kunstwerke verinnerlicht und zu Musik gemacht hatte. Woran ich nicht vorhatte zu denken, das waren zwei Gläser in seinen Händen, o nein!

Meine Hände zitterten so stark, dass ich beinahe schon am Türknauf des Cafés gescheitert wäre. Ich drückte mein überhitztes Gesicht kurz an die kühle Scheibe der Tür, presste meine Gedichtmappe an mich wie einen Talisman und trat etwas gefestigter ein.

Womöglich, so dachte ich noch, ein hysterisches

Kichern zurückhaltend, würde seine Wahrnehmung mir gegenüber sogar geschärft werden, wenn ich vor dem Eingang schmelzen und als Lavastrom durch den Türspalt über die Schwelle bis unter seine Fußsohlen fließen würde. So aber, wankend statt quellend, konnte ich nur mit mir selbst bestechen, ein Unterfangen, das mich bei Weitem überforderte. Ich fand ihn in Kornblumes Büro, allein.

»Hallo. Ich habe dir Gedichte herausgesucht. Es sind sehr persönliche Texte, ich hoffe, sie gefallen dir.«

Meine Stimme zitterte nicht, doch sie klang mindestens einen Halbton höher als sonst und aufgekratzt, was ihn veranlasste, mich misstrauisch zu mustern. Instinktiv spürte er meine Unruhe, allerdings zu meiner Verzweiflung, ohne einen blassen Schimmer zu haben, woher sie kam.

»Bist du okay?«, fragte er.

»Bestens«, antwortete ich fröhlich, seinem Blick geflissentlich ausweichend, »mir geht es super, bin nur etwas übernächtigt.«

»Ach ja, richtig, du bist ja manchmal spätabends in der Oper.« Scham schoss mir widerlich plötzlich ins Blut.

»Hm, ja, aber das ist eher die Ausnahme.«

Er lächelte unergründlich.

»Hat dir die Bohème gefallen?«

»Ich fand es etwas unnötig, dass die Hauptdarstellerin am Schluss sterben muss. Ich meine, wer stirbt heutzutage noch an Schwindsucht? Wenn man schon die Handlung in unser Jahrtausend verlegt, dann sollte man Kleinigkeiten dieser Art bedenken. Alleinstehende Frauen unserer Generation sterben höchstens an Vereinsamung oder gebrochenem Herzen – habe ich mir sagen lassen«, ergänzte ich rasch.

»Bist du auch wirklich in Ordnung?«

»Ja!«, antwortete ich, etwas zu laut, und strahlte ihn krampfhaft an.

Er nickte wenig überzeugt und nahm die Mappe an sich, die ich ihm immer noch entgegenstreckte.

»Bitte, setz dich.«

Er deutete auf den Sessel vor dem Schreibtisch, von dem aus ich so oft Kornblume beim Rumkugelverzehr zugesehen hatte. Das Fehlen des Alkoholgeruchs wurde mir bewusst.

»Ist Kornblume nicht da?«

Er schüttelte den Kopf.

»Sie schläft, sie hat ein wenig Fieber, und Jana hat sie gerade ins Bett gebracht. Ich bin so lange hier im Büro, aber ich finde nichts, es ist ein Chaos, completement fou sag ich dir.«

Ein irritierendes Geräusch erregte meine Aufmerksamkeit. Mit voller Kraft floss Wasser aus dem Wasserhahn in einer Ecke des Büros in das winzige Waschbecken.

»Äh, lässt du das Wasser absichtlich laufen?«

Er warf einen Blick zum Waschbecken und nickte leicht.

»Ja. Weißt du, wenn das Wasser fließt, dann kann ich mir einen Wasserfall vorstellen oder Meeresrauschen. Es fehlt mir die Natur hier, und ich bin verrückt nach dem Meer.«

»Verstehe.«

Jana steckte ihren Kopf zur Tür herein. Wie immer nickten wir uns freundlich zu, ohne dass uns auch nur ein einziges Wort eingefallen wäre, das wir einander zu sagen gehabt hätten. Ich mochte sie, sie war ruhig, liebenswürdig und manchmal so unauffällig, dass man sie erst wahrnahm, wenn zwei Gläser auf einem Tablett, das sie trug, gegeneinanderklirrten. Ich kam mir in ihrer Gegenwart so poltrig vor wie einer dieser japanischen Haushaltsroboter. Jede ihrer Bewegungen war elegant, ihr Lachen klang so sanft wie mit Honig gesüßter Rooibostee, und ihre Haut war tatsächlich exakt pfirsichfarben. Ein wunderbares Geschöpf, Arwen Abendstern, die Tolkien-Elfe. In ihrer Gegenwart fühlte ich jeden Schweißtropfen in meinem Rücken, jeden Pickel an meinem Hals, jedes Fettpolster um die Hüfte sowie jede fahrige Handbewegung meiner eckigen Gliedmaßen doppelt bis dreifach. Jana erinnerte mich an die schönsten Exemplare dieser Miniaturtierchen aus Murano-Glas, die man in venezianischen Geschäften kaufen konnte. Filigran, herrlich anzuschauen, völlig transparent, ohne Sprung im Material. Dabei ziemlich leicht zerbrechlich.

»Brauchst du Hilfe?«, fragte sie mit ihrer angenehmen Harfenstimme. Das Lächeln, das der Mann am Schreibtisch der Kellnerin zuwarf, verursachte ein relativ schmerzhaftes Stechen hinter meinem Schlüsselbein. Nervös blickte ich zwischen beiden hin und her, um mögliche geheime Zeichen zu erkennen, doch er winkte nur höflich ab, worauf Jana wieder ins Lokal zurückkehrte, wo ein einzelner Stammgast Zeitung lesend beim Fenster saß. Sie beglückte diesen mit ihrer Elfengegenwart.

Der Klumpen in meinem Hals löste sich allmählich, doch ein bitteres Etwas blieb auf der Zunge zurück. Ich räusperte mich hörbar.

»Danke für die Gedichte, ich freue mich sehr, ich lese sie, sobald ich kann. Im Moment ist hier Chaos, aber wenn Kornblume wieder gesund ist, nehme ich ein, zwei Tage frei. Ich melde mich dann, d'accord?«

»D'accord!«

Ich nickte fröhlich, erhob mich gezwungenermaßen, da auch er sich zum Abschied erhoben hatte, schüttelte seine Hand und ließ mich von ihm zur Tür des Büros begleiten, wo er sich noch einmal bedankte, ohne meine Hand loszulassen. Zum Abschied drückte er sie fest, ehe er die Tür zwischen mir und einem langen, unergründlichen Blick aus den bekanntermaßen efeugrünen Augen schloss. Ich stand davor, fassungslos. Eilig verließ ich das Café Poesie, ohne Janas leisen Gruß zu erwidern.

Drei lange Wochen waren vergangen, drei Wochen, in denen ich nicht nur an der Funktionsfähigkeit meines Handys ernste Zweifel hatte, sondern auch an der Bestimmung meines Luftschlosses sowie dem Sinn des Lebens ganz allgemein. Kein Anruf von ihm, so sehr ich es mir wünschte, die Verbindung war wie abgerissen. Ich haderte mit der Welt und konsequenterweise auch mit mir selbst. Als ein weiteres tristes, unanständig schönes Frühlingswochenende heranzog, meldete sich Kornblume, wieder frisch und munter, bei mir.

»Liv-Schatz, du musst heute Abend vorbeikommen. Kein Aber! Widerstand ist zwecklos, wir feiern Jubiläum, und du musst *un-be-dingt* eine Rede halten. Um sechs geht's los, sei pünktlich, addio!«

Heiliger Kratzbaum, mir brummte der Schädel, jede Bewegung, abgesehen von der Benützung der Fernbedienung oder dem Auswickeln von Süßigkeiten, bedeutete einen kaum zu bewältigenden Kraftaufwand. Die Sonne, die durch meine Fenster schien, war unerträglich grell, schon der bloße Gedanke, mich ihrem Licht *da draußen* aussetzen zu müssen, war schaurig. Nur kein Gedanke an *da draußen*, lieber wollte ich noch eine allerallerletzte Folge »Sex and the City« anschauen und danach ein Schläfchen von ein bis zehn Stunden machen.

Ich nannte diese Tage immer meine schlechte Phase oder meine Verkriechwochen. Nie nahm ich das Wort Depression in den Mund, weil ich überzeugt war, dass ich damit wirklich depressiven Menschen gegenüber unfair sein würde. Schließlich hatte *ich* schlicht und ergreifend schlechte Laune, mir war eine Laus über die Leber gelaufen, aber, hey, das hatte nichts mit der D-Krankheit zu tun, keinesfalls.

LaBelle wich in solchen Zeiten nicht von meiner Seite, wofür ich ihr äußerst dankbar war. Wäre sie nicht mit ihrem warmen, kleinen Katzenkörper permanent auf Tuchfühlung gewesen, würde mich das Einsamkeitsmonster sicherlich längst mit Haut und Haaren aufgefressen haben.

Bedauernd schaltete ich den Fernseher aus (Bye, bye, Mister Big!), rappelte mich vom Sofa hoch, schaffte es nach zweieinhalb vergeblichen Versuchen schließlich, auf meinen Beinen stehen zu bleiben und schleppte mich zum Kühlschrank. Dort herrschte dramatische Leere, da ich die Wohnung seit dreieinhalb Tagen nicht verlassen hatte, wodurch meine Ernährung sich auf Chips, Schokolade und Dosensuppen beziehungsweise chinesische Zwei-Minuten-Nudeln beschränkt hatte. Ich fand folgende mögliche Mahlzeit vor:
- vier verschrumpelte Essiggurken
- eine halbe Packung geriebenen, äußerst vertrockneten Mozzarella
- Pfirsiche in der Dose, angebrochen, müffelnd
- sauer gewordene H-Milch
- ein Joghurt mit Ablaufdatum vom Herbst letzten Jahres.

Angesichts dieser Optionen beschloss ich, essen zu gehen.

Ein Mittagssushi bei meinem Stammjapaner, drei Kannen grüner Tee extra stark, sowie eine erhöhte Dosis Frischluft Marke Stadtgestank später war ich bereit, einen Besuch im Café Poesie zumindest in Erwägung zu ziehen. Ich würde dabei immerhin dem Anrufvorenthalter begegnen und in der Lage sein, mich meinen Problemen zu stellen. Andererseits kam im Vorabendprogramm eine Doppelepisode von »Die Nanny«, gefolgt von einer schrecklich perversen Reality-Dokusoap, die auf mein voyeuristisches Unterbewusstsein abzielte, abgerundet von einem grauslichen japanischen Horrorfilm kurz vor Mitternacht.

Schwierig.

Ich wollte ihm begegnen, so viel stand fest. Die Sehnsucht war dermaßen groß, dass das Etwas in meiner Brust schmerzhafte Klagelaute von sich gab, die sogar LaBelles heftigste Forderungen nach Futternachschub locker übertönten. Andererseits war ich zutiefst verletzt, dass nach Preisgabe meiner Seele in Gedichtform keine angemessene Reaktion von ihm gekommen war. Ich beschloss, meine zwei vertrauenswürdigsten Freundinnen zu konsultieren.

Zuerst rief ich Sorina an, die, wie erwartet, ungehalten reagierte.

»Du gehst selbstverständlich *nicht* hin, oder willst

du dich völlig zum Affen machen? Sieh es ein, der Mann taugt nichts! Er benutzt dich nur, er verursacht dir Depressionen, Verzeihung, schlechte Laune, er versteht null Komma null von den unverzeihlichen Telefonverstößen. Und wenn du mich fragst, ist er mit ziemlicher Sicherheit schwul, asexuell oder sonstwie fürs weibliche Geschlecht verloren. Freundin hin oder her. Schieß ihn zum Mond, verstanden? Magst du nicht lieber mir Gesellschaft leisten? Doppelfolge Nanny, dann ...«

Mein zweiter Anruf galt Mona, meiner nebenberuflichen Literaturagentin, die, kinderreich und glücklich verheiratet, stets an das Gute im Menschen glaubte und dementsprechend meinte:

»Du musst da hin, schon um kein Risiko einzugehen. Womöglich verpasst du sonst deine große Liebe. In diesen Dingen darf man nicht passiv sein, man muss die Initiative ergreifen, auch wenn das bedeutet, über den eigenen Schatten zu springen. *Spring*, hörst du mich?«

Nun war ich genauso klug wie vorher. Jeder, der behauptet, Ratschläge von Freundinnen würden zur Lösung irgendeines Problems beitragen, lügt entweder wie gedruckt oder hat sogar noch mehr Wiederholungen von »Sex and the City« gesehen als ich, was nicht einmal theoretisch möglich ist. Ärgerlich warf ich das Handy Richtung Sofa. Noch in der Flugphase begann es zu klingeln, und zwar »Moon River«, das ich in einem sentimentalen Moment als

Spezialrufton für den Märchenprinzen gespeichert hatte. Mit einem kühnen Hechtsprung erreichte ich das Gerät vor dem Aufprall, schlug mir dafür aber mein Knie am Couchtisch an. Ich unterdrückte den Schmerzensschrei bravourös, auch wenn meine Stimme vielleicht etwas belegt klang.

»Hallo?«

»Bonjour, Verzeihung, störe ich?«

»Nein, nein.«

Innerlich fluchend rieb ich mein Knie, tauchte ein Taschentuch in das abgestandene Wasser der Blumenvase auf dem Tisch und presste diese Notlösung einer Eispackung dagegen.

»Gut. Schau, es tut mir leid, dass ich mich nicht früher gemeldet habe, aber ich hatte viel Arbeit, sehr viel Arbeit. Ich würde mich auf jeden Fall freuen, wenn wir uns heute Abend sehen, ich habe eine surprise für dich. Du kommst?«

Drei Millionen Tonnen mindestens fielen von meinem Herz ab, leicht geworden lag es mir munter auf der Zunge.

»Ich komme.«

»Schön, ich freue mich. Bis später.«

»Bis später.«

Knie- sowie Herzschmerz blieben erdolcht auf dem Flokati zurück.

»Liebe Kornblume! Mit wirklicher Begeisterung kann ich sagen, dass du die tollste Frau bist, die ich nur per

Nicknamen kenne, die fleißigste Konsumentin der guten, alten Rumkugel, die produktivste Bloggerin im Universum sowie eine wirkliche Freundin, deren Arbeit hier in diesem – äh – schönen, verrückten Café und deren herrlich unkonventionelles literarisches Oeuvre ich aus tiefster Seele bewundere. Ich gratuliere dir zum Jubiläum sowie zur gelungenen Feier. Auf Kornblume und das Café Poesie!«

Freundlicher, wenngleich etwas zögerlicher Applaus zündelte statt brandete auf nach diesem meinem jämmerlichen Versuch, mir eine halbwegs ehrlich gemeinte Rede aus den Fingern zu saugen. Die Gastgeberin nahm es mit Humor. Sie herzte mich, nach reichlich Alkoholkonsum, so innig, als hätte ich ihr gerade den Oscar verliehen. Ich suchte in der Menge die Efeufarbe, fand sie und erntete ein verschwörerisches Blinzeln, das mich ansatzweise aus dem Gleichgewicht brachte. Der deutsche Käsevertreter, welch ein freudiges Wiedersehen, versperrte mir kurz die Sicht. Als die Bildfläche dann endlich wieder Brie-frei war, hatte ich das Efeu aus den Augen verloren, dafür ein Glas Sekt Orange in der Hand sowie einen käsigen Arm um die Hüfte. Ganz schlechter Farbwechsel!

Was mich vor der drohenden Konversation rettete, war die Stimme, die wochenlang *nicht* aus meinem Handy gekommen war. Ihr Klang beförderte nun das Blut mit Hochdruck aus meinem Hirn in die Gesichtsregionen rechts und links von meiner Nase, sodass nur wenig fehlte, und ich hätte den ganzen Raum neonrot erleuchtet.

»Auch von mir, Chefin«, sagte er laut, »Gratulation zu diesem petit Café charmant. Wenn es erlaubt ist, möchte ich eine kleine Komposition spielen, zu der mich ein wundervoller Text eines ganz besonderen Menschen inspiriert hat.«

»Wersndas?«, raunte mir Brie ins Ohr und zwickte mich in die Seite, doch mein Körper war dermaßen angespannt, dass mir womöglich sogar ein Keulenhieb auf den Hinterkopf entgangen wäre.

»Der Märchenprinz«, hauchte ich kaum hörbar.

»Wie bitte? Wer? Der Herr Epitz?«

Tränen standen mir in den Augen, deshalb antwortete ich nicht, sondern schüttelte nur stumm den Kopf.

»Das Lied ist ganz neu, es handelt von der Liebe, und ich möchte es heute zum Jubiläum nicht nur dem Café Poesie widmen, sondern auch einer Frau, die ich hier kennenlernen durfte und die mein Leben so unglaublich verändert hat.«

Ich konnte kaum noch atmen, die Sauerstoffunterversorgung führte zu einem akuten Schwindelgefühl, mein Blutdruck war so gut wie nicht mehr vorhanden. Ich sollte mich, das war mir irgendwo im Unterbewusstsein klar, nach einer Sitzgelegenheit umschauen, da ich mich sonst demnächst in Liegeposition wiederfinden würde, und zwar ausgerechnet neben dem Käsevertreter. Auf der Suche nach einem Platz verpasste ich ein paar Sätze. Erst als ich festes Terrain in Form einer Fensterbank unter meinem Allerwertesten spürte, konnte ich mich wieder auf den Mann konzentrieren, der sich nun auf dem Klavierhocker niederließ, um das Lied (unser Lied!) zu spielen.

Das also war meine surprise, und sie war gelungen. Endlich würden sie aufeinandertreffen, seine Musik und meine Sprache. Endlich würde unsere Kreativität vereint sein, so wie hoffentlich bald auch Hände, Herzen sowie explizitere Körperteile dieser künstlerischen Zweifaltigkeit, zumal von der erwähnten Freundin immer noch jede Spur fehlte. Ich erachtete sie deshalb als der Vergangenheit zugehörig, nicht existent oder schlichtweg unbedeutend. Von einem Moment auf den nächsten fühlte ich mich unglaublich leicht, bedauerlicherweise tat mein Kreislauf das ebenso und warf endgültig das Handtuch. Selig lächelnd kippte ich von der Fensterbank, direkt vor die Füße einer schreckhaften Literaturkritikerin, die vor Bestürzung ihren heimlich mit Rum gestreckten Schwarztee über mich ergoss.

»Das war nett«, sagte ich zu dem Mann neben mir auf der Parkbank, »dass du mir unser Lied später noch vorgespielt hast, nachdem ich ja die Premiere glorreich verpasst habe.«

Er lachte sein Kleinerjungelachen und boxte mich in die Seite.

»Ja, du bist tatsächlich umgekippt, noch bevor ich

richtig angefangen habe. Ich kann also nicht einmal sagen, dass ich so umwerfend gespielt hätte. Pas vraiment.«

»Nein.«

Ich lächelte strahlend, sorgsam auf den Augenkontakt achtend.

»Es war aber auch zu komisch, wie sich die leicht alkoholisierte Literaturkritikerin um dich bemüht hat, während Kornblume völlig aufgelöst durchs Lokal gerannt ist, um ein nasses Tuch zu finden. Passiert dir das eigentlich öfter?«

»Das Umkippen? Ja, von Zeit zu Zeit, niedriger Blutdruck. Ist nicht besser geworden, seit ich regelmäßig Thrombozyten spende. Heiß war es auch und heillos überfüllt in dem Café.«

Er sah mich forschend an, schwieg aber freundlicherweise.

Mir war die Szene immer noch peinlich. Statt der von mir erträumten, romantischen Vereinigung war es zu einer eher lächerlichen Begegnung gekommen, als ich, leichenblass und nach Rum stinkend, zu später Stunde endlich zu meinem Prinzen durchdrang, um ihn kleinlaut um eine Wiederholung unseres Liedes zu bitten. Er hatte es mir dann, ohne weiteren Kommentar zu meinem desolaten Zustand, vorgespielt. Anschließend nahm er mich, als ich, noch zu schwach zum Glücklichsein, hilflos vor ihm stand, ohne Worte in den Arm und legte mir ans Herz, mich jetzt auszuruhen. Am nächsten Tag hatte er mich besorgt angerufen und, nachdem ich ihm versichert hatte, dass es mir gut ging, mich für den folgenden Samstag zu einem Spaziergang eingeladen, da er mir etwas Wichtiges zu sagen hatte.

Nun saßen wir im Park, und auch ich hatte ihm entscheidende Dinge zu sagen, doch ich ließ ihm den Vortritt, weil ich mich erstens fürchtete und zweitens hoffte, mit einem »Ich dich auch!« davonzukommen, statt meine ganze komplizierte Ansprache halten zu müssen.

»Ich freue mich jedenfalls, dass dir unser Lied gefällt. Das ist nur der Anfang. Du weißt, es gibt so viele Dinge, die wir zusammen schreiben müssen, wir sind ein gutes Team.«

Ich wusste, das war der Moment, das war der richtige Tag, der richtige Ort, der richtige Augenblick. Endlich würde dieses ungewisse Schweigen zwischen uns ein Ende haben, endlich würde die letzte Woche intensiven Liebesratgeberstudiums Früchte tragen. Endlich ...

»Aber das ist nicht der Grund, warum ich dich heute sprechen wollte. Ich habe Neuigkeiten.«

Ich nahm die klare, warme Frühlingsluft wahr, jedes Geräusch im Park prägte sich mir für immer ein, als er zu sprechen begann.

»Du weißt, mein Leben war sehr chaotisch in letzter Zeit. Aber das wird anders. Ich bin gerade dabei, umzuziehen, überall Kisten, Schachteln, das ist verrückt. Da kann man nicht klar denken.«

Meine Hände zitterten stark, doch er bemerkte es nicht, da er lächelnd einem jungen Paar mit Kinderwagen nachsah.

»Was ich dir sagen wollte, ist ...«

Er schaute mich endlich an, allen Ratgebern zum Trotz hielt ich dem Blick nicht stand, sondern konzentrierte mich ganz auf den Leberfleck an seinem Kinn.

Dann sprach er weiter.

12. Kapitel

»Ich will von ganzem Herzen, dass sich der Frosch wieder in einen Menschen verwandelt.«

Noel sieht mich forschend an, doch er widerspricht nicht. Ich verdränge jeden Gedanken an die eine spezielle Erinnerung, die sich in mein Blickfeld schiebt, stattdessen beschließe ich, vorwärtszugehen.

»Was muss ich tun?«

Noel seufzt.

»So leicht ist das nicht. Wir haben es mit entsetzlich mächtigen Gegnern zu tun. Was weißt du über die Hexen- und Hexenkunst-Vereinigung?«

Ich zucke mit den Schultern.

»Nicht viel. Sie sind via Google zu finden, und Lady Grey meinte ...«

Noel pfeift durch die Zähne.

»Die Lady persönlich? Schwere Geschütze!«

»Lady Grey sprach von einem europäischen Netzwerk mit London als Zentrale. Ist es wirklich so schlimm?«

»Schlimmer.«

Ich bekomme ein dringendes Verlangen nach Traubenzucker. Oder Wodka.

»Noel?«

»Ja?«

»Sind Hexen böse?«

Er schweigt und kratzt sich am Kopf, an der Stelle, wo noch Haare sind.

»Nicht böser als du, ich oder jeder andere Mensch. Die böse Hexe, das ist eine Erfindung der Märchendichter, ebenso wie die gute Hexe. Sie sind nicht besser oder schlechter als jede andere Spezies, die auf Erhaltung und Überleben ausgerichtet ist. Sie tun nur, was notwendig ist.«

»Notwendig?«

»Um ihr Dasein zu rechtfertigen. Lass es mich so erklären: Was würdest du zu Hexen sagen, die keine Zauberkraft haben?«

»Das wären wohl keine Hexen.«

»Richtig. Also ist ihr primäres Ziel, ihre Zauberkräfte zu erhalten und zu beschützen. Die Mittel sind manchmal fragwürdig, aber der Zweck legitimiert sie.«

»Sehr fragwürdig«, bestätige ich und denke an die Tower Bridge. Das Blut an meinem Ellenbogen ist noch nicht ganz getrocknet.

»Eine dumme Frage: Gibt es männliche Hexen?«

»Vereinzelt. Aber die sind eher in der Minderheit. Das hat wohl etwas mit rechter und linker Gehirnhälfte zu tun, es war noch nie eine Männerdomäne.«

Mein Herz klopft heftig, während mein Kopf schmerzt, zu viele Fragen quälen mich.

»Noel, wie wird man eine Hexe?«

»Du meinst, ob man einen Teufelspakt schliesst und ihn mit Blut besiegelt oder kleine Kinder in einer Vollmondnacht in einem Kupferkessel kochen und auffressen muss?«

Ich nicke. Der Sessel unter mir fühlt sich auf einmal ziemlich hart an.

»Oder ob man auf einem Besen reiten können muss und aussergewöhnlich gut in Quidditch zu sein hat?«

Ich nicke abermals, leicht grinsend.

»Vielleicht stellst du dir sogar noch eine Waldhütte Marke Einsiedler vor, wahlweise auch ein Lebkuchenhäuschen mit Plumpsklo, ohne Strom und Wasser, wo alte Mütterchen mit Hakennasen ihr bescheidenes bösartiges Dasein fristen?«

Ich seufze.

»Aberglaube, nichts als Aberglaube. Es gehören schon gewisse Voraussetzungen dazu, eine Hexe zu werden, eigentümliche Talente. Aber soweit ich informiert bin, kann sich jeder via Internet als Mitglied der Vereinigung bewerben, ganz offiziell über ein sehr detailliertes PDF-Formular.«

»Hast du es denn einmal versucht?«

»Ich?«

Er lacht.

»Nein, aber ich habe das Bewerbungsformular gesehen. Nicht ausgefüllt!«, fügt er hinzu, als er meinen neugierigen Blick bemerkt.

»Ein wichtiges Kriterium ist der Besitz einer Katze.«

»Wie bitte?«

Ich denke an LaBelles klägliches Maunzen bei meiner überstürzten Abreise.

»Nun, die Bewerber müssen nachweisen, mindestens eine Katze als Lebensgefährten zu haben. Partnerschaften anderer Art, sprich zwischenmenschliche Beziehungen, sind weniger erwünscht, dafür recht genaue esoterische sowie kräuterkundliche Kenntnisse, künstlerische Fertigkeiten jeglicher Art, Ahnung von der Kunst der Teezubereitung und des Weiteren Erfahrung mit dem wenig erforschten Feld der Wunschwellen.«

Ich fühle mich auf einmal ziemlich unbehaglich.

»Woran erkennt man Hexen?«

Noel schüttelt bedauernd den Kopf.

»Man erkennt sie kaum. Sie haben rein gar nichts gemein mit dem Märchenstereotyp, keinen Buckel, keine Warze auf der Nase, kein Kopftuch- oder Hutfetischismus, nichts dergleichen. Sie kleiden sich unauffällig, fügen sich perfekt in das Bild unserer Gesellschaft ein und tragen ihre Insignien gut versteckt bei sich, wenn überhaupt. Wenn eine Hexe neben dir in der U-Bahn sitzt oder vor dir in der Warteschlange bei Marks & Spencer steht, du würdest sie nicht erkennen. Es gibt die Vermutung, dass sie immer noch eine Affinität zu Schmuckstücken aus Silber haben, ein Silbermond wird oft als Symbol genannt, mehr Informationen gibt es leider nicht.«

»Alleinstehende Frauen mit Katzen und Silbermonden? Das ist alles? Das soll meinen Frosch retten? Ich bin erledigt!«

Ich lasse den Kopf hängen und zupfe fahrig an der Nagelhaut meines linken Daumens. Die Froschuhr tickt gnadenlos.

»Das bist du nicht. Hör zu: Das wahre Geheimnis der Hexen beziehungsweise ihrer Zauberkraft sind die Wunschwellen. Ohne die Wunschwellen keine Zauberei.«

»Willst du damit sagen ...?«

»... dass die Hexen von deinen sogenannten Tütü-Feen abhängig sind? Nicht direkt, aber indirekt. Ihre eigenständige Zauberkraft ist über die Jahrhunderte weitgehend verloren gegangen. Heute leben sie in enger Kooperation mit den Wunschwellen. Frag mich nicht, wie das funktioniert, das fällt unter Hexengeheimnisse.«

»Noel, ich frage dich noch einmal: Was kann ich tun? Ein Frosch, an dessen Zustand mir liegt, befindet sich in Gewahrsam der Hexen. Er muss, so schnell es nur geht, wieder ein Mensch werden, koste es, was es wolle. Ich bin zu allem entschlossen.«

Er denkt nach, schließlich sieht er mich an.

»Wenn du mich fragst, ist deine einzige Chance die Walpurgisnacht.«

»Die *was*?«

»Welchen Tag haben wir heute?«

»Montag.«

»Nein, ich meine welches Datum?«

»Tag eins nach dem Hochzeitstermin, also den Dreißigsten. Halt! Stopp! Du willst mir jetzt aber nicht sagen, dass diese Blocksbergmärchen auch nur ansatzweise ...«

»Dreißigster April! Heute ist Walpurgisnacht«, sagt er und sieht mich mit großen Augen an. Sogar die Hornbrille leuchtet.

»Wir müssen uns beeilen!«

Bis zur Mitte der Millennium Bridge, dem Punkt, wo man St. Paul's, die Tower Bridge, Tate Modern und das Globe sehen kann, begleitet Noel mich, von dort, meint er, muss ich meinen Weg allein finden. Kühler Wind weht uns um die Ohren, wie immer auf diesem schmalen Fußweg über die Themse.

»Das Hauptquartier der Hexen«, sagt er, nachdem er einen Schluck aus seinem Pappbecher genommen hat, »ist ein so geheimer Ort, dass ihn sogar die meisten Mitglieder der Vereinigung nicht kennen. Der Eingang wechselt auch den Platz, heißt es, weshalb jedes Jahr in der Walpurgisnacht Wegweiser notwendig sind, um die Versammlungsbesucher hinzuführen.«

»Wegweiser? Also kann man hinfinden?«

»So einfach ist das nicht. Normalerweise sind Hexengeheimnisse absolut undurchschaubar.«

Ich nippe enttäuscht an meiner Suppe. Noel hat uns zwei Becher der herrlichen, frischen Tomatensuppe besorgt, die im Globe in den Pausen ausgeschenkt wird. Doch diesmal will sie mir nicht schmecken wie sonst, auch wenn Noel mich drängt, sie trotzdem zu trinken, zur Stärkung, wie er meint.

»Aber glücklicherweise«, fährt er fort, ein Wort, bei dem sich meine Stimmung wieder hebt, »habe ich mich schon sehr lange sehr gründlich mit diesem Thema befasst und meine Schlüsse gezogen.«

»Also weißt du, wo das Hauptquartier ist?«, rufe ich begeistert, senke aber sofort meine Stimme, als ich merke, dass die Menschen auf der Brücke sich nach mir umdrehen.

»Nein«, antwortet er, »aber ich bin mir ziemlich sicher, dass ich weiß, wie man es findet.«

Ich runzle die Stirn.

»Aber du hast es selbst nie versucht?«

Er sieht mich mit einem sonderbaren Ausdruck im Gesicht an.

»Nein. Das ist mir nicht möglich.«

»Warum?«

Meine Neugier bezwingt mein Taktgefühl, sofort beiße ich mir schuldbewusst auf die Lippen.

»Das«, meint er, indem er seinen Blick auf St. Paul's richtet, »erkläre ich dir, wenn du dein Abenteuer bestanden hast.«

»Ist es ein Geheimnis?«

»Ja. Nein«, Noel schmunzelt, »aber keine Geschichte für diesen Ort und diese Uhrzeit.«

Ich nicke zum Zeichen, dass ich mich damit für den Augenblick zufriedengebe.

»Doch es wird langsam Zeit, also hör zu. Der einzige Ort, wo dein Frosch sein kann, ist dieses ominöse Hauptquartier. Dort musst du hin und ihn, wie auch immer, herausholen. Ich glaube, das kann, wenn überhaupt, nur heute Nacht gelingen, wenn die Hexen sich zur Walpurgisversammlung treffen, denn da ist ihre Aufmerksamkeit auf viele Dinge gerichtet. Soweit alles klar?«

Ich nicke, obwohl mir die häufige Verwendung von Begriffen wie »wenn überhaupt« oder »wie auch immer« nicht sonderlich gefällt und eine leichte Gänsehaut an verdächtigen Stellen verursacht.

»Die Walpurgisnacht«, fährt er fort, »ist, wie Halloween, ein besonderer Zeitpunkt. Beide Tage sind Verbindungstüren zwischen unterschiedlichen Welten. Die Grenzen öffnen sich wie Schleusen, und es ist möglich, sie zu überschreiten, und zwar in beide Richtungen. Es handelt sich um die einzigen Nächte des Jahres, wo unheimliche Dinge geschehen, weil beide Welten, Diesseits und«, er macht eine Pause, »Jenseits gleichermaßen verletzlich sind. Verstehst du mich?«

Ich verstehe Bahnhof.

»Ja. Aber, Noel, wie finde ich noch heute Nacht zu meinem Frosch? Das ist im Moment meine einzige Frage.«

Er sieht mich verhalten lächelnd an.

»Hexen haben eine Verbindung zu Kreuzungen, du kannst das geschichtlich oder wissenschaftlich verfolgen. Eine Hexe wirst du fast immer dort finden, wo

Wege sich treffen. Das allein reicht natürlich nicht, denn London hat jede Menge bedeutender Kreuzungen. Mir fallen auf Anhieb etwa ein Dutzend ein, wo ...«

»Also?«

»Folge den Plakatstehern!«

»Wie bitte?«

»Du kennst doch diese Menschen, die sich den ganzen Tag die Füße in den Bauch stehen, während sie ein Schild halten, auf dem irgendwelche Lokale beworben oder Theaterkarten angeboten werden. Du läufst tagtäglich an ihnen vorbei, ohne sie zu beachten.«

Ich nicke als Zeichen, dass ich weiß, wovon er spricht. »Scheißjob!«

»O ja. Einer von vielen. Folge ihren Pfeilen, dann kommst du zum aktuellen Standort des Hauptquartiers. Sie stehen ...«

»... an Kreuzungen!«

»Richtig.«

»Wie hast du das herausgefunden?«, frage ich begeistert.

»Sagen wir so, auch das beste Netz hat Löcher, man muss sie nur ausfindig machen.«

Noel zwinkert mir zu.

Fast einhundert Minuten später und elf Stunden vor Ablauf unserer Frist, also gegen dreiundzwanzig Uhr Londonzeit, stehe ich wieder am Leicester Square und blicke mich verblüfft um. Es muss weitergehen, es kann hier nicht zu Ende sein! Ich drehe mich langsam im Kreis, doch der Mensch, nach dem ich Ausschau halte, ist weit und breit nicht zu sehen. Dafür ist der Platz für diese Uhrzeit erstaunlich leer. Etwas stimmt hier ganz und gar nicht! Frustriert setze ich mich auf eine Bank.

Bis hierher haben mich die Plakate geführt, ein wenig unterhaltsames Unternehmen, verbunden mit einem erheblichen Fußmarsch. Doch hier ist weit und breit kein Plakat mehr zu sehen, obwohl ich mir absolut sicher bin, dass das Hauptquartier sich nicht unmittelbar vor Shakespeares Stupsnase befindet. Soweit ich informiert bin, hätte dieser das obszön gefunden und nach Kräften verhindert.

In dem Moment, als ich mir gerade überlege, was zu tun ist, wenn ich den Versammlungsort nicht finden kann, wankt jemand die Treppen der öffentlichen Herrentoilette herauf. Er ist offensichtlich völlig betrunken, doch tatsächlich schleift er ein Plakat hinter sich her. Er geht etwa fünf Schritte, bleibt dann gefährlich wackelnd vor dem Empire Kino stehen, sieht sich verwirrt um und kratzt sich ratlos am Kopf. Ich ahne Böses, nähere mich ihm daher vorsichtig, um zu lesen, was auf seinem Plakat steht.

»Theaterkarten. Sehen Sie die Musicalsensation WICKED! Nur heute Nacht!«, ist darauf zu lesen.

Das Hexenmusical!

Das kann kein Zufall sein, denke ich und warte

ängstlich darauf, dass der Betrunkene seinen Platz wieder einnimmt.

»Entschuldigung«, spreche ich ihn an, »ich interessiere mich sehr für diese WICKED-Karten. In welche Richtung muss ich denn gehen?«

»Noch so eine?«

Er rülpst.

»Ich dachte, die sind schon komplett. Zumindest meinte die Letzte ...«

Er sieht mich ratlos an, als hätte er selbst keine Ahnung, wovon er eigentlich spricht.

»Ja, natürlich«, sage ich lächelnd, »ich habe mich verspätet. Deshalb bin ich ein wenig in Eile. Also bitte, versuchen Sie, sich zu erinnern. Wie haben Sie denn vorhin gestanden?«

»Vorhin? Wann vorhin?«

»Na, bevor die Letzte mit Ihnen gesprochen hat.«

»Welche Letzte?«

»Sie sagten doch eben ...«

»Wer? Ich?«

Hinter meiner Stirn beginnt es, dumpf zu pochen. Entweder dieser Mann ist komplett hinüber, oder es gibt ein Zauberwort, das ich nicht kenne. Hokuspokusfidibus oder so.

»Bitte!« Meine Eindringlichkeit ist kaum zu überbieten, zumal echte Verzweiflung noch echtere Tränen in meine Augen getrieben hat angesichts der zu befürchtenden lebenslangen Froschlosigkeit, die auf mich wartet. »Bitte, versuchen Sie, mir zu helfen. Wohin muss ich gehen?«

Er rülpst statt einer Antwort und sieht mich dümmlich grinsend an.

»Ihr habt es nicht so mit Theodor Storm oder?«, flüstert es hinter mir. Ich drehe mich um, Shakespeare winkt mir grinsend zu.

»Storm? In welchem Zusammenhang?«

Er hebt den Zeigefinger.

»Das Gedicht von der Walpurgisnacht. Also hört gut zu, Mylady, zwei Strophen müssten genügen:

Am Kreuzweg weint die verlassene Maid,
Sie weint um verlassene Liebe.
Die klagt den fliegenden Wolken ihr Leid
Ruft Himmel und Hölle zu Hülfe.
Da stürmt es heran durch die finstere Nacht,
Die Eiche zittert, die Fichte kracht,
Es flattern so krächzend die Raben.

Am Kreuzweg feiert der Böse sein Fest,
Mit Sang und Klang und Reigen:
Die Eule rafft sich vom heimlichen Nest
Und lädt viele luftige Gäste.
Die stürzen sich jach durch die Lüfte heran,
Geschmückt mit Distel und Drachenzahn,
Und grüßen den harrenden Meister.

Habt Ihr verstanden? Toller Mann, Storm, nicht wahr? Guter Freund von mir.«

»Hä?«

»Ach, Mylady, Ihr seid heute ziemlich begriffsstutzig!«

»Ich bitte um Verzeihung, aber mein Tag war lang und verhältnismäßig kompliziert.«

Er seufzt theatralisch.

»Nun gut, passt auf. ›Was ihr wollt‹. Der Narr Feste sagt zu Malvolio: ›Es gibt keine andere Finsternis als Unwissenheit, worein du mehr verstrickt bist als die Ägypter in ihrem Nebel.‹ Soweit klar?«

»Bitte, Herr William, die Zeit läuft, und es gibt noch so viel zu tun.«

»Nur Geduld, nur Geduld. Wie lautet Festes nächster Satz?«

»Äh?«

»Grundgütiger!« Er klingt ansatzweise beleidigt. »Also hört gut zu: ›Was ist des Pythagoras Lehre, wildes Geflügel anlangend?‹ Und Malvolio antwortet …?«

»Dass die Seele unserer Großmutter vielleicht … in einem Vogel wohnen kann.«

Shakespeare klatscht begeistert in die Steinhände.

»Bravo, Mylady. Und was schließen wir daraus?«

Statt einer Antwort richte ich meinen Blick nach oben. Nichts, keine Bewegung. Mein Herz klopft mir bis zum Hals. Doch auf einmal, beinahe überdeckt von Straßen- und Menschenlärm, kann ich sie hören, ganz nahe. Warum ist es mir nicht aufgefallen? Zumindest das Fehlen der allgegenwärtigen Tauben hätte ich bemerken müssen, schließlich sitzt immer mindestens eine auf Shakespeares Glatze herum, während eine ganze Schar zu seinen Füßen flattert und gurrt.

In einem Vogel …

Ich versuche, die Richtung auszumachen, aus der die Geräusche kommen. Als ich es begreife, ist es natürlich sonnenklar. Wo sonst sollte das Hauptquartier sein? Ich lache laut auf vor Erleichterung.

»Wieder ein Dankeschön, verehrter Herr William!«

»Gern geschehen. Achtet auf den Himmel, dann findet Ihr das richtige Gebäude.«

Ich nicke und mache Anstalten, loszugehen.

»Wartet. Dort in den Blumenkästen des Rendezvous-Cafés wächst Efeu. Brecht euch etwas davon ab. Ihr müsst es als Kranz tragen, wenn Ihr den Fuß über die Schwelle setzt.«

Es gibt Nächte, in denen sich die verrücktesten Dinge relativ vernünftig anhören und man das natürliche Bedürfnis, solche Aussagen augenblicklich zu hinterfragen, schlichtweg nicht mehr verspürt.

»Zum Schutz?«

Ich nähere mich dem nächsten Kasten.

»Nein, ich denke, darüber hat Euch Noel alles Notwendige gesagt. Aber es heißt, der Efeukranz lockt in der Walpurgisnacht Euren Liebsten an. Sollte auch als Wegweiser funktionieren.«

Er lächelt aufmunternd.

Ich breche einen Strang Efeu ab und binde die Enden zusammen.

»Wünscht mir Glück, William Shakespeare.«

»Das tue ich, Ihr werdet es brauchen. Vergesst nicht, was Noel Euch geraten hat, befolgt es genauestens! Und wenn Ihr keinen Ausweg mehr wisst«, er blinzelt mir zu, wobei er wieder auf die Schriftrolle in seiner ewigen Standbildposition deutet, »erinnert Euch an den guten, alten Shakespeare.«

Ich drehe mich um, nehme lächelnd zur Kenntnis, dass der betrunkene Plakatsteher offensichtlich vor Schreck (oder infolge des Alkohols) umgekippt ist, und wende mich endlich dem Piccadilly Circus zu. Es kann losgehen. Ich erinnere mich gut an Noels Ratschläge und gedenke, sie zu befolgen.

»Was weißt du über den Umgang mit Hexen?«

Noel sah mich äußerst skeptisch an, zu Recht. Ich zuckte mit den Schultern. Wir standen auf der Millennium Bridge wie am Übergang zwischen zwei Welten. Ich hatte gerade die Information über die Plakatsteher verdaut und war bereit, mich auf den Weg zu machen.

»Nicht viel. Lady Grey hat mich ja wohl ziemlich überrumpelt. Ich kenne nur diese Geschichten von wegen alte Stiefel an die Tür hängen oder Salz ins Feuer streuen. Auch manche Kräuter sollen wirken und, na ja, Knoblauch?«

Unsicher beiße ich auf den Rand des mittlerweile

leeren Pappbechers herum, eine Angewohnheit, die auf mich ähnlich beruhigend wirkt wie Fingerknöchel knacken, Wachskugeln rollen oder das zwanghafte Falten des Papiers, in dem Einwegsushistäbchen verpackt sind.

Noel seufzte tief.

»Vergiss das alles. Grundsätzlich gilt für jedes dieser Mittelchen: Wenn man wirklich daran glaubt, dann haben sie wohl eine gewisse Wirkung, was allerdings mehr mit deiner inneren Haltung zu tun hat. Nichts von dieser Aufzählung wirkt, für sich genommen, als Schutz vor Hexen.«

»Oh.«

»Aber hör zu, eine Sache ist sehr, sehr wichtig. Auf die Frage einer Hexe darfst du niemals antworten und auch ihren Gruß nicht erwidern, sonst hat sie Macht über dich. Bei der Begegnung spuckst du aus.«

»Ich soll ...?«

»Ja. Ausspucken. Und nicht antworten, nicht grüßen. Sie wird in jedem Fall versuchen, dich zu beidem zu bringen.«

Zum ersten Mal konnte ich die Angst so intensiv spüren, dass meine Kehle völlig trocken wurde. Die Panik saß dort und krallte sich an der Luftröhre fest. Ich räusperte mich.

»Aber was ist, wenn sie zu zaubern beginnt?«

Er zog etwas aus seiner Tasche und reichte es mir. Ich blickte verständnislos auf die beiden Dinge in seiner Handfläche.

»Salz und Brot in der Tasche machen den Zauber der Hexe unschädlich.« Mit diesen Worten übergab er mir feierlich das alte Stück Pumpernickel sowie eines dieser Papiertütchen mit Salz von MacDonalds. Ich sah ihn misstrauisch an.

»Ist das nicht auch eines dieser Mittelchen, die auf Aberglauben beruhen?«

Er hielt meinem Blick stand.

»Wer weiß? Vertraust du mir?«

Ich steckte Salz und Brot in meine Jackentasche, wobei mir schmerzlich die Froschleere dort bewusst wurde.

»Okay! Noch etwas?«

Er förderte erneut etwas aus den Untiefen seiner Taschen zutage, diesmal ein einzelnes Teelicht in Kombination mit einem Heftchen Streichhölzer.

»Nur eine Theorie: Man sagt, dass eine Kerze mit blauer Flamme brennt, wenn jemand mit Magie auf dich losgeht.«

»Ist ja toll, genau wie Stich!«

Grinsend nahm ich auch Teelicht und Streichhölzer an mich.

»Wie was?«

»Noel, hast du etwa deinen Tolkien nicht parat? Herr der Ringe. Bilbos altes Schwert Stich. Es glänzt doch auch blau, wenn Orks in der Nähe sind.«

»Stimmt«, meinte Noel lächelnd, »Herr Tolkien muss ähnliche Quellen gehabt haben wie ich.«

Der Moment war gekommen. Ich spürte, wie er es

sich zwischen uns bequem machte, als Noel und ich in der Mitte der Millenium Bridge gleichzeitig verstummten und uns ansahen. Meine Angst wurde gross wie St. Paul's vor und tief wie die Themse unter mir.

»Du musst dich auf den Weg machen«, sagte er schliesslich und brach damit das Schweigen. Er streckte mir die Hand hin wie nur wenige Stunden vorher zur Begrüssung. Ich sah in die Augen hinter der Hornbrille, sah die echte Sorge darin, und, so sonderbar das war, ich hatte das Gefühl, den Mann, der mir gegenüberstand, schon Jahre zu kennen.

»Noel, sind wir uns bestimmt nie begegnet, als du noch in Wien warst?«

»Kaum. Das ist lange her, ich erinnere mich an so wenige Dinge aus der Zeit.«

Da waren Wolken in seinen Augen. Ich fragte nicht weiter.

»Wie kann ich dir danken?«

»Gar nicht. Pass auf dich auf. Sei erfolgreich. Und besuche mich gelegentlich, wenn alles überstanden ist.«

Ich nahm seine Hand und hielt sie fest.

»Wie geht es weiter? Ich meine, wenn es mir gelingt, den Frosch da rauszuholen. Bleibt er dann für immer und ewig ein Frosch?«

Ich sah Noel ängstlich an und erwartete mein Urteil, nicht sicher, ob ich bereit war, es zu akzeptieren.

»Mach dir darüber einstweilen keine Gedanken.

Wenn alles gut geht, hörst du morgen früh von mir. Ein Schritt nach dem anderen.«

Er drückte meine Hand ein letztes Mal, drehte mir den Rücken zu und ging den Weg über die Brücke zurück zum Globe, während ich die andere Richtung nahm. Vor mir lag die beleuchtete Fassade von St. Paul's, dahinter jede Menge Ungewissheit.

Ich drehte mich noch einmal um, um Noels kleiner werdende Gestalt in der Menge zu suchen, doch ich sah ihn nicht mehr. Ich atmete tief durch, hielt Ausschau nach dem ersten Plakatsteher und machte mich auf den Weg.

Um mir Mut zu machen, und weil ich es so passend fand, sang ich leise Bilbos Lied vor mich hin.

> Die Straße gleitet fort und fort
> Weg von der Tür, wo sie begann,
> Weit überland, von Ort zu Ort,
> Ich folge ihr, so gut ich kann.

> Ihr lauf ich raschen Fußes nach,
> Bis sie sich groß und breit verflicht
> Mit Weg und Wagnis tausendfach.
> Und wohin dann? Ich weiß es nicht.

Teil 2 Die Hexen

1. Kapitel

Ich denke an das Kind in Hathors Spiegel, ich sehe es vor mir, überdeutlich und sehr real, das Kind mit meinem Gesicht, in dem die Haut sich noch nicht in Falten legt. Weint das Kind? Nein, viel zu selten, doch da ist Verzweiflung, ganz nah an der Oberfläche, gleich hinter den großen Pupillen.

Ich erinnere mich.

Ich war noch keine zehn Jahre alt und hatte mich im Wald verlaufen. Es war Winter, Schnee fiel in dicken schweren Flocken vom Himmel. Ich stand mutterseelenallein zwischen den Baumriesen mit ihren knorrigen Zweigarmen. Das sonst unerschrockene, keineswegs zart besaitete Kinderherz schlug heftig und ziemlich schmerzhaft an meine Rippen, während die Hände, tief in den Manteltaschen vergraben, hilflos wie winzige Insekten nach Halt suchten.

Aus Mangel an einer anderen Beschäftigung ließ ich die Fingerknöchel knacken, was in der Stille des Waldes unheimlich klang, drehte mich zum zwölften, dreizehnten und vierzehnten Mal um mich selbst und suchte nach vertrauten Stellen, die mich wieder in die Zivilisation zurückführen würden. Doch die weißen Flocken deckten alles zu, ein dichter Schleier machte diese vertrauten Spielplätze meiner Kindheit fremd. Kein Weg tat sich auf, und ich war ganz allein an der Weggabelung mitten im Winterwald.

Mutlos machte ich ein paar zaghafte Schritte in die Richtung, die mir in unlogischer Kinderdenkweise am plausibelsten erschien, inständig auf irgendein Deus-Ex-Machina-Phänomen hoffend, das mich aus meiner misslichen Lage befreien würde. Solange man sein Alter mit den Fingern beider Hände problemlos anzeigen kann, reicht die Inbrunst des Glaubens noch aus, um solche Rettungsmaßnahmen für denkbar zu halten. Man rechnet permanent mit der Macht erwachsener Mitmenschen, die es durch zeitgerechtes, zielgerichtetes Einschreiten sogar mit den übernatürlichsten Mächten aufnehmen können, die jede Kinderwelt beherrschen.

Es wird, so dachte ich als Kind im Wald damals konsequenterweise, gleich jemand kommen, um mich zu holen oder mir wenigstens den Weg zu zeigen.

So absurd war diese Annahme gar nicht, schließlich lebte ich im zwanzigsten Jahrhundert, wo Wälder lückenlos erschlossen und auf Landkarten akribisch aufgezeichnet waren. Echte Wildnis gab es nur noch in Märchen und Fabeln, oder?

Doch dummerweise unterschätzte ich die Kraft dieser Wildnis, die sehr wohl noch existierte, wenn auch nur in den sonderbaren Momenten, wo die Fantasie die Oberhand über die Realität gewann und unsere Vernunft Wege fand, die tief ins Unbewusste führten. Das waren die wilden Wälder unserer Kindheit, in denen wir von Zeit zu Zeit nach dem Ausweg suchen mussten.

Ein Blick zum Himmel offenbarte mir ein faszinierendes Schauspiel, denn hoch über meinem Kopf, da, wo die Baumriesen an den Wolken kratzten, zogen mindestens zwei Dutzend Eulen ihre Kreise. Alles, was sonst noch Flügel hatte und nicht in den Süden ausgewandert war, belagerte die Zweige im nächsten Umkreis. Da wurde dem Kind darunter ziemlich bange. Denn abgesehen von diesem Hitchcock-Klassiker sowie einem Kindergarten-Hitsong (Amsel, Drossel, Fink uhund Star ...) hörte man von entsprechenden Federtieransammlungen äußerst selten, umso mehr, als weder eine frappante Ähnlichkeit meiner Wenigkeit mit erjagbarem Beutegut bestand, noch Aussicht auf sonstige Massenfütterung.

Einem neuen inneren Antrieb gehorchend, klatschte ich wild in die frierenden Hände, um die Vogelmeute zu verscheuchen, doch abgesehen von ein paar vereinzelten, empörten Schreien, erntete ich nur stumme Verachtung, was mir zum ersten Mal an diesem Tag beinahe Verzweiflungstränen in die Augen trieb. »Nur nicht heulen, heulen ist gegen die Abmachung, nur Babys heulen«, sagte ich mir mit einem Rest von Tapferkeit. Irgendetwas, das spürte ich, stimmte nicht an diesem Ort, irgendein übernatürliches Phänomen fand statt, was für einen Kinderkopf eine nicht anzuzweifelnde Tatsache war, die mich momentan in die Knie zwang. Kanäle öffneten sich, Abmachungen hatten ihren Sinn verloren.

Schluchzend saß ich in der Wildnis und wartete ergeben auf das sich ankündigende übersinnliche Ereignis, egal, ob es gut oder schlecht für mich enden würde.

Die Hexe, von deren tatsächlicher Existenz ich erst so viele Jahre später erfahren sollte und deren Identität mir folglich als Kind nur teilweise bewusst gewesen war, war wortlos an mir vorbeigeschlichen. Ich weiß bis heute nicht, ob sie mich nicht gesehen hat oder ob ich ihr bedeutungslos erschienen war, jedenfalls machte sie keine Anstalten, mit mir zu kommunizieren, sondern steuerte zielbewusst die Mitte der Weggabelung an. Dort sprach sie ein paar Worte, kniete sich auf den schneebedeckten Boden und grub mit bloßen Händen ein etwa fußballgroßes Loch. Von meinem Platz im Baumschatten aus hörte ich das Kratzen der langen, gebogenen Fingernägel auf dem steinharten Boden sowie den schweren Atem der Frau, deren Äußeres weder extravagant noch schäbig und deren Hexentum folglich optisch nicht einwandfrei nachweisbar war. Schließlich zog sie ein gut verschnürtes Paket aus ihrer Tasche, ließ es in das Loch fallen, um danach, unter neuerlichem Gemurmel, Erde und Schnee darüberzuschütten, bis es vollständig zugedeckt war. Dies erledigt, entfernte sie sich mit schnellen Schritten, wiederum ohne mir auch nur einen Blick zuzuwerfen. Eine Ahnung sagte mir damals, dass ich es nicht mit einer stinknormalen Waldbesucherin zu tun hatte, was meine Knie zum Schlottern brachte. Trotz der Kälte drang mir Schweiß aus den Poren, Angst griff mit spinnwebendünnen Fingern nach mir. Inständig hoffte ich, dass sie nicht irgendwo tief im Baumstammlabyrinth auf mich wartete, dass mich nicht plötzlich ihr heißer Atem im Nacken streifen würde, während ich mir den verlorenen Heimweg ertastete. Furcht lag wie Reif auf meinen Schläfen, ich war nah genug an der Panik, um sie förmlich wittern zu können. Sie roch nach Rauch, nach Gewitter, nach frischem Schnee und ein wenig nach Schimmel.

Nach und nach flatterten die Vögel in alle Windrichtungen davon, sodass ich allein zurückblieb, hin- und hergerissen zwischen meiner Angst und einer aufkeimenden Neugier.

Ein Kind ist nun mal in erster Linie Kind, und so ist es nicht verwunderlich, dass am Ende meine Neugier siegte, als die Panik endlich ihre Umklammerung löste. Vorsichtig kroch ich auf die Stelle mit der losen Erde und dem zerwühlten Schnee zu, warf immer wieder ängstliche Blicke in die Richtung, in der die Hexe verschwunden war, und nahm schließlich allen Kindermut zusammen. Ich brauchte nicht tief zu graben, es war leicht wie im Sandkasten, weil das Erdreich locker war. Schon nach kurzer Zeit ertasteten meine Hände das verschnürte Paket, das ich mühelos aus dem Loch hob und erst einmal abwägend von allen Seiten betrachtete. Es war sehr sorgfältig verpackt, jedenfalls um vieles sorgfältiger, als es vergraben worden war, außen braunes Packpapier, darunter eine Schicht dieses Verpackungsmaterials, dem ich schlicht den Namen Knallnoppenplastik verpasst hatte, da ich phasenweise regelrecht süchtig danach war, die kleinen Luftblasen zwischen Daumen und Zeigefinger zu zerdrücken.

Doch was war das Ding, das im Paket so sorgsam eingehüllt war? Was kam unter all dem Verpackungsmaterial zum Vorschein? Staunend, mit offenem Mund, betrachtete ich das Etwas, das auf meiner Handfläche lag. Kühl und herrlich glatt war die Oberfläche, das Gewicht ließ vermuten, dass das Material massiv und der Gegenstand keineswegs innen hohl war. Doch was mich völlig in den Bann zog, was meine Augen zum Strahlen brachte, das war der Glanz. Das helle, leuchtende, verzaubert anmutende Gold der Kugel, welche die Hexe mitten im Wald vergraben hatte und derer ich nun glücklich habhaft geworden war.

Die goldene Kugel.

Was, fragt sich jetzt bestimmt der eine oder andere, was fängt man bloß an mit so einer goldenen Kugel aus dem Wald? Welche Funktion erfüllen goldene Kugeln im Allgemeinen und diese aus Hexenhand entsprungene im Speziellen? Hat das Ding einen signifikanten Wert, sei es ein rein künstlerischer, wie so ein überteuertes Fabergé-Ei, oder ein materieller, im Fall einer echten Vergoldung, oder besteht es womöglich komplett aus Gold?

Das alles waren Fragen, die dem Kind von damals völlig gleichgültig waren. Es konnte den Blick nicht abwenden von dem glänzenden Fund. Für das Kind war das Ding unschätzbar wertvoll, unabhängig von finanziellen Überlegungen. Immer wieder ließ es die Kugel von einer Hand in die andere gleiten, folgte der geschmeidigen Bewegung mit verträumtem Blick und konnte absolut keinen Makel entdecken. Nicht ein Kratzer, nicht ein Fleck verunstaltete die exquisite Oberfläche des Schatzes, den das Kind frech und zugleich unschuldig für sich in Anspruch nahm.

Sie gehört jetzt mir, dachte es mit der Logik des Finders, da sie offensichtlich jemand anders – hierbei schauderte es ein wenig – nicht mehr haben wollte. Wer Gegenstände im Wald findet, dem gehören sie, also behalte ich die Kugel.

Solchermaßen bestückt sah sich das Kind um. Es musste einen Weg nach Hause geben, es musste …

So kam es, dass das Kind und die Kugel einander fanden, durch Hexenkunst vereint, ihr Schicksal von da an verwoben. Ein ungleiches Paar, sicher, doch die Zeit lehrt uns, den Wert der goldenen Kugeln zu erkennen und sie richtig einzusetzen.

Schweißgebadet war ich damals in meinem Kinderbett aufgewacht. Ich lag weich und warm, nicht auf kaltem, hartem Waldboden, keine Baumriesenschatten über mir, nur die gelegentlichen Fensterrahmenmuster an den Wänden, verursacht durch die Scheinwerfer vorbeifahrender Autos.

Mit klopfendem Herzen lag ich im Dunkel, starrte angestrengt auf die Form meines Körpers unter der Daunendecke, wie um mich zu versichern, dass auch tatsächlich jeder Teil von mir da und nicht womöglich eine kleine Hand oder eine winzige Zehe verloren gegangen war. Nach und nach bewegte ich all jene Gliedmaßen, bei denen ich mir diesbezüglich nicht sicher sein konnte, um erleichtert festzustellen, dass, abgesehen von kurzfristiger Schrecktaubheit, alle Nerven und Muskeln ihren Dienst planmäßig verrichteten. Ein langer Seufzer, aus den Untiefen der Kinderangst entstanden, entwich durch meine Nase, die sich immer noch erfroren anfühlte, und blieb als unbeantwortete Frage im Raum stehen.

War es ein Traum gewesen? Einer dieser fantastischen Kinderträume, die man als Erwachsener verliert?

Falls ja, so waren Träume neuerdings ziemlich realistisch geworden, dachte ich unruhig, während ich an meiner Nagelhaut kaute, eine Unsitte, gegen die alle elterlichen Vorhaltungen machtlos gewesen waren.

Mit einem Mal fühlte ich die Leere der Handfläche, das fehlende Gewicht der wunderbaren Kugel, worauf mir bittere Tränen der Enttäuschung über die noch angstroten Wangen liefen. Es war in Ordnung, zu Hause im warmen, weichen Kinderbett zu liegen, statt ziellos im Wald herumzuirren, doch den ausgegrabenen Schatz hätte ich für mein Leben gerne behalten. Wo blieb die Faszination des Märchens, wenn sich am Ende doch alle Zauberdinge eins, zwei, drei in Luft auflösten?

Schluchzend strampelte ich die auf einmal viel zu warme Decke fort und setzte mich auf, musste aber mitten in der Bewegung vor Schreck innehalten, weil ich ein unerwartetes Gewicht in meinem Brustkorb spürte. Ich tastete – sehr, sehr vorsichtig versteht sich – nach der entsprechenden Stelle, hielt die Hand dagegen gepresst, spürte die lieb gewonnene, glatte, runde Form hinter den Rippen und lächelte mein strahlendstes Kinderlächeln, ehe dieses mit dem Schlaf, der mir die Augen zudrückte, verschwand.

In dieser Nacht ist ein wenig vom Kind verloren gegangen und eine Ahnung von der Frau, die es werden sollte, unter die Daunendecke geschlüpft, als der Schatz gewonnen war. So sind Märchen, sie verändern uns von Grund auf und lassen Frauendinge in Kinderkörpern wachsen, jeden Tag, überall auf der Welt. Dem Mädchen war es gleichgültig, es schlief längst und blieb für viele Nächte traumlos.

An sie denke ich nun, seit ich ihr Gesicht im Spiegel gesehen habe. Die goldene Kugel, die ihr liebstes Spielzeug war, die goldene Kugel, auf die sie besser hätte achtgeben sollen. Was ist mit der Kugel geschehen?

2. Kapitel

Die Vögel haben sich um den Piccadilly Circus versammelt. Dort sitzen sie, auf Häuserdächern, Straßenlaternen, dem Schädel der Erosstatue sowie zwischendrin auf den zahllosen Ampeln. Bedenklich ist die Ruhe, mit der sie auf ihren Plätzen verharren, wie Hunderte zu Stein gewordene, kleine, kompakte Statuetten, die der Großstadtnacht einen Hauch von Unwirklichkeit verleihen.

Noch bedenklicher ist die Tatsache, dass niemand die sonderbare Versammlung beachtet. Es ist zwar ein normaler Wochentag, doch wie immer am Piccadilly herrscht reges Treiben: Menschen überqueren die vielen Fußgängerübergänge von allen Seiten, Autos und Busse schieben sich, wie zu beinahe jeder Tages- und Nachtzeit, durch den Verkehrsdschungel der wichtigsten Kreuzung Londons, die manchmal döst, aber nie im Tiefschlaf liegt.

Ich stehe mittendrin, genau da, wo ich erstmals den Pulsschlag Londons gespürt habe, meinen Kopf in den Nacken gelegt, die Hände in den Jackentaschen vergraben, und beobachte den sternenlosen Nachthimmel. Das reflektierende Licht der Stadt ist stärker als das weit entfernte der Sterne, darum sieht man in Londons Herz nur selten Gestirne. Dafür leuchtet die berühmte Werbefassade umso strahlender, in allen Formen und Farben, sodass ich beinahe zu sehr abgelenkt bin, um ein Stück dahinter den faszinierendsten Anblick meines Lebens wahrzunehmen.

Dort, über dem mir wohlbekannten, leicht versetzt stehenden Eckhaus, dessen Erdgeschoss seit einiger Zeit rundum mit Plastikwänden verkleidet ist, dort kreisen die Raben, und auf den Fenstersimsen, wie gut gemachte Fassadendekoration, sitzen die Eulen ebenso unbeweglich wie die Vögel am Piccadilly. Ich spüre kalten Schweiß im Nacken, kann mich aber der Faszination dieses einzigartigen Anblickes nicht entziehen.

Viele Erinnerungen schießen mir in Sekundenbruchteilen durch den Kopf, Erinnerungen, die untrennbar mit dem Gebäude verbunden sind, vor dem ich nun stehe und das ohne Frage der Ort ist, den ich verzweifelt gesucht habe: das Hauptquartier.

Ich lese den alten, nunmehr unbeleuchteten Schriftzug oben an der Fassade, Nostalgie schwappt in einer großen Welle über mich hinweg, und ich muss tief Luft holen, um nicht fortgeschwemmt zu werden.

»Regent Palace Hotel« steht da in altmodischen, geschwungenen, blassroten Lettern. Ich bin heimgekommen.

Das Hotel ist vor ein paar Jahren geschlossen worden, davor war es mein eigenes Hauptquartier bei meinen Londonausflügen, mein Bunker und Rückzugsort, ehe ich, eine Alternative suchend, das Fielding entdeckt habe. Es ist seltsam, nun wieder darauf zuzugehen, als hätte jemand an Paulchen Panthers Uhr gedreht und dabei die Jahre verschoben.

Vorsichtig nähere ich mich der Eingangstür, die, wie die gesamte Parterrefassade, mit weißem Kunststoff verkleidet ist. Alle paar Meter ist ein riesiges Schild angebracht, auf dem zu lesen ist:

WARNUNG:
DAS BETRETEN DES GEBÄUDES
OHNE GENEHMIGUNG IST VERBOTEN!

Der Hotelbetrieb im Regent Palace Hotel wurde eingestellt und wird nicht wieder aufgenommen. Es herrscht gefährliche Asbestbelastung, in Teilen des Gebäudes besteht akute Lebensgefahr. Besucher müssen sich ausnahmslos unter folgender Telefonnummer anmelden: +44-2 07-4 94-23 23.

Ich erkenne die Nummer wieder, nur die letzte Stelle ist anders. Doch zweifelsfrei handelt es sich um eine Durchwahl zur Europäischen Hexen- und Hexenkunst-Vereinigung. Mein Magen macht eine halb freudige, halb panische Drehung. Ich habe es geschafft! Ich habe das Hauptquartier tatsächlich gefunden, mein Frosch ist in greifbarer Nähe – doch welcher Weg führt ins Gebäude?

Ratlos spaziere ich, so unauffällig wie möglich, an der Verkleidung entlang, aber bis auf die absurde Häufung von Schildern mit Aufschriften desselben oder ähnlichen Inhalts, kann ich keine Besonderheiten erkennen, geschweige denn einen Eingang.

Ich komme an zwei fest verriegelten ehemaligen Notausgängen vorbei, doch auch die sind mit Warntafeln, mehreren Vorhängeschlössern sowie diversen Furcht einflößenden Verbotsschildern versehen.

Frustriert nähere ich mich der einzigen Unterbrechung in der weißen Schutzwand, einem defekten Geldautomaten mit rot blinkendem »Außer Betrieb«-Schriftzug. Etwas an dem Gerät stört mich, ein winziges Detail erregt meine Aufmerksamkeit.

Der Grund, warum es mir überhaupt auffällt, ist simpel: Immer wenn man der Tastatur eines solchen Gerätes ansichtig wird, tippt man mit den Augen unbewusst seinen Code ein. Das ist ein mechanischer Vorgang des Gehirns, gegen den man sich nicht wehren kann, und der sogar dann wie programmiert abläuft, wenn man eigentlich ganz andere Probleme mit Fröschen, Hexen sowie Hunderten von Hitchcock-Vögeln am Himmel über einem hat.

Hier gibt es keine Null. Ein rationaler Gedanke, der doch, für sich genommen, keinen Sinn ergibt. Mein Geldautomaten-Code enthält eine Null. Ich tippe ihn beinahe täglich, ohne darüber nachzudenken, in diverse Geräte ein, doch nun stehe ich mitten in London vor einem Automaten, dessen Tastatur keine Null enthält.

Seltsam, schießt es mir durch den Kopf, womöglich sind in englischen Bankomatcodes überhaupt keine Nullen enthalten? Das ist nicht so abwegig in einem Land, das stur auf Pfund statt Euro beharrt und am Linksverkehr festhält. Doch ein einziges Wort in der Beschriftung des Automaten lässt mich an dieser Vermutung sowie grundsätzlich an meinen Sinnen zweifeln. Es lautet: INTERNATIONAL. Worldwide Money. Mit diesem Automaten kann man international Geld abheben, und in internationalen Codes sind definitiv Nullen vorhanden.

In exakt diesem Moment kreischt hoch oben ein Rabe. Es flattern mehrere Eulen von einem Fensterbrett über mir auf, woraufhin ich blitzartig die Enter-Taste des Bankomaten drücke. Instinkt der surrealistischen Ausnahmesituation.

Eine mir wohlbekannte Tonbandstimme informiert mich, dass dieser Bankomat defekt ist. Korrekt. Ich drücke noch einmal Enter. Nach etwa zehn Sekunden fährt die Stimme fort: »For German instructions press five.«

Ich drücke auf die 5 und warte, während meine Nackenhaare sich wieder einmal aufgerichtet haben.

»Willkommen im Hauptquartier. Bitte geben Sie den Code ein. Mein Freund, die Kunst ist alt und neu!«

Verblüfft starre ich das Gerät an und drücke die Enter-Taste.

»Inkorrekte Eingabe. Ihnen bleiben noch zwei Versuche.«

Wirre Gedanken schießen mir durch den Kopf. Welches sind die magischen Zahlen? Sieben? Oder doch Neun? Oder dreimal die Sechs? Dreimal die sechs klingt logisch, absolut logisch. Ehe ich es verhindern kann, haben meine Finger 666 getippt und die Enter-Taste gedrückt.

»Inkorrekte Eingabe. Ihnen bleibt noch ein Versuch. Bei neuerlichem fehlerhaften Code muss die zentrale Sicherheitsstelle alarmiert werden. Bitte geben Sie den Code ein, oder entfernen Sie sich vom Gebäude. Mein Freund, die Kunst ist alt und neu!«

Verzweifelt setze ich mich auf den Gehsteig. Bald Mitternacht! Es ist aussichtslos, der Code kann beliebig sein oder regelmäßig geändert werden, was weiß ich. Ich habe nicht einmal eine Ahnung, aus wie vielen Stellen er besteht.

Neun. Der Gedanke ist in meinem Kopf, ehe ich ihn wirklich bewusst gedacht habe. Der ewige Streitpunkt, haben Katzen sieben oder neun Leben? Welches ist die Hexenzahl? Die Sechs auf den Kopf gestellt. Wie viele Tasten hat die Tastatur des Gerätes? Dreimaldrei! Das macht Neun! Keine Null. Es muss ein neunstelliger Code sein, und ich bin mir fast sicher, dass sich keine Ziffer wiederholt.

»Mein Freund, die Kunst ist alt und neu.«

Kein schlecht übersetzter Schlusssatz, sondern ein Rätsel. Der Code hat neun Stellen, und der sonderbare Kunstsatz ist der Hinweis auf die Lösung. Doch mir bleibt keine Zeit für ausgiebiges Rätselraten, denn mit jeder Minute verrinnen meine achtundvierzig Stunden, verfliegt die Walpurgisnacht. Und wer kann sagen, ob es danach noch ein Schlupfloch zwischen den Welten gibt? Womöglich ist mein Frosch für mich verloren, wenn ich den Zeitpunkt verpasse. Könnte ich das ertragen?

Ich fluche leise, dann greife ich zu meinem Handy. Es ist eine Stunde später in Wien, sie wird bestimmt nicht rangehen. Sie schläft schon, und sie schaltet das Telefon immer ab, wenn sie ins Bett geht, elektrosmogempfindlich. Aber sie ist meine einzige Chance, meine einzige ...«

»Ja, hallo!«

Oh, lieber, guter Gott der Satelliten und Handymasten, ich danke dir!

»Mona, es tut mir wahnsinnig leid, dich aufzuwecken, aber ich habe ein Problem.«

»Schieß los, ich habe noch nicht geschlafen.«

Meine Freundin und Agentin Mona ist in vielerlei Hinsicht ein Phänomen. Erstens ist ihr Kopf ein wandelndes Lexikon, nicht nur, aber vor allem, was Literatur angeht, und zweitens – ich baue stark darauf, dass mir das Frosch und Leben rettet – ist sie seit einiger Zeit restlos der Sudoku-Sucht verfallen. Sie verbringt ihre raren freien Minuten nur noch in Begleitung dieser Zahlenkästchen und ist mittlerweile regelrechte Expertin darin, anscheinend unlösbare Aufgaben zu lösen.

Ich habe sie vor drei Jahren auf einer von Kornblumes Veranstaltungen kennengelernt, wo sie, auf der Suche nach Nachwuchsautoren, mich gefunden hat. Wir hatten augenblicklich eine Verbindung, da wir den gleichen Humor, die gleiche Vorliebe für Bilder von Max Ernst, Bücher von Haruki Murakami und sonstige surrealistische Kunstgegenstände teilen sowie den gleichen kindlichen Enthusiasmus beim Anblick überquellender Bücherregale in ehrwürdigen Bibliotheken empfinden.

»Wo bist du denn? Du klingst so weit weg.«

»In London, aber glaub mir, das ist eine laaange Geschichte ...«

»... die ich hören will, oder nicht?«

»Eher nicht. Aber ich brauche deine Hilfe.«

»Wenn dabei die Worte Hochzeit, Bräutigam oder Ehering vorkommen, dann will ich rein gar nichts damit zu tun haben, hörst du?«

Mona ist glücklich verheiratet und missbilligt mein regelmäßiges Interesse an ehelich gebundenen männlichen Wesen zutiefst.

»Nein, der Fall ist wesentlich komplexer, vertrau mir. Was sagt dir das Zitat ›Mein Freund, die Kunst ist alt und neu‹?«

»Hm. Goethe, definitiv, du weißt, bei den Klassikern irre ich mich selten. Bloß welches Werk? Da war doch etwas mit diesem Satz ...«

Sie murmelt ihn langsam vor sich hin, was mich, unter Zeitdruck stehend, äußerst nervös macht.

»Kannst du es nicht für mich googeln? Nur heute, ausnahmsweise, ich flehe dich an!«

Das böse Wort. Ich habe das böse Wort benutzt. Ich beiße mir so heftig auf die Zunge, dass es schmerzt, während Mona laut wird.

»Googeln? Geht's noch? Kommt überhaupt nicht infrage, du weißt, wie sehr ich dem Elektronikzeug misstraue. Datenhighwayschrott, Untergang der Menschheit. Die Kunst, die Kunst, welche Kunst war das noch mal, die alt und neu ist?«

Ich knirsche mit den Zähnen. Einerseits hätte jeder beliebige, mit dem Internet verbundene Computer innerhalb von Sekunden die Antwort auf meine Frage ausgespuckt, andererseits bin ich mir nicht sicher, ob mich das weiterbringt. Daher bin ich auf Monas Hilfe angewiesen, und Mona löst solche Probleme prinzipiell auf ihre Weise.

»Mona, ich bitte dich inständig, es eilt, es geht um Leben und Tod! Glaub mir, ich befinde mich in irgendeiner Gegenwelt, alles ist aus den Fugen, verhext ist gar kein Ausdruck für meine Misere, du musst ...«

»Verhext, gutes Stichwort! Faust! Hexenküche! Mephisto zu Faust, nachdem die Hexe das Hexeneinmaleins gebrabbelt hat! Na, was sagst du? Bin ich gut?«

Das Hexeneinmaleins!

Eine Idee klopft von innen an meine Schädeldecke und sagt laut und deutlich »Hallo, da bin ich!«

»Mona, hör gut zu, du musst mir die Szene vorlesen, und zwar schnell. Nur das Einmaleins. Kannst du das für mich tun? Bitte keine Fragen, ich erkläre dir alles morgen.«

Es ist kurz still am anderen Ende der Leitung, ängstlich warte ich, ob die Verbindung noch steht, da seufzt Mona laut und deutlich.

»Na gut. Aber ich will die Erste sein, der du Bericht erstattest, verstanden!«

»Aye, aye, Sir!«

Nachdem sie den richtigen Band aus ihrer Goethe-Dünndruck-Gesamtedition gefischt hat, Sekunden, die ich wie auf glühenden Kohlen verbringe, liest Mona langsam vor:

»Aus Eins mach' Zehn,
Und Zwei lass gehen,
Und Drei mach' gleich,
So bist du reich.
Verlier die Vier!
Aus Fünf und Sechs,
So sagt die Hex',
Mach' Sieben und Acht,
So ist's vollbracht:
Und Neun ist Eins
Und Zehn ist keins.
Das ist das Hexen-Einmal-Eins.«

»Und jetzt?«

Monas Stimme ist fröhlich. Natürlich denkt sie, dass ich ein lustiges Spiel mit ihr vorhabe. Ich schätze, es ist auch das Beste und Zielführendste, wenn ich sie in diesem Glauben lasse. Ich wäge ab, was ich über den Geldautomaten weiß und was mir das Hexeneinmaleins darüber sagen kann. Ein Einmaleins besteht aus sich nicht wiederholenden Zahlen. Die Zeile »Zehn ist keins« bestätigt mich in meiner Annahme, dass es sich um einen Code mit neun Ziffern handeln muss, und das Faust-Zitat als Ganzes gibt die Reihenfolge vor. Ich brauche die Reihenfolge.

»Mona, hör zu, was weißt du über das Hexeneinmaleins und die Zahlenfolge, die sich daraus ergibt?«

»Ich habe einmal ein Sudoku gemacht, das angeblich darauf basiert, Hexensudoku oder so ähnlich. Du weißt, Literateninsiderkreise ... Tok, Tok!«

»Also?«

»Herrgott, Olivia, du hast aber vielleicht eine Laune! Bitteschön: Das Sprüchlein definiert die vorgegebenen Zahlen im Kästchen. Dann muss man die verbleibenden auffüllen, sodass die Summe immer fünfzehn ergibt.«

Fünfzehn. Fünf plus Eins ist Sechs, Sechs auf dem Kopf ist Neun! Und die Tastatur des Geldautomaten erinnert an ein Sudokukästchen. Dreimaldrei. Eigentlich Hexendreimaldrei!

»Mona, ich brauche *unbedingt* die Reihenfolge.«

»Mein Gott, du verlangst Sachen, mitten in der Nacht. Weißt du, wie lange das her ist?«

»Bitte!« Meine Stimme zittert hörbar, während Minute um Minute vergeht. Froschzeitminuten.

Es piepst laut. Vor Schreck fällt mir beinahe das Handy aus der Hand.

»Mona!«, diesmal schreie ich, was in der stillen Seitengasse, in der ich mich befinde, laut widerhallt wie eine Ohrfeige in der Morgenandacht der Dorfkirche von Hintertuxingen.

»Mona, mein Akku ist gleich leer, um Himmels willen, beeil dich!«

»Also, ich weiß ja nicht, was dein Problem ist, aber sobald du wieder in Wien bist, bring ich dich höchstpersönlich zu einem Seelenklempner!«

»Mona, bitte!«

Mir ist schlecht.

»Okay, pass auf, ich zeichne das Quadrat, Drei mal Drei, und schreibe die Zahlen von Eins bis Neun hinein. Dann frei nach Goethe, Eins ersetzt durch Zehn ...«

»Zehn gibt's nicht!«

»Bin ich jetzt die Sudoku-Verrückte oder du? Also, Zwei und Drei wandern um einen Platz weiter, dann ist die Neun weg, die Vier auch gleich streichen, Fünf und Sechs durch Sieben und Acht ersetzen und ...«

Sie zögert.

»Was? Was??«

»Neun ist Eins, Neun ist Eins, was, zum Henker, heißt Neun ist Eins? Warte ...«

Es klingt, als ob sie das Telefon zur Seite legt, ihre Stimme kommt von weiter her nur noch undeutlich zu mir.

»Mona, mein Akku!«

Gemurmel.

»Monaaaaaa!«

Die Stimme ist wieder lauter zu vernehmen.

»Die Neun vor die Zwei und die Eins nach der Acht, genau! Idiotensicher, da hätte ich auch gleich draufkommen müssen. Jetzt noch die Zehn streichen. Fehlt nur mehr der Sudoku-Teil, das ist kinderleicht. Wir haben Fragezeichen-Neun-Zwei-Drei-Fragezeichen-Sieben-Acht-Eins-Fragezeichen. Na bitte, das kannst ja sogar du lö...«

Piep!

Stille. Der Akku ist am Ende, unwiderruflich. Ich gehe zum Automaten zurück, ich muss es versuchen. Fünfzehn, denke ich immer wieder, jeder Dreierblock muss fünfzehn ergeben, wenn Mona alles richtig gemacht hat. Wenn. Und wenn nicht?

Hm. Was hat sie gesagt? Fragezeichen-Neun-Drei? Oder Neun-Zwei? Verhext und zugenäht! Am Ende war Sieben-Acht-Eins-Fragezeichen, das weiß ich noch, also kommt unten rechts die Sechs, darüber ist die Sieben, also logischerweise oben rechts die – äh – Zwei! Die Zwei? Ich rechne noch einmal nach und atme durch. Kopfrechnen zählt nicht zu meinen Stärken, und Fehler darf ich mir keinen erlauben, sonst ...

Nur nicht nachdenken! Das Eingabefeld für den Code, meinen dritten und letzten Versuch, blinkt immer noch. Neun und Zwei ist Elf, also kommt an den Anfang die Vier. Fehlt nur noch die letzte Zahl im Sudoku Rätsel. Ich tippe:

4-9-2-3-5-7-8-1-6

Totenstille auf den Dächern, kein Vogel rührt sich. Ohne weitere Verzögerung drücke ich die Enter-Taste. Das Eingabefeld hört auf zu blinken, verfärbt sich grün (wie in der Millionenshow, denke ich absurderweise), und die Tonbandstimme sagt:

»Die Eingabe ist korrekt. Bitte warten!«

Jeder Nerv in meinem Körper, alles, von den tiefsten Haarwurzeln bis zur Zehenspitze meiner kleinen, minimal verbogenen Zehe, ist zum Zerreißen gespannt. Ich sehe mich um, doch die Straße ist menschenleer, niemand, den ich notfalls um Hilfe bitten kann. Ich bin wieder einmal auf mich allein gestellt.

Da! Etwas tut sich auf dem Display!

Statt des grünen Eingabefeldes erscheint ein Gesicht. Nicht irgendein Gesicht, allerdings, sondern meines. Ich unterdrücke einen Schreckensschrei, als mein Mund mich aus dem Geldautomaten angrinst. Es sieht wie ein Zähneblecken aus.

»Ich gratuliere, richtig getippt. Aber du glaubst doch wohl nicht im Ernst, dass es so leicht ist, in das Hauptquartier der Hexen- und Hexenkunst-Vereinigung einzudringen?«

Verdammt!

»Ein paar Hinweisschilder? Ein Code nach einem Goethe-Text? Ich bitte dich, Hokuspokus für Möchtegernzauberer! Primitive Aufwärmrunde! Das ist doch gar nichts. Jetzt beginnt das Spiel erst interessant zu werden. Kommen wir zur alles entscheidenden Millionenfrage. Zu der Frage, die uns am Ende alle erwartet, der Frage, bei der dir niemand helfen kann außer du selbst. Du hast den Publikumsjoker auf dem Weg hierher verbraucht, gerade eben musste der Telefonjoker dran glauben. Bleibt noch 50:50 für den Weg durch die geheime Tür. Richtig oder falsch, so einfach ist es. Liegst du richtig, ist der Weg für dich frei, liegst du aber falsch, nun, darüber möchtest du bestimmt nicht so genau Bescheid wissen!«

Ich balle die Hand zur Faust. Mein zähnefletschendes Display-Ich legt den Kopf aufreizend schief und grinst mich fernsehmoderatorentauglich an.

»Du kannst natürlich an dieser Stelle einfach aufhören, deine sieben Sachen sowie alle unbeschädigten Knochen, Gelenke, Glieder und Sinnesorgane zusammenpacken und das Weite suchen. So lautet die Regel, die Entscheidung liegt bei dir. Wenn du mich fragst, genau das würde ich tun. Das hört sich nach einer absolut spitzenmäßigen Idee an! In diesem Spiel gibt es nämlich keine Sicherheitsstufen, dein Einsatz ist alles, was du hast, nicht mehr und nicht weniger. Ich muss dich warnen. Ist die Frage einmal gestellt, gibt es keinen Ausweg mehr.«

Sehr schlau. Als hätte ich eine Wahl.

»Ich möchte die Frage hören.«

»Nun gut, pass auf: Steh ich davor, dann bin ich drin. Bin ich drin, dann steh ich davor.«

»Huh? Äh, und die Antwortmöglichkeiten?«

»Antwortmöglichkeiten? Ich bitte dich, du hast die Antwort direkt vor deiner Nase, also streng dich an. Wir sind hier nicht im Feinkostladen, es gibt keine Möglichkeiten, nur eine Antwort.«

Eine Antwort, na toll. Doch welche? Davor, drin, drin, davor. Ungeduldig fahre ich mir durchs Haar. Eine Tür kann es ja wohl nicht sein, da ist man entweder davor oder drin, doch keinesfalls beides. Dennoch ist es eine Tür, die ich suche, ein Weg, ein ...

»Ich ...«

»Warm!«

»Wie bitte?«

»Wolltest du nicht antworten?«

»Nein, ich ...?«

Verblüfft blicke ich auf das Display, wo mir mein eigenes Gesicht, ebenso verblüfft, entgegenstarrt. Das Kind im Winterwald, aber auch Olivia, die Froschjägerin, beide, alle, was denn sonst?

»Die Antwort lautet: Spiegel.«

Gackerndes Gelächter dringt aus der Maschine, mein Grinsegesicht verfärbt sich erst rosa, dann rot und zerplatzt schließlich zu einem bunten Feuerwerk. Fassungslos schüttle ich den Kopf über so viel geballten Unsinn, als es doch noch passiert. Es dauert nur ein paar Sekunden, ehe die Tatsache mein Hirn erreicht. Surreal ist gar kein Ausdruck!

O Gott, danke, danke, danke!

Mit einem gänzlich unspektakulären Klicken ist links neben dem Geldautomaten eine bis dato unsichtbare Tür aufgesprungen. Das ist alles. Kein Tatütata, kein Trommelwirbel, kein Tusch. Nur ein läppischer Türspalt. Ein Spalt, der zu meinem Frosch führt oder in die Katastrophe oder womöglich zu beidem, wer weiß?

Ich atme einmal noch tief die Londoner Nachtluft ein und setze mir Shakespeares Efeukranz auf, ehe ich allen Mut zusammennehme und das Hauptquartier der Hexen- und Hexenkunstvereinigung betrete.

Ich stehe in einem Zimmer voll leerer Fächer. Es dauert ein wenig, bis ich mich orientiert habe und begreife, dass ich mich in der ehemaligen Gepäckaufbewahrung des Hotels befinde. Da es relativ dunkel ist und ich mich zudem an Noels Rat erinnere, zünde ich das Teelicht an. Die Flamme leuchtet zu meiner großen Erleichterung freundlich gelb. Nach einigen Sackgassen entdecke ich schließlich die Verbindungstür zur Eingangshalle, wo ich, planlos wie ich bin, auf irgendeinen Hinweis zum Aufenthaltsort meines Froschprinzen hoffe, notfalls in Form einer Wachhexe. Dabei wird mir schmerzlich bewusst, dass ich erstens völlig unbewaffnet bin, im Kampf folglich keine Chance hätte, und zweitens dringend aufs Klo muss, wie immer, wenn ich nervös bin.

Innerlich über meinen Wagemut fluchend, betrete ich die große Halle, die zu meinem Erstaunen in hellste Festbeleuchtung getaucht ist. Die sonderbarsten Objekte bevölkern das Bild, allen voran ein ganzer Wald kurioser Haushaltsgegenstände, die scheinbar als Transportmittel dienen. Besen sind zwar dabei, aber keineswegs signifikant in der Mehrheit, wie man hätte vermuten können. Im Gegenteil scheinen derzeit Akkusauger sowie Massagematten in Mode zu sein, auch der eine oder andere prachtvolle Orientteppich befindet sich darunter. Nicht alle Märchen stammen aus dem Reich der Fantasie. Von wegen, keine Besen!

»Wie viele Hexen«, frage ich mich staunend, »sind wohl heute Nacht im Regent Palace?«

»Achttausendsiebenhundertdreiundsechzig bis jetzt. Gegenfrage: Mit wem habe ich das Vergnügen? Nummer Vierundsechzig?«

Schuldbewusst blicke ich zum Rezeptionstisch, von wo aus mir die Stimme geantwortet hat. Entweder habe ich tatsächlich laut vor mich hingeredet, was bei meinem derzeitigen psychischen Zustand nicht ausgeschlossen ist, oder der alte Gedankenlesertrick ist erneut im Einsatz. Doch meine Kerze hat nicht einmal ansatzweise einen Blaustich.

An der Rezeption ist niemand zu sehen. Hexenfreie Zone, scheint es. Unsicher nähere ich mich. Gerade als ich mich entspannen will, springt ein kleiner Schatten geschmeidig auf die Theke, sieht mich aus Bernsteinaugen abwartend an und rollt sorgfältig den schwarzen Schwanz um die schwarzen Pfoten des komplett schwarzen Katzenkörpers.

Nach dem ersten Schreck angesichts meines eher unerwarteten Gegenübers überlege ich, was nun zu tun ist. Zum Glück ist es so, dass ich meinen T. S. Eliot gelesen und meinen Andrew Lloyd Webber verinnerlicht habe, was meinem Verhältnis zu Katzen allgemein gutgetan hat. Dort heißt es nämlich:

> *Mit Katzen, sagt man, heißt der Rat:*
> *»Sprich erst, wenn sie gesprochen hat.«*
> *Ich selbst jedoch halt nichts davon,*
> *Die Katzen grüßen soll man schon.*
> *Doch denk daran zu jeder Zeit:*
> *Sie hält nichts von Vertraulichkeit.*

Das befolgend, verneige ich mich vor dem zierlichen Rezeptionisten, nähere mich nur einen klitzekleinen Schritt und sage deutlich:

»Oh, Katze, ich bitte um Verzeihung und um die Erlaubnis, mich nähern zu dürfen«, womit ich eine stets in meiner Tasche befindliche Packung Kitbits heraushole, von denen ich drei Stück auf die Theke lege, ehe ich den vorher definierten Respektabstand wiederherstelle.

Und hast du nicht Pastete da,
Versuch es halt mit Kaviar.
Sie schätzt gewiss auch Räucherlachs
Als Zeichen deines guten Geschmacks,
Und wenn sie dich dann leiden kann,
Sprich sie mit Namen an.

Mit Namen ...

Die schwarze Katze blinzelt einmal kurz, nähert sich ohne Hast den Leckereien und frisst sie genüsslich auf. Anschließend leckt sie sich gründlich Barthaare und Pfote, mich misstrauisch beäugend.

»Sehr guter Einstieg, Katzenfreundin. Doch was nun? Du musst meinen Namen nennen, sonst kann ich dich nicht passieren lassen. Kennst du den Namen der Hexenkatze?«

»Den Namen der Hexenkatze? Nun, äh, ich vermute, es ist nicht Minka oder Mieze. Herrje, es gibt ganze Lexika mit Katzennamen, Weblogs, Zeitschriften, wie um aller Sphinxen willen soll ich ...«

Ich will mich am Kopf kratzen, erwische aber nur den Efeu. Ein Blättchen flattert Richtung Boden, von der Katze mit Jagdblick verfolgt. Statt jedoch danach zu tatzen, wie es meine eigene tierische Lebensgefährtin zweifellos gemacht hätte, richtet die Rezeptionskatze ihre Aufmerksamkeit sofort wieder auf mich.

»Ich will dir helfen, weil du so zuvorkommend warst: Ich bin die Katze, die jede Hexe liebt, mein

Name ist manchmal lang, manchmal kurz, und in der Nacht sind alle Katzen schwarz, während am Tag keine wie die andere ist. Nun?«

Ich denke nach. Die Lösung muss etwas mit Noels Hinweis zu tun haben, dass jede Hexe eine Katze hat. Folglich ist diese Katze hier sozusagen die Jedekatze, Platzhalter, Sinnbild, Multiplikation aller Unikate, und ihr Name ist ... ihr Name ist ...

Mein Blick fällt auf das Efeublättchen am Boden.

»LaBelle.«

Die Bernsteinaugen blinzeln mir zweimal anerkennend zu.

»Korrekt. Mein Name ist der Name, den du deiner Katze gegeben hast. Das ist unser Schutz vor Eindringlingen, denn nur eine Hexe besitzt die Weisheit, zu diesem Schluss zu kommen.«

Mein mulmiges Gefühl verdreieinhalbfacht sich, mindestens.

Nur eine Hexe ...

Diesen Irrtum kann ich nicht auf mir sitzen lassen.

»Nun, eigentlich«, ich beschließe, es mit der Wahrheit zu versuchen, »bin ich keine Hexe. Ich habe meinen Frosch verloren und möchte ihn zurückhaben.«

Die Hexenkatze betrachtet mich intensiv, springt dann grazil vom Tresen auf den Boden, kommt auf mich zu und lehnt sich vorsichtig an meinen Knöchel. Ich gehe in die Hocke, streichle ihr über das glänzende Fell, genau am Rückgrat entlang, und kraule sie an der geheimen Katzenstelle kurz vorm Schwanzansatz, woraufhin sie wohlig schnurrt. Dieser Berührung kann erfahrungsgemäß keine Katze widerstehen.

»Du bist freundlich, Mensch, außerdem kennst du die Katzensprache gut, daher mache ich dir ein faires Angebot: Du nimmst den Weg, den du gekommen bist, verlässt das Gebäude so schnell dich deine Menschenfüße tragen, und ich werde schweigen. Niemand wird erfahren, dass du ins Hauptquartier eingedrungen bist. Vor allem nicht«, der feingliedrige Tierkörper schaudert, »SIE. Glaub mir, das rettet dein Leben. Aber du solltest dich beeilen, es ist nur sicher, solange die Versammlung andauert.«

Ich kraule sie hinter dem Ohr, was ihr offensichtlich behagt, dann schüttle ich bedauernd den Kopf.

»Das ist ein fairer Deal, doch ich kann das Hexenhaus nicht ohne meinen Frosch verlassen. Lieber will ich verzaubert, verwundet oder gar tot sein. Du musst wissen, Katze, ich liebe den Frosch sehr, und ein Leben ohne ihn ist nicht denkbar. Darum bitte ich dich, mich passieren zu lassen.«

Zumal meine Zeit immer knapper wird, was mir unangenehm bewusst ist.

»Ich habe den richtigen Code benutzt, habe die Spiegelfrage beantwortet, und ich habe dich beim Namen genannt. Es steht mir folglich frei, mich im Hauptquartier zu bewegen, korrekt?«

Ich richte mich auf und mache Anstalten, mich zur Treppe zu begeben. Die Hexenkatze sieht mich nachdenklich an.

»Wo gedenkst du denn, ihn zu suchen, deinen Frosch?«

»Ehrlich gesagt, ich habe keinen blassen Schimmer, aber Shakespeare meinte …«

Die Katze stellt die Haare auf und faucht heiser, ein Geräusch, bei dem mir ein kühler Hauch um die Schläfen weht.

»Dieser Name! Es ist besser, du erwähnst ihn kein weiteres Mal, solange du dich auf Hexenterritorium befindest.«

Erneut betrachte ich das Teelicht in meiner Hand, weiterhin leuchtet es hellgelb. Das hat nichts zu bedeuten, vielleicht ist die Magie der Katze anders, vom Kerzenlicht nicht identifizierbar. Zu gefährlich, einem Hexentier zu trauen, auch wenn es einen Samtpelz trägt!

»Danke für deine Hilfe, Katze, doch ich muss los.«

»Warte!«

Auf weichen Pfoten läuft sie mir nach, unheimlich geräuschlos. Die Maus hört keinen Laut, bis der Genickbiss ihr den Garaus macht. Die Jägerin hat Blut an den Barthaaren, also Vorsicht, Vorsicht!

»Besser, du folgst mir.«

Misstrauisch sehe ich sie an. Ist das eine Falle? Andererseits bleibt mir wenig Zeit, planlos durch diverse

Hotelflure zu irren. Um zehn Uhr vormittags heisst es Adieu Märchenprinz, so viel steht fest.

»Warum sollte ich dir trauen?«

Die Katze schleicht geschmeidig um meine Füsse.

»Ich gehorche mir selbst. Ich treffe eigene Entscheidungen. Einmal so und einmal so, wie es mir gefällt. Und ich entscheide mich, dir zu helfen, weil du Hartnäckigkeit bewiesen hast. Das spricht für dich.«

Ich zögere.

»Jetzt komm. Hast du nicht gesagt, die Zeit drängt?«

Gedacht, denke ich, ich habe es gedacht!

»Das ist für mich dasselbe. Los, jetzt. Ich führe dich zu deinem Frosch. Aber du musst mir versprechen, dass du nie von meinem Weg abweichst, egal, was passiert. Solange du mir folgst, werden wir unbehelligt bleiben, abseits des Pfades kann ich dir nicht helfen. Verlier mich also niemals aus den Augen! Willst du das tun?«

Will ich? Katzen beherrschen die Kunst der Schmeichelei, doch sie verstellen sich nicht. Ich muss es wissen, ich lebe mit ihnen, seit ich denken kann. Ihr Eigensinn spricht für sie. Ich entscheide mich.

»Ich folge dir, solange unser Weg mich zu meinem Frosch führt.«

»Gut. Dann schnell, leise und geradeaus.«

Wir nehmen die Treppe, die ich noch gut in Erinnerung habe. Doch unser Weg führt nicht hinauf zu den Gästezimmern, sondern hinunter in die Katakomben ...

»Jedekatze? Wie weit ist es denn noch?«

Ich komme mir vor wie früher als ewig nörgelndes Kind bei den Bergwanderungen mit meinen Eltern, nur dass es diesmal nicht bei Sonnenschein über Stock und Stein, sondern im dämmrigen Licht flackernder Notlampen über endlos viele Treppenstufen tief unter die Erdoberfläche geht. Die Luft wird stickiger mit jedem Stockwerk, das wir über uns lassen, und die empfindlichen Nerven meiner Kopfhaut sind dermaßen angespannt, dass sich der Kranz, den ich trage, wie ein Stahlhelm anfühlt. Genervt schiebe ich ihn aus meiner Stirn.

»Etwas tiefer noch«, antwortet die Katze, »wir befinden uns schließlich in einem Gebäude, das 1915, als es in Betrieb genommen wurde, mit über tausend Zimmern das größte Hotel Europas war, was man ihm von außen, als Eckhaus mit sonderbarem Sehwinkel, gar nicht anmerkt. Hast du es schon mal vom Vorplatz aus gründlich betrachtet?«

Ich nicke.

»Oft.«

Die Treppe ist nun schmäler und führt durch eine Art Luke in einen Schacht, der weiterhin bergab geht. Mein Herz schlägt schneller, weniger vor Anstrengung als vor Panik, denn im Gegensatz zu meiner

Führerin, die munter weiterspricht, habe ich keine Katzenaugen, um in der zunehmenden Dunkelheit klar zu sehen. Wenn nur meine Teelichtflamme nicht ausgeht!

»Nun, an der Nordseite des Piccadilly Circus, an der Kreuzung von Glasshouse Street, Sherwood Street, Brewer Street und Air Street gelegen, hat das Gebäude neun Stockwerke über und drei Ebenen unter der Erde, wo sich Büros, der Küchentrakt sowie Keller für Heizung, Belüftung und Strom befinden.«

Doch offensichtlich nicht nur diese. Unsere Schatten an den Wänden begleiten uns nämlich schon über weit mehr Ebenen wie gruselige Katakombenriesen in Anthrazit. Das Echo meiner Schritte hat die passende Lautstärke dazu. Poltergeist lässt grüßen.

»Ich wusste nicht, dass das Regent Palace so tief unterkellert ist«, sage ich nach fünf Stockwerken leise, als wir uns endlich ein Stück weit zwischen schimmligen Mauern geradeaus statt abwärts bewegen.

Die Jedekatze wirft mir einen freundlichen Blick zu, der jedoch keineswegs zu meiner Entspannung beiträgt. Was, wenn ich doch direkt in die Hexenfalle stolpere?

»Stimmt. Nicht alles ist in Geschichtsbüchern vermerkt. Manche dunklen Kapitel bleiben sorgfältig unter Verschluss. Dafür sind dicke Betonmauern gerade gut genug. Im Ersten Weltkrieg war ein Großteil des Hotels von der britischen Regierung besetzt, im Zweiten Weltkrieg wurde es von zwei Bomben teilweise beschädigt.«

Ich horche auf.

»Das wusste ich nicht.«

Unter Verschluss ...

»Getroffen wurde dabei der Angestelltentrakt, der mit dem Hauptgebäude durch eine heute noch sichtbare Brücke sowie einen unterirdischen Gang verbunden war.«

»Ein unterirdischer Gang?« Mein Herz macht einen Sprung, und ich bleibe abrupt stehen. Ich frage mich ...

»Ja«, fährt die Katze fort, und irritiert stelle ich fest, dass ihre Stimme nun viel entfernter klingt, »wir befinden uns demnächst unter dem früheren Angestelltentrakt.«

Das ist doch nicht möglich. Ich habe höchstens fünf Sekunden gezögert, doch sie klingt, als wäre sie bereits hundert, zweihundert Meter voraus. Haben Hexenkatzen denn Siebenmeilenpfoten?

»Wusstest du, dass wie durch ein Wunder nur ein einziger Angestellter bei dem Bombenangriff verletzt wurde? Über tausend Menschen waren damals im Regent Palace beschäftigt. Einer von Tausend.«

Das Rauschen in meinen Ohren ist mit einem Mal sehr, sehr laut. Keine Panik, sage ich mir krampfhaft, nur keine Panik. Das muss eine Täuschung sein, verzerrte Akustik, etwas in der Art. Hexenkunst, sicherlich, flüsternde Materialien oder schräge Flächen, schäbige Tricks! Ich darf mich nur nicht vom Weg abbringen lassen, einen Schritt vor den anderen, der Katzenstimme nach, dann ...

Ich stolpere beinahe über die Jedekatze, die am Ende des Ganges hockt, sich seelenruhig die Pfote leckt und mich aus klugen Augen anblickt.

»Erstaunlich, oder?«

Sie blinzelt.

Ich nicke, immer noch zitternd, und sehe mich nachdenklich um. Der Gang endet in einem niedrigen Kellerraum, von dessen Plafond ein abgerissenes Kabel hängt. In den Ecken Wasserlachen, abgesehen davon gähnende Leere und erstaunlich wenig Schmutz oder Staub. Dieser Weg wird benutzt, die Frage ist, von wem? Und wofür? Gebückt gehe ich weiter.

Sonderbar, denke ich, wie oft habe ich vor der Schließung in diesem Hotel gewohnt, meine Liebesgeschichte mit London ist untrennbar mit dem Regent Palace verbunden, dem ich lange nachgetrauert habe, ehe ich schweren Herzens ins Fielding gewechselt habe. So viele Male geht man durch die Glastüren ein und aus und fährt mit dem altersschwachen Lift, in dem es immer muffig riecht, in sein Stockwerk. Man meint die Räumlichkeiten zu kennen, in denen man wohnt, kennt den Geruch der löchrigen Matratzen oder der steril gereinigten

Handtücher, sogar den der uralten Holzmöbel mit den ausgeleierten Scharnieren, doch was sich tief unter der teppichbespannten Oberfläche befindet, davon hat man keine Ahnung …

Wir verlassen den Kellerraum über eine weitere, noch schmälere Treppe und sind nun in einem Bereich angekommen, wo es völlig dunkel ist, dafür hat die Luftfeuchtigkeit stark zugenommen. Meine Teelichtflamme flackert Gelb (Gelb!), aber unruhig, bewegt von irgendeinem verborgenen Luftzug. An den Wänden sind undeutlich dunkle Flecken zu erahnen, über deren Herkunft ich mir keine Gedanken mache.

»Äh, Katze, wo sind wir hier?«

»Wir nähern uns dem Zugang zum Froschteich. Es handelt sich um die weltweit größte unterirdische botanische Anlage. Nur durch Zauberkraft kann sie ohne natürliches Sonnenlicht in der bestehenden Form erhalten werden.«

»Am Froschteich? Heißt das etwa, o Gott, heißt das, dass es hier mehr als einen Frosch gibt?«

Meine Nervosität nimmt zu, doch die Stimme der Katze bleibt weiterhin gelassen. Langsam, aber sicher habe ich so meine Zweifel, ob unsere Odyssee je ein Ende findet. Stufen, immer mehr Stufen, unebene Böden, schlechte Luft, kein Ziel in Sicht. Wie viel Zeit ist vergangen, seit wir die Halle verlassen haben? Wie viele kostbare Minuten sind verflogen? Ich habe jegliches Gefühl dafür verloren.

Meine Füße schmerzen, meine Knie protestieren gegen die ungewohnte Treppenorgie, und der Katakombengeruch klebt widerlich an meinen Schleimhäuten.

»Der Froschteich ist das Herzstück des Hauptquartiers sowie Mittelpunkt des gesamten Hexenuniversums. Hier leben all jene unglücklichen Menschenwesen, die durch die Kraft der Wunschwellen in Hyla arborea verwandelt wurden.«

»Hyla was?«

Meine Stimme klingt ziemlich belegt. Ich bin auf irgendetwas getreten, etwas, das weich und feucht unter meinen Schuhen zerplatzt ist. Besser nicht nachsehen, Olivia, denke ich, es gibt Dinge, die man nicht so genau zu wissen braucht!

»Klasse Amphibien, Unterklasse Lissamphibia, Ordnung Anura, Unterordnung Neobatrachia, Familie der Hylidae, Gattung Laubfrösche, grob gesagt. In unserem Fall durchweg Vertreter der Art des Europäischen Laubfrosches oder Hyla arborea, im deutschsprachigen Raum oft Wetterfrosch, Heckenfrosch oder Grünrock genannt.«

Grünrock? Die Erkenntnis braucht ihre Zeit. Sie sickert äußerst langsam in mein fast taubes Hirn ein.

»Willst du«, ich muss mich räuspern, »willst du damit sagen, dass eine gewisse Anzahl von Menschen regelmäßig via Tütüfeen in Frösche verwandelt werden, um dann hier, im Hauptquartier der Hexen- und

Hexenkunst-Vereinigung, mitten in London, ihr Dasein zu fristen?«

Heißes Wachs läuft über den Rand des Teelichtes, da meine Hand relativ stark zittert.

»So ungefähr.«

Die Katze biegt um ein Eck, und ich beeile mich, ihr zu folgen. Bloß nicht wieder den Anschluss verlieren. Vor lauter Hast wäre ich beinahe gestürzt. Ich fange mich gerade noch, doch die Flamme geht aus. Absolute Finsternis umgibt mich, ängstlich schnappe ich nach Luft.

»Genau genommen sind es derzeit an die neuntausend – übrigens ausschließlich männliche – Frösche.«

Blind taste ich mich an der nasskalten Mauer entlang, immer hinter der Katzenstimme her. Entsetzliche Bilder steigen in mir auf, Bilder von zusammengepferchten, verschreckten Froschpopulationen, Bilder, die mir die Dunkelheit unerträglich machen. Ich bemühe mich, flach zu atmen und die Feuchtigkeit nicht zu tief eindringen zu lassen.

»Das liegt daran, dass die Lebensspanne dieser Wesen weit über tierisches und sogar menschliches Maß hinausgeht, immerhin sind magische Mittel im Spiel. Zwar verliert sich die Kraft der Wunschwellen mit der Zeit, doch dauert dieser Verfallsprozess ziemlich lange, weshalb sich die erwähnte Spezies auch besonders gut für die Zwecke der Hexen eignet, weit besser als alle anderen Verwünschungen.«

Verfallsprozess? Alle anderen Verwünschungen?

»Alle anderen? Soll das heissen ...? Aua! Verdammt!«

»Was ist los?«

»Ich bin über irgendetwas gestolpert!«

Ich krame in meiner Jackentasche nach Noels Steichholzheftchen. Ohne Kerzenlicht nicht nur Dunkelheit, sondern totale Hexenangriffsgefahr. War da nicht eine Bewegung neben mir? Hilfe!

»Meinst du denn«, fährt die Jedekatze ungerührt fort, während ich verzweifelt versuche, wieder Licht ins Dunkel zu bringen, »der Froschwunsch ist die einzige Verwendung des Wunschwellenprinzips? Er ist zwar generell gesehen einer der häufigsten Wünsche weiblicher Homo Sapiens, doch gibt es durchaus auch andere Formen. Im Zentrum des Mondes, zum Beispiel, befindet sich eine ganze Kolonie dorthin verwünschter Menschen, doch ihr Nutzen ist eher gering, während ...«

»Aaaaaah!«

Nachdem es mir endlich gelungen ist, mein Teelicht anzuzünden, erschrecke ich furchtbar, als etwas genau neben meinem Gesicht vorbeihuscht. Es ist nur eine fette schwarze Spinne, die an ihrem Faden zur Decke klettert, doch im flackernden Kerzenschein wirkt jede winzige Bewegung überdimensional. Pfui Spinne!

»Katze! *Katze*!!!«

Schreiend laufe ich meiner Führerin hinterher. Keuchend biege ich um eine Ecke, dann um noch eine und wäre der wartenden Katze beinahe auf den Schwanz getreten, was mir einen missbilligenden Blick einbringt.

Wir befinden uns vor einer hohen Steinmauer, offensichtlich eine Sackgasse. Auch das noch!

»Liebe Katze, was soll das alles? Ich verstehe nichts von dem, was du sagst. Das ist doch völlig verrückt!«

Die Katze seufzt und kratzt sich mit der Hinterpfote am Ohr, macht jedoch keine Anstalten, einen anderen Weg zu nehmen.

»Hör gut zu: Es geht um die Wunschwellen und nur um diese. Hexen an sich haben schon lange keine Zauberkräfte mehr, doch sie können ohne Zauber auch nicht existieren. Die Frösche wiederum sind mittels Wunschwellen verwandelt, strahlen daher weiter Zauberkraft aus. So ist das mit magischen Dingen. Magie verflüchtigt sich nicht einfach. Sie haftet an den Objekten wie eine übernatürliche Staubschicht. Soweit klar?«

Ich nicke kläglich. Selbst mein mickriges Teelicht (Gelb, immer noch!) zeigt mir keine Möglichkeit, die massive Mauer vor uns irgendwie zu überwinden. Lästige Verzögerung!

»Um diese Zauberkraft einzufangen und für sie nutzbar zu machen, halten die Hexen die Frösche im Teich, dessen Wasser sie zum Teekochen verwenden, wodurch sie zaubern können. Ein entsetzliches Gebräu, nebenbei gesagt. Die Frösche verlieren dafür immer mehr von ihrem Menschsein, je länger sie im Teich leben, und schließlich, nach vielen, vielen Jahren, sind sie magisch erschöpft und nur noch einfache Frösche. Daher sind Neuankömmlinge wichtig, sie sind frisch und ergiebig.«

Ergiebig. Hexenfroschtee.

Mir krampft es Herz und Magen zusammen, Tränen steigen in meine Augen. Doch ich erlaube mir nicht, die Nerven endgültig zu verlieren, nicht einmal hier im Nirgendwo der tiefsten Katakomben Londons. Eine Frage beschäftigt mich:

»Ich bin also nicht die einzige Frau, die einen so perversen Wunsch in Gegenwart einer unberechenbaren Tütüfee geäußert hat?«

Die Katze wiegt gähnend den Kopf.

»Natürlich nicht. Du kannst dir gar nicht vorstellen, wie oft in Jahrzehnten, Jahrhunderten, Männer zu Fröschen verwunschen werden. Sie verschwinden aus dem Leben der weltweit residierenden Prinzessinnen, diese denken, sie wollten nichts mehr mit ihnen zu tun haben, sie seien unkommunikativ oder einfach beziehungsunfähig, folglich sind die royalen Damen ziemlich froh, rechtzeitig ihre Konsequenzen gezogen zu haben. Die verwunschenen Prinzen wiederum landen früher oder später, aus Scham oder durch ein Missgeschick«, ich zucke zusammen, »in irgendeinem tiefen, feuchten Brunnen und, wie du schon feststellen konntest, führt jeder Brunnen irgendwie zum Froschteich. So geht das.

Das ist das ganze Geheimnis der Zauberkraft der Hexen.«

Abteilung Froschkönig!

»Aber«, meine Stimme klingt höher als sonst, »wird denn die Abwesenheit der – äh – Prinzen nicht bemerkt? Kein Mensch kann einfach spurlos verschwinden, schon gar nicht Hunderte, Tausende, das ist doch völlig unmöglich.«

»Doch, doch, es gibt immer genug Erklärungen, wenn Hexenkunst im Spiel ist. Du würdest staunen, wie schnell solche Exprinzen von der Welt vergessen werden. Glaub mir, es ist eigentlich nur ein einziger Fall bekannt, wo so ein Exemplar den Weg aus seinem Brunnen gefunden hat.«

Ich taste nach dem Efeukranz auf meinem Kopf, der sich mit einem Mal sehr leicht anfühlt. Der Kranz ist noch da, der Kopf aller Wahrscheinlichkeit nach auch. Und der Verstand? Ich habe meine Zweifel.

»Anscheinend war da Liebe im Spiel, eine notorisch unbekannte Variable im Hexentum. Zwei Kerle namens Grimm haben exklusiv darüber berichtet, vielleicht sagt dir das was? Seither sind goldene Kugeln intern verpönt und müssen rechtzeitig beseitigt werden, damit man ähnliche Fälle vermeidet, verstehst du?«

Tatsächlich beginne ich, zu verstehen. Goldene Kugeln ... »Halte dich von den Brunnen fern!«, schießt es mir durch den Kopf, obwohl mir die Herkunft dieser Information nicht klar ist. Eine Erinnerung will sich an die Oberfläche kämpfen, doch sie dringt nicht durch.

Ich atme mehrmals tief ein und aus. Klarer Fall von akutem Sauerstoffmangel.

»Und jetzt?«

»Jetzt zum Froschteich. Hast du es nicht ganz furchtbar eilig, deinem Hyla arborea die Amphibienhaut zu retten?«

Ich klopfe ungeduldig mit der freien Hand auf meinen Schenkel.

»Und ob. Also, wo ist die Tür?«

Die Katze sieht mich mitleidig an.

»Du musst nur durch den Zugang gehen.«

»Welcher Zugang?«

Ich sehe nichts als Steinmauer.

»Der vor deiner Nase. Niemand, ob Mensch, Tier oder Hexe, gelangt einfach so zum Froschteich. Die Barriere, der Zugang eben, ist immer anders, er richtet sich nach dem Eindringling. Wir nennen ihn das Hexensieb, ein unüberwindliches Hindernis für diejenigen, die keine magischen Kräfte besitzen.«

»Warum führst du mich dann hierher?«

Zornig wende ich mich von der Mauer ab und der Jedekatze zu.

»Weil du einen Weg finden musst, andernfalls bleibt dein Frosch im Teich. Du hast nicht zufällig eine dieser illegalen goldenen Kugeln? Das wäre hilfreich.«

Mir wird eiskalt, während ich steif den Kopf schüttle und die Katze mit starrem Blick ansehe, als mich die Erinnerung federleicht streift.

»Keine Kugel, leider. Ich hatte eine, doch sie ging ein für allemal verloren, als ... Nun, sie ist fort.«

3. Kapitel

»Was ich dir sagen wollte: Ich werde heiraten.«

Das Zeitgefüge geriet durcheinander.

Die Frühlingssonne explodierte am Himmel, der sich augenblicklich dunkelgrau verfärbte, die Blätter auf den Bäumen verwelkten, fielen ab, und es begann, in dicken Flocken zu schneien, bis der ganze Park unter einer dichten Schneedecke verschwunden war. Eiskristalle bildeten sich auf meiner Haut. Sogar die Daunenfedern waren gefroren. Sie klirrten, als ich meinen zusammengesunkenen Körper in eine aufrechte Haltung zwang.

»Das ist wunderbar«, sagte ich mit einem restlos vereisten Lächeln im Gesicht, »wann denn?«

Meine Fingernägel hatten blutige Halbmonde in meinen Handballen gegraben, die dort als leichte Spuren noch Monate später zu sehen sein würden. Doch abgestorbene Haut fühlt keinen Schmerz.

»In zwei Wochen. Neunundzwanzigster April. Solange noch Frühling ist. Ich weiß, das geht ziemlich schnell, aber alle Menschen sollten im Frühling heiraten, das ist so ein klarer Neuanfang. Im Frühling verändert sich das Leben wie ein geschlüpfter Papillon. Ich werde heiraten, und alles wird blühen. Du musst kommen, unbedingt. Es werden so viele nette Freunde von uns da sein. Du wirst sie mögen.«

»Sicher.«

Tote Vögel fielen steif von den Ästen und lösten sich in Asche auf, noch bevor sie den Boden berührten. Ein Sturm zog auf und verwehte die Asche, bis die ganze Welt mausgrau war. Ich selbst hatte das dumpfe Gefühl, dass ich mich in näherer Zukunft in viele kleine Stückchen auflösen würde. Und die Scherben waren nichts weiter als zerbrochene Seelenkanten, abgesplittert durch unsachgemäße Behandlung.

Ecken in Watte packen beim nächsten Mal, spukte es mir durch den Kopf, hart werden, einen Panzer aus bruchsicherem Material kaufen und alle empfindlichen Teile hineinpacken. Ein Vorhängeschloss anbringen, die Zahlenkombination vergessen, anschließend im sicheren Panzer ganzkörperlich verrotten. Guter Plan!

»Bist du glücklich?«, fragte mein Mund, der sich am anderen Ende irgendeines Universums befand und immer noch eisern lächelte.

»Sehr. Sie ist eine ganz besondere Frau. Jana, die Kellnerin aus dem Café Poesie. Kennst du sie?«

Mein Blutdruck sank innerhalb weniger Zehntel Sekunden auf minus zwanzig zu null Komma null eins, grob geschätzt.

»Flüchtig.«

»Sie ist das größte Glück in meinem Leben. Wir haben uns im Café Poesie kennengelernt, als ich gerade erst in Wien angekommen war. Durch sie habe ich auch den Job bekommen. Weißt du, ich habe das Gefühl, dass sie mich versteht. Und sie versteht meine Musik. Das Lied, das wir geschrieben haben, es ist für sie. Über Liebe heißt über Jana.«

Sogar sein Leberfleck strahlte.

»Das ist toll«, sagte mein Mund, der seinen gewohnten Sarkasmus krampfhaft unterdrückte, »es muss schön sein, verstanden zu werden.«

»Ja, das ist es. Du wirst es auch einmal erleben. Bestimmt.«

Bestimmt.

Er küsste mich zum Abschied auf beide Wangen und wünschte mir alles Gute.

»Ich mache mir Sorgen um dich.«

Ich zuckte mit den Schultern.

»Du wirst stark sein, oder?«

Ich sah ihn an.

»Promise!«

Ich nickte schwach. Erleichtert drehte er sich um und ging.

Kaum war er um die Ecke gebogen, schaute ich der Welt zu, wie sie mit Gepolter in sich zusammenstürzte. Scherben auflesen, das war mein Leben, eine Erkenntnis, zu der ich lieber nicht gekommen wäre. Einen Brautstrauß fangen. Einen Mann verstehen. Einen Ring am Ringfinger tragen. Alles Dinge, die mir wohl nicht bestimmt waren. Ich war eben ein Einzelkind.

Vorsichtig tastete ich nach der gewohnten Stelle an meiner Brust, ließ die Finger suchend über die Rippen gleiten, doch da war rein gar nichts zu ertasten. Die Kugel war fort.

Endlich kamen die Tränen, bittere Verlusttränen, die wie Frost an meiner Haut kleben blieben.

Es gab eine letzte Möglichkeit, nur den Hauch einer Aussicht, also packte ich mich samt meinen Tiefkühldaunenfedern zusammen und lief, so schnell ich konnte.

4. Kapitel

»... in die falsche Richtung!«

»Was hast du gesagt?«

Mühsam zwinge ich meine Gedanken in die Gegenwart zurück, die mich immer noch mit einer stabilen Ziegelmauer sowie mit einer erwartungsvollen Jedekatze konfrontiert. Keine Zeit, in Erinnerungen zu schwelgen, weiter, weiter, doch wohin?

»Du denkst in die falsche Richtung. Genau das ist der Grund, warum du vor hohen, festen Ziegelmauern landest, statt leichtfüßig durch Perlenvorhänge zu spazieren, so wie ich, und das Gefühl zu genießen ...« Die Katze läuft vor meinen Augen, ohne eine Sekunde zu zögern, durch die Mauer, als wäre diese aus Luft. »... wie die Perlen sanft über das Fell gleiten.«

Die Katze ist verschwunden, doch ihre Stimme höre ich weiterhin.

»Wo bleibst du?«

Ich strecke die rechte Hand aus, doch meine Finger berühren feuchten, schimmligen Ziegel. Wütend trommle ich dagegen, als könnte ich das Hindernis so gewaltsam sprengen.

»Das genügt nicht!« Die Stimme der Katze klingt ungeduldig. »Du siehst eine Mauer, weil du mit einer Mauer rechnest. Das ist der Trick des Hexensiebes. Jeder Eindringling rechnet mit dem größtmöglichen Hindernis. Das ist Anfängermagie, ich bitte dich! Gib dir Mühe! Mach schon, du musst dich beeilen!«

Ich schließe meine Augen und stelle mir vor, statt der Ziegel weiches, warmes Holz unter den Fingern zu fühlen. Das Holz einer Hüttentür, die von der Sonne beleuchtet wird und dadurch über die Jahre etwas rissig geworden ist. Die Hütte steht im Wald meiner Kindheit, genau an der Stelle, wo die goldene Kugel vergraben war. Auch wenn die Kugel fehlt, spüre ich doch ein wenig von ihrer Kraft. Es riecht nach Moos, ein bisschen auch nach Erde. Das Holz ist rau und voller Splitter, wenn man drückt, gibt es leicht nach.

Als ich die Augen öffne, ist die Ziegelmauer verschwunden, quietschend schließt sich die Holztür hinter mir. Ich habe den Zugang gefunden und stehe mit weit aufgerissenem Mund am Froschteich.

Weiter als meine Augen sehen können, erstreckt sich die Grotte tief unter dem Regent Palace Hotel. Helles, warmes Sonnenlicht fällt durch eine riesige Kristallkuppel auf den darunterliegenden Teich, der von exotischen Pflanzen umgeben und mit den buntesten, schönsten Seerosen bedeckt ist. Summende Insekten schwirren durch die Luft, die keineswegs nach Grotte riecht, sondern nach einer duftenden Frühlingswiese. All das liegt wie ein Wunder vor mir. Ein botanisches Paradies.

Geblendet halte ich meine rechte Hand schützend vor die Augen und wende mich widerwillig von diesem faszinierenden Anblick ab, um meine Aufmerksamkeit auf die Jedekatze zu richten, die mich forschend betrachtet.

»Du wirst noch früh genug lernen«, sagt die Katze ruhig, »dass jede Wahrheit zwei Seiten hat und nichts, was wir glauben, komplett richtig oder komplett falsch ist. Das hier«, dabei deutet sie mit ihrem zierlichen Katzenkopf auf die Landschaft vor uns, »das ist Hexenkunst.«

»Erschaffen durch die Ausbeutung hilfloser Kreaturen!«, füge ich trotzig hinzu, unfreiwillig beeindruckt.

Die Katze blinzelt.

»Ich bin nicht das rechte Lebewesen, um dir darauf eine Antwort zu geben. Was du hier siehst, ist uralter Zauber, beschützt durch Geheimhaltung sowie durch die Weisheit der Vereinigung. Das ist der Ort, den du gesucht hast, hier leben die verwunschenen Frösche. Es ist nun deine Aufgabe, ohne Verzögerung den einzigen richtigen Frosch zu finden und mitzunehmen, denn ich kann dir nur erlauben, *ein* Tier aus dem Teich zu entfernen, nicht mehr. Irrst du dich, ist deine Chance vertan.«

Mit zunehmend mulmigem Gefühl betrachte ich

die Teichbewohner, die sich im Wasser tummeln, auf grossen Seerosenblättern sitzen, oder die Steine im und um den Teich bevölkern. Was hatte ich mir bloss gedacht? Für menschliche Augen sieht ein Laubfrosch aus wie der andere.

Ich nähere mich dem Teich mit unsicheren Schritten, erneut beeindruckt von der Schönheit des unterirdischen Gefängnisses. Denn ein Gefängnis ist es, rufe ich mir ins Gedächtnis. Auch pastellfarbene Gitter mit Plüschbezug bleiben Gitter!

»Es sind so viele«, flüstere ich und drehe mich Hilfe suchend nach der Katze um.

»Finde ihn, dann lass uns gehen«, antwortet sie schlicht, »unsere Zeit ist begrenzt. Es gibt solche und solche Hexen, vergiss das nicht, und nicht alle würden unser Tun gutheissen. Vor allem nicht SIE!«

»Die Lady?«

»Psssst!«

»Aber das sind doch alles verzauberte Menschen. Wie kann ich sie nicht retten wollen?«

»Du kannst sie in keinem Fall retten. Was sollen sie in ihrer Froschgestalt draussen in der Welt? Für die meisten hier ist die Zeit längst abgelaufen. So sind die Regeln, die Möglichkeit einer Rückverwandlung ist verpasst. Noch einmal: Finde *deinen* Prinzen und dann rasch zurück an die Oberfläche!«

Ich starre auf den Froschteich. Verzweifelt versuche ich, mir das besondere Aussehen meines froschigen Reisebegleiters in Erinnerung zu rufen. Hatte er

Merkmale, Kennzeichen oder eine spezielle Färbung? Selbstverständlich war er mir, seit ich ihn unter dem Busch gefunden hatte, einzigartig erschienen, doch hier, inmitten tausender Artgenossen, kann ich keinen Unterschied entdecken. Ein Frosch ist wie der andere, jedes Quaken ein Quaken unter vielen.

Wenn du keinen Ausweg weißt... Was hat Shakespeare gesagt? Immerhin trage ich das Grünzeug nicht zum Vergnügen spazieren.

»Es heißt, der Efeukranz lockt in der Walpurgisnacht den Liebsten an.«

Die Jedekatze sieht mich zufrieden an, ähnlich wie ein Lehrer seinen fleißigsten Schüler nach Erwerb des Abschlusszeugnisses. Wiederum bin ich mir nicht sicher, ob ich laut gesprochen habe oder nur hörbar gedacht.

»So heißt es«, antwortet sie mit einem schnurrenden Unterton.

Ich blicke auf den Froschteich, auf der Suche nach einer geeigneten Stelle. Nicht weit von mir entfernt am diesseitigen Ufer kann man auf einem Steinvorsprung ein paar Schritte weit Richtung Teichmitte gehen. Dorthin begebe ich mich rasch, möglichst ohne links und rechts nach den Fröschen zu schauen, die mich, je nach Grad ihrer Tierwerdung, entweder komplett ignorieren oder aus neugierigen Glupschaugen betrachten. An der vom Ufer weitestmöglich entfernten Stelle knie ich mich hin, tauche eine Hand mit der Handfläche nach oben ins Wasser, konzentriere mich auf den Kranz, den ich auf dem Kopf trage, und rufe innerlich nach meinem geliebten Prinzen. Komm schon, komm schon! Nichts geschieht, außer dass mir ein paar Tiere mehr ihre Aufmerksamkeit schenken und sich ein wachsender Froschhalbkreis um mich bildet.

»Wie kann ich sicher sein?«, frage ich panisch. »Was ist, wenn ich den Falschen mitnehme?«

Efeu, denke ich, Steinmauerefeu! Welche Augenfarbe haben bloß Frösche und, noch wichtiger, haben sie alle dieselbe? Ich vergleiche die Glupschaugen der mich umkreisenden Amphibien unter diesem Gesichtspunkt, kann jedoch keine besonderen Merkmale feststellen. Verdammt!

Komplett verunsichert lasse ich das Szenario auf mich wirken, nur um frustriert den Kopf zu schütteln. Es ist unmöglich! Ich bin den Tränen nahe.

Mit einem lauten Platschen landet der Efeukranz im Wasser und wird augenblicklich von mir fort getrieben. Hastig paddle ich mit der Hand danach – beinahe wäre ich in die Brühe (in den Hexenfroschtee!!!) gefallen – bis ich das Gleichgewicht wiedergewinne und das Grünzeug mit den Fingerspitzen erreichen kann. So wenig Wasserkontakt wie möglich! Mitten in der Bewegung halte ich inne. Empörtes Quaken diverser Amphibien hat mein Missgeschick begleitet, doch etwas anderes lässt mich erstarren. O bitte, bitte, mach, dass es wahr ist!

Zielsicher nähert sich ein einzelner Frosch, der bis

dahin in einiger Entfernung auf einem Seerosenblatt gesessen hat, meinem kleinen Efeukreis, misstrauisch von seinen Artgenossen beäugt, von einigen sogar regelrecht attackiert. Mein Puls rast, jeder Muskel in meinem Körper ist angespannt, und ich kann das Blut in meiner Halsschlagader pochen fühlen.

»Er ist es!«, denke ich mit absoluter, unfehlbarer Sicherheit, noch bevor er mich aus dem Inneren des Kranzes mit seinen grünen, grünen Augen anblickt. Ohne eine Sekunde zu zögern oder mich länger um die eklige Konsistenz des Wassers zu scheren, strecke ich die Hand aus, bekomme ihn zu fassen und stecke ihn blitzartig in meine Jackentasche, die ich sicherheitshalber per Reißverschluss verschließe, hoffend, dass ihm die Luft zum Atmen reicht. Das Risiko, ihn ein zweites Mal zu verlieren, noch dazu im Hexenhaus, ist zu groß. Ein klägliches Quaken dringt aus der Jacke zu mir, als ich mich zum Ausgang umdrehe. Ich öffne die Tasche ein wenig und greife hinein. Genau in diesem Moment beginnt das Froschkonzert.

Ich habe mich verlaufen, so viel steht fest. Der Gang vor mir teilt sich erneut, längst habe ich Orientierung und Zeitgefühl verloren. Wahllos nehme ich den linken Weg, ein weiterer typischer Regent Palace Gang mit Dutzenden von Türen, minzgrünem Spannteppich sowie immer neuen Verästelungen. Die Hand habe ich vorsichtshalber aus der Jackentasche genommen, nachdem der Frosch mehrfach nach mir geschnappt hat. Ein ganz und gar beunruhigendes Verhalten, zumal er kein Wort gesprochen, sondern nur lauthals in den »äpp, äpp«-Chor seiner Artgenossen eingestimmt hat, als wäre das die natürlichste Sache der Welt.

Achtundvierzig Stunden. Was, wenn ...

Ich nehme an, dieses Balzkonzert unter Mitwirkung meines speziellen Herzensfrosches hat mich schließlich dazu gebracht, alle Ratschläge der Jedekatze über Bord zu werfen und, statt wie versprochen immer in ihrer Nähe zu bleiben, Hals über Kopf aus der unterirdischen Grotte zu flüchten. Raus hier!, war mein erster Gedanke. Bloß weg von dieser sonnenverzauberten Kuppel, weg von dem bitterschönen Froschgefängnis, raus!

Doch schon bald ist mir mein Fehler bewusst geworden: Ich befinde mich in einem Hexenlabyrinth, in dem die Wege hinab keineswegs die gleichen sind wie jene hinauf. Wehmütig denke ich nun an meine possierliche Führerin zurück, deren Ermahnungen ich so leichtfertig vergessen habe.

Abseits des Pfades, wieder einmal, Hotelgänge wie Winterwaldpfade.

»Ach, Frosch«, klage ich wenigstens der Jackentasche mein Leid, während ich mich ratlos im schwachen Lichtschein meines Teelichtes umsehe. »Frosch, ich weiß nicht weiter. Schon zu den Zeiten, als ich hier im Hotel gewohnt habe, waren mir diese Gänge unheimlich, man konnte sich auf der Suche nach dem Damenklo heillos verirren, als gäbe es in diesem Gebäude einen eigenen Störsender für Orientierungsfähigkeit. Ein älteres Ehepaar aus Dover hat mir einmal im Aufzug erzählt, dass im Regent Palace kein Kompass funktioniert. Und weißt du was, Frosch, ich glaube, das ist wahr.«

Meine Jackentasche schweigt still, und wenn ich auch den kleinen, warmen, lebendigen Froschkörper an der Hüfte spüren kann, so treibt mir dieses Schweigen doch den Angstschweiß aus sämtlichen Poren.

»Außerdem«, meine Stimme zittert und ist auch flüsternd viel zu schrill für meinen aktuellen Aufenthaltsort, »ist das Regent Palace eine optische Täuschung, es sieht von außen wie ein normal großes Londoner Gebäude aus, aber innen ist es viel, viel größer. Der kleine, graubärtige Herr aus Dover hat damals gesagt, die Gänge seien länger als die Straßen. Er hatte sogar einen elektrischen Kilometerzähler, um es zu beweisen. Und eines kannst du mir glauben, Herr Laubfrosch: Obwohl ich nie nachgemessen habe, bin ich davon überzeugt, dass auch diese Behauptung wahr ist.«

Ich erstarre. Das Licht, das die Wände reflektieren, ist von einem warmen Gelb in ein kaltes Blau übergegangen. Ich blicke auf die grellblaue Teelichtflamme, drehe mich einmal um mich selbst, ohne jedoch den oder die Angreifer ausmachen zu können, und renne, ohne weiter zu zögern, blindlings die Gänge entlang, den sprichwörtlichen und womöglich leibhaftigen Teufel auf den Fersen. Wahllos rüttle ich an Türen, die meisten verschlossen, manche zwar offen, aber mit abgrundtief dunklen Zimmern dahinter. Als ich endlich eines finde, in dem Licht brennt, ist der Geruch drinnen dermaßen ekelerregend, dass ich mich nicht überwinden kann, es zu betreten. Ein Hexenzimmer, denke ich, nur fort, nur fort!

Endlich taucht vor mir eine Tür mit dem erlösenden Wort »Fire Exit« auf. Hallejujah! Die Rettung! Ich stürme darauf zu, drücke die Klinke und stoße einen wilden Jubelschrei aus, als sich die Tür tatsächlich ohne Widerstand öffnen lässt. Dahinter erwartet mich jedoch kein Stiegenhaus ins Freie, sondern ein hell erleuchteter Büroraum, wo Lady Grey hinter einem massiven Schreibtisch thront, während in meinem Rücken das unverkennbare Knacken eines Schlosses zu hören ist.

Ich sitze in der Falle!

»Wie Sie sich vorstellen können«, sagt die Lady statt einer Begrüßung, »bin ich ganz schön zornig. Ich habe Ihnen ausdrücklich ans Herz gelegt, die Sache uns zu überlassen. Ich habe Sie darauf hingewiesen, welche Konsequenzen ein Zuwiderhandeln für Ihren Frosch bedeuten kann und, um zum Punkt zu kommen, ich habe Sie davor gewarnt, sich mit Mächten einzulassen, die weit über Ihr Vorstellungsvermögen hinausgehen. Sind wir uns einig, dass Sie über all diese Dinge zur Genüge aufgeklärt wurden?«

Ich bleibe stumm und betrachte weiterhin konzentriert mein blaues Teelicht. (Orks, Herr Frodo, Orks!)

»Beantworten Sie meine Frage!«

Hat jemand ihre Stimme mit Hall unterlegt? Magische Special Effects oder so? Ein Echo dröhnt in meinem Schädel. Ein Geruch steigt mir in die Nase nach ... nach was? Nach Vogelfedern? In etwa. Ein ähnliches Gefühl macht sich in mir breit wie auf dem Markusplatz in Venedig im Sommer, wenn Touristen die Tauben mit Futter auf ihre Arme und Köpfe locken, um ein paar Fotos schießen zu können. Das Flügelflattern und der Ekel, die Enge in der Brust, die ...

»Sind Sie sich des Ausmaßes Ihres Zuwiderhandelns bewusst?«

Ich lächle Lady Grey tapfer an, nehme allen Mut zusammen und tue so, als würde ich ausspucken. Sie reagiert mit einem eisigen Blick irgendwo zwischen Tiefkühlspinat und Frostbeulen. Danke, Noel, denke ich, innerlich grinsend.

»Nun, offensichtlich«, beim Klang ihrer Stimme fröstle ich, »nehmen Sie sich andere Ratschläge mehr zu Herzen als meine. Ich warne Sie, es gibt weit gefährlichere Zeitgenossen als die Mitglieder der Hexen- und Hexenkunstvereinigung. Noch ist Zeit!«

Mit einer beiläufigen Handbewegung löscht die Lady das Teelicht in meiner Hand aus.

»Zeit, die richtige Seite zu wählen. Zeit«, sie erhebt sich, »das Gute und das Notwendige zu verbinden!«

»Ich ziehe es vor«, sage ich ruhig und deponiere

das Teelicht auf dem Schreibtisch, »Ihr Hauptquartier mit meinem Frosch unbehelligt zu verlassen, was mein gutes Recht ist. Sie können mich nicht daran hindern.«

Sie sieht mich einige Sekunden lang unverändert feindselig an, setzt sich aber schließlich hin und faltet die Hände auf dem Tisch.

»Sehen Sie«, die Stimme der Lady ist plötzlich weicher, »bis jetzt haben wir uns doch gut verstanden. Wieso so unnachgiebig? Glauben Sie nicht, dass ich Ihr Problem nicht verstehe. Jede von uns hat ihre eigene Froschgeschichte, das verbindet. Nur, das können Sie mir glauben, es hat noch keinen Frosch gegeben, der nicht vollkommen zu Recht verwandelt worden wäre. Es ist töricht, anzunehmen, dass die Spezies Mann eine Rückverwandlung überhaupt estimieren würde. Wozu die Mühe? Es ist besser, die Dinge zu belassen, wie sie sind. Jeder Versuch, aus Teichbewohnern wieder fühlende menschliche Wesen zu machen, vorausgesetzt, sie waren das vorher überhaupt, ist prinzipiell zum Scheitern verurteilt.«

Die letzten Worte würgt sie heraus wie etwas Bitteres, dessen Geschmack sie nicht ertragen kann. Ein leiser Zweifel meldet sich irgendwo in meinen Gehirnwindungen hartnäckig zu Wort. Was ist, denke ich, wenn sie recht hat, wenn es keine Rückverwandlung gibt, sondern nur ein Laubfroschdasein bis in alle Ewigkeit? Wer garantiert mir denn, dass es eine Lösung außerhalb dieser gruseligen Hotelwände gibt? Wer?

»Die Zeit«, Lady Greys Stimme bekommt einen schmerzlichen Unterton, »ist der wesentliche Faktor. Sie werden sehen, es braucht nur wenige Wochen, bis die Erinnerungen verblassen. In einem halben Jahr haben Sie vergessen, welche Farbe sein Haar gehabt hat, welchen Klang seine Stimme, und nächstes, übernächstes Jahr können Sie sich nur noch dunkel an seinen Namen erinnern. Dann, meine Liebe, ist er bei seinen Artgenossen im Teich besser aufgehoben, fernab von einer Gesellschaft, an der er keinen Anteil mehr hat. Naturgesetze, Magiegesetze. Abgesehen davon ist es gut für die Nerven, kann ich Ihnen versichern.«

Aber Efeu wird immer, immer an Steinmauern wachsen, denke ich, während ich die Fäuste balle.

»Wenn das so ist, Lady Grey, dann hat man ihn nie geliebt.«

Die Lady zuckt zusammen und starrt mich aus großen, wilden Vogelaugen an. Das ist es: nicht Saunatauchbecken, sondern Vogelpupillen!

»Und ich liebe ihn von ganzem Herzen, aus tiefster Seele, bis zum Ende, egal, wie bitter es sein mag.«

»Ich denke, es ist Zeit«, antwortet die Lady kühl, »Sie zur Leiterin der Vereinigung zu bringen. Folgen Sie mir bitte.«

Ich bin kurz davor, den letzten angespannten Nerv

zu verlieren, außerdem hat mein Blutdruck Rekordhöhe erreicht. Ich stelle mir viele langsame, qualvolle Tötungsmethoden für Lady Grey vor, von denen mir an den Boden getackert und vom Schreibtisch erschlagen am besten gefällt.

»Leiterin der Vereinigung?«, frage ich, mühsam beherrscht. »Ich möchte keine Oberhexe kennenlernen, sondern das Gebäude verlassen. Zwischen mir und der Vereinigung, Lady Grey, gibt es nichts mehr abzumachen, meine Entscheidung ist getroffen.«

Die Lady lächelt, wischt mit der linken Hand kurz durch die Luft und meint nur lakonisch: »Wir werden sehen.«

Die Wand hinter ihr verschwindet. Wo eben noch die unattraktive Tapete eines klassischen Regent Palace Zimmers zu sehen war, befindet sich plötzlich der Eingang in eine riesengroße Halle, die prächtig geschmückt, aber zu meinem Erstaunen leer ist bis auf eine schmale ältere Frau, die allein an einer langen Tafel sitzt. Etwas an ihrem Aussehen kommt mir bekannt vor, aber ich kann das Gefühl nicht einordnen. Möglicherweise ein Ausdruck in ihren wachen Augen oder die Art, wie sie den Kopf leicht zur Seite neigt und mir erwartungsvoll entgegenblickt. Ihr Haar ist hellgrau und ziemlich kurz geschnitten, was die Rundheit und Weichheit ihres Gesichtes unterstreicht. Die Falten um Augen und Mund sind nur leicht ausgeprägt, während auf ihrer Stirn drei deutliche Querfalten den Blick auf sich ziehen. Das Déjà-vu-Gefühl will nicht verschwinden.

Nach einem kurzen Moment erhebt sich die alte Dame, woraufhin Lady Grey ohne Eile neben sie tritt. Ohne zu wissen, warum, bin ich auf das Schachbrettmuster des Bodens in der Halle fixiert. Ich überlege, wie viele Felder die Fläche ausmachen und ob es beim Gehen erlaubt ist, die schwarzen Quadrate zu betreten, wenn man in Weiß gekleidet ist. Ein pedantischer Teil meines Gehirnes beginnt sogar, die weißen Felder zu zählen, bis Lady Greys Stimme mich wieder in die gegenwärtige Situation zurückholt.

»Unsere Besucherin, Meisterin, hat ein Element aus dem Grottenteich entfernt. Ich bringe sie zu Euch, auf dass Ihr Euch des Problems annehmt. Meine Position erlaubt mir das bekanntlich nicht.«

Ein Element!

»Vielen Dank, Lady, ich bin informiert. Katze!«

Auf diesen, mit zärtlichem Unterton vorgebrachten Befehl löst sich aus einem versteckten Winkel der Halle ein kleiner Schatten, spaziert elegant über das Schachbrett, die hellen Flächen gekonnt vermeidend, und bleibt schließlich neben den Füßen der alten Dame sitzen, den Schwanz possierlich wie eh und je um die Pfoten geschlungen.

»Jedekatze!«, rufe ich überrascht aus, ehe ich mir schuldbewusst auf die Lippen beiße. Taktisch äußerst unklug, denke ich, gleich meine ganze Geschichte zu verraten. Die Katze blinzelt mit beiden Augen, macht aber sonst keine Anstalten, auf mich zu reagieren.

»So ist es«, meint die alte Dame ruhig. »Wir haben bewundernd zur Kenntnis genommen, dass Sie keinerlei Probleme hatten, den Namen meiner Katze zu erraten.«

Sie bückt sich und streichelt liebevoll über den Katzenkopf, was diesem ein zufriedenes Schnurren entlockt.

»Das ist erstaunlich. Schon die Lösung des Hexeneinmaleins ist eine beachtliche Leistung. Und die Antwort auf die Spiegelfrage, ausgezeichnet. Doch das Rätsel der Jedekatze war bisher ein unüberwindliches Hindernis.«

Auf diese Art angesprochen, traue ich mich, etwas näher zu der alten Dame zu treten, die immer noch steif neben der Tafel steht und mich forschend ansieht.

»Nun, Frau …«

»Hecate. So nennt man mich meistens.«

»… Hecate, schön, dass Sie so freundlich sind, mir nicht böse zu sein, dass ich, zugegebenermaßen ohne Erlaubnis, in Ihr Hauptquartier eingedrungen bin. Ich versichere Ihnen, mein Motiv war Notwehr. Denn als ich diese Lady« – ich deute vage in deren Richtung – »um Hilfe gebeten habe, wurde ich gegen meinen Wunsch von dem Frosch getrennt, der mich begleitet hat.«

Hecate legt beruhigend einen Finger auf ihre Lippen und strahlt mich an.

»Kein Grund, sich zu entschuldigen. Für die Suchenden ist das Hauptquartier zu Beltane offen, keiner Hexe wird in dieser Festnacht der Zutritt verwehrt, wenn sie alle Prüfungen besteht. Allerdings«, sie legt die Stirn in ihre drei Querfalten, »ist der Besuch des Froschteiches für Nichtmitglieder der Abteilung Froschkönig bei Strafe verboten. Auch wenn ich die Weisheit meiner Katze«, die Jedekatze blinzelt zufrieden, »hoch schätze, gelangt niemand ungestraft zum Herz des Hexentums, zumal das Entwenden eines Elementes daraus ein ernst zu nehmendes Vergehen ist, das geahndet gehört.«

Das zum zweiten Mal gefallene Schlüsselwort lässt mich alle Manieren vergessen. Ich stampfe mit dem Fuß auf.

»Ein *Element*? Ist es das, was er für Sie ist? Ein Element? Diese Frösche im Teich sind lebendige, verwunschene menschliche Wesen. Ich habe zur Kenntnis nehmen müssen, dass der Großteil von ihnen offenbar vergessen und verloren ist. Sie vorläufig hier und damit ihrem Schicksal zu überlassen, fällt mir schwer genug. Doch ein Frosch darunter ist keineswegs verloren, denn er gehört zu mir, daher sehe ich überhaupt nicht ein, dass ich mich dafür rechtfertigen muss. Darum wiederhole ich meine Forderung: Ich möchte augenblicklich dieses Gebäude verlassen! Laubfrosch inklusive.«

Hecate betrachtet mich eine kleine Weile, hebt dann ohne viel zeremoniellen Schnickschnack schlicht die rechte Hand und macht eine kreisende Bewegung in meine Richtung.

Nichts geschieht, woraufhin Lady Grey einen spitzen Überraschungsschrei ausstößt. Obwohl mir die Bedeutung dieser Handlung nicht sofort bewusst ist, erscheint, wie in warmes, helles Licht getaucht, Noels Bild vor meinem inneren Auge. Die Lady zieht zischend die Luft ein, während Hecate verblüfft die Hand sinken lässt.

»Dann ist sie doch eine Hexe!« Lady Grey klingt, als hätte sie Chilischoten pur verschluckt.

»Meine Rede!«

Ich blicke verwirrt zur Jedekatze, die mit diesen, ihren ersten Worten, mit erhobenem Schwanz auf mich zukommt.

»Was soll das denn nun heißen?«, frage ich Hecate und kraule die Jedekatze hinterm Ohr.

»Sie haben hiermit heute zum dritten Mal magische Fähigkeiten gezeigt, indem Sie meinen Zauber abgewehrt haben. Das ist tatsächlich äußerst ungewöhnlich, auch wenn die Methode weitaus banaler ist« – sie deutet auf meine Jackentasche, woraufhin das Salzpäckchen und das Stück Pumpernickel von dort in ihre Hand fliegen, um sich, Hokuspokus, in Luft aufzulösen – »als es den Anschein hat.«

Lady Grey verschränkt verächtlich schnaubend die Arme vor der Brust. Ich frage mich, was für einer Teufelei ich gerade entgangen bin.

Die Oberhexe blickt mir unergründlich in die Augen. Erneut durchzuckt mich das Gefühl, gut mit ihr bekannt zu sein. Sie sieht aus wie ... Ich? Ich gealtert? Wie kann das sein?

»Natürlich bedarf es noch genauer Überprüfung des Falles, aber ich stimme der Katze zu, Sie haben ganz offensichtlich magische Veranlagungen, sonst stünden Sie nicht in diesem Moment in der großen Halle vor mir.«

Hecate legt die Stirn in Falten. Ich betrachte verblüfft die Jedekatze, die immer noch neben meinem Bein sitzt, dann Lady Grey, die mit verschränkten Armen sowie limetten- bis grapefruitbitterem Gesichtsausdruck auf den Schachbrettboden starrt, und zum Schluss die Oberhexe selbst, von der ich mir eine Auflösung der äußerst verzwickten Situation erwarte. Ich, eine Hexe? Ungläubig schüttle ich den Kopf und denke: Das kann nicht sein.

Hecate sieht mich an und lächelt.

»Doch«, meint sie schlicht, »theoretisch schon. Es gibt jede Menge unidentifizierter Hexen, die sich nie bei uns registrieren lassen. Magie im Verborgenen, die nicht immer das Bewusstsein erreicht.«

Sie hebt die Hand und sieht mich herausfordernd an.

»Verteidigen Sie sich, dann werden wir sehen!«

Verteidigen? Durch meinen Kopf zucken tausend Gedanken gleichzeitig. Sterbe ich, stirbt der Frosch. Ängstlich lege ich eine Hand schützend auf die Jackentaschenbeule. Brot und Salz bin ich los, folglich bin ich gänzlich ungeschützt. Andererseits habe ich von Noel gelernt, dass jedes Abwehrmittel taugt, vorausgesetzt, man glaubt daran, dass es wirkungsvoll ist. Leider fällt mir momentan keine Alternative ein. Nur Shakespeare auf seinem Sockel taucht in meiner Erinnerung auf, Shakespeare, wie er mir zublinzelt und auf die Schriftrolle deutet, während Taubendreck auf ihn heruntertropft. Kein Ausweg, es sei denn ...

»I say, there is no darkness but ignorance, in which thou art more puzzled than the Egyptians in their fog!«, rufe ich, die Hände erhoben und mit theatralischem Ausdruck. Etwas Pathos muss sein.

Ehe ich es ganz begreife, wird es stockdunkel in der Halle. Ich höre Lady Grey wütend aufschreien, warte jedoch genau zweieinviertel Sekunden zu lange, bis ich meinem ersten Impuls folge und losrenne. Als meine Beine schließlich in Bewegung kommen, höre ich bereits, wie die Tür zum angrenzenden Büroraum, der Weg in die ersehnte Freiheit, laut knallend zuschlägt. In dem Moment, wo ich sie erreiche und verzweifelt an dem Griff rüttle, wird es wieder hell, Feuer flackert in einem Kreis um uns herum. Ich befinde mich zum zweiten Mal in der Falle.

Hecate kommt lächelnd, mit ausgestreckter Hand, auf mich zu, während ich mich immer noch verzweifelt an der Tür zu schaffen mache.

»Hören Sie mir einen Moment zu, danach können Sie frei entscheiden, ob Sie bleiben oder gehen möchten.«

»Gehen!«, brülle ich.

»Wie gesagt, es ist Ihre Entscheidung. Doch ich mache Sie darauf aufmerksam: Wenn Sie das Gebäude verlassen, tun Sie weder sich noch dem Frosch einen Gefallen.«

»Inwiefern?«

Meine Stimme zittert hörbar.

»Sie halten uns für böse«, antwortet Hecate ruhig, »weil wir die Energie aus dem Froschteich für unsere Zwecke nutzen.«

Ich nicke stumm. Böse ist gar kein Ausdruck!

»Tatsache ist: Es ist uns zu unserem großen Bedauern nicht möglich, diesen unglücklichen Kreaturen ihre frühere Gestalt zurückzugeben. Es existiert keine Gegenenergie.«

»Ach nein?«

Mein Hals ist ausgedörrt, ich habe Durst, als wäre ich tagelang auf einem lahmen Kamel durch die Wüste Gobi geritten.

»Und der Präzedenzfall?«

Lady Grey macht einen Schritt auf Hecate zu, die sie mit einer einzigen Handbewegung stoppt.

»Ich will ganz offen mit Ihnen sein. Wir nennen das die Ausnahme von der Regel. Eine goldene Kugel unter Millionen silbernen, was ist das schon? Eine Nadel im Heuhaufen. Die goldenen Kugeln dieser Welt sind rar. Sehr rar. Wollen Sie darauf bauen, darauf Ihr ganzes Glück setzen?«

Kalter Schweiß überall. Leere in Brusthöhe, kein

Zweifel. Wissend sieht mich die Lady an, Triumph, sagen ihre Augen, Triumph! Hecate spricht sanft weiter:

»Sie unterschätzen aufs Gröbste die Annehmlichkeiten der Vereinigung. Mithilfe der Wunschwellen ist die Erfüllung jedes Traumes möglich, sogar ...«, sie hat die Frage bemerkt, die mir verräterisch auf der Zungenspitze klebt, »... ein Leben in den Armen Ihres Prinzen.«

»Ich dachte«, meine ich heiser, »dass die Rückverwandlung nicht möglich ist.«

Ein Leben. In den Armen ...

Hecate lacht fröhlich, ein plätscherndes Geräusch, das unheimlich von den Hallenwänden zurückgeworfen wird und beim Eindringen in die Gehörgänge leichte Migräne verursacht. Zum ersten Mal ist die Fassade transparent, plötzlich strahlt auch die freundliche alte Dame Ansätze von Dämonie aus.

Sie ist die Oberhexe, kommt es mir in den Sinn, was meine Furcht nicht gerade mildert.

»Rückverwandeln? Wozu? Mit den Wunschwellen erschaffen Sie sich einen besseren, stärkeren, treueren, leidenschaftlicheren oder liebevolleren Prinzen, Umtausch jederzeit möglich. Ein Bilderbuchschluss oder Hollywood Happy End inbegriffen, dazu Reichtum, Ruhm, Anerkennung, was Sie wollen, wann Sie es wollen und so oft Sie es wollen. Sie möchten Bestseller schreiben? Kein Problem. Ein Luxusappartement in London? Selbstredend! Der für jede Gelegenheit passende Traummann? Greifen Sie zu! Es ist so einfach wie Takeaway-Sushi bestellen. Sie bieten bei eBay, und niemand steigert mit. Treten Sie der Vereinigung bei, und profitieren Sie von diesen Vorteilen. Alles ist nur eine Tasse Tee weit entfernt! Das größte Geheimnis der Welt, greifen Sie zu!«

Ich lasse das Angebot der Hexe auf mich wirken. Der Prinz für mich oder der Frosch für sich? Wie entscheidet man, wenn man die Entscheidung fürchtet und die Konsequenzen nicht voraussehen kann? Ich suche den Blick der Jedekatze, die unergründlich aus ihren Bernsteinaugen zu mir aufsieht. Die unbekannte Variable ist der Haken, an ihr scheitert das theoretische Konstrukt, da bin ich mir fast sicher. Ein Ypsilon fehlt in der Gleichung, sonst gäbe es ja nur noch paradiesverwöhnte Hexen, die glücklicher aussehen müssten als die Exemplare, die mir untergekommen sind. Ich werfe einen Seitenblick auf die Lady.

Ich gehe das Risiko ein, denn meine Chancen, auf andere Art zu entkommen, sind feuertechnisch auf ein Minimum geschrumpft. Mein Herz ist voll genug, daher dauert es nur einen kleinen Moment, bis ich mich auf seine Schläge konzentrieren kann. Kein Zweifel dort im Brustkorb.

»Aber es ist der Frosch, den ich liebe, nicht sein Spiegelbild im Wasser.«

Stille. Hecate und Lady Grey stehen starr, einen Moment kommen sie mir wie König und Springer auf dem Schachbrett vor, nachdem die Dame geschlagen wurde. Dann gibt sich die Lady einen Ruck und kommt auf mich zu. Ihre schmalen Lippen sind triumphierend aufeinandergepresst, ihre Augen kalt wie eh und je. Eisvogelaugen, fällt mir ein. Wo habe ich die schon gesehen? Flügelschlagen und das Rauschen von Baumkronen, Ruhe vor dem Gewittersturm, doch sonst ist nichts in meinem Gedächtnis.

»Na bitte. Das soll eine Hexe sein?«

Sie deutet mit einem spitzen Finger auf meine Brust.

»Verankert im Menschenboden, nährt sich von Herzblutgift, gräbt Gruben in Waldböden, und wenn sie tief genug gräbt, dann meint sie, Goldschätze zu finden. Kleine, wertvolle Kinkerlitzchen. Ha! Doch nichts als Sperrmüll liegt im Wald vergraben, das weiß die Hexe, das Menschenkind nicht.«

Mir wird schwindlig vor plötzlichem Begreifen.

»*Sie* waren die Hexe im Wildniswald! Sagten Sie nicht, Sie sind öfter in Wien gewesen, Lady Grey? Es war Ihre Kugel, Ihre goldene Kugel, die Kugel, die den Froschkönig …«

Die Lady unterbricht mich mit einem krächzenden Wutschrei.

»Keine Kugel der Welt wiegt die Macht der Wunschwellen auf! Wann werden Sie das endlich begreifen? Seien Sie gescheit! Kugeln gehen verloren oder kaputt, Frösche soll man in Teichen halten, nicht Prinzen daraus machen. Prinzen! Närrisches, leichtgläubiges Mädchen!«

Mit zunehmender Lautstärke verändert sich der Klang ihrer Stimme. Ich halte mir die Ohren zu, denn Vogelkreischen erfüllt den Raum.

»Glaub mir, Menschenkind, erspare dir die Enttäuschung! Nur hier, in der Vereinigung, findest du die Erfüllung, die du suchst. Solide Erfüllung für die Ewigkeit, alles andere ist Menschenkram für schwaches Menschenfleisch. Ah!«

»So ist das.«

Ich nehme die Hände von den Ohren. Mein Kopf ist wieder völlig klar, klar wie die Efeuaugen meines Frosches und klar wie die Erkenntnis, die mir eben gekommen ist.

»Also ist es wahr: Hexen können nicht lieben!«

Die Jedekatze sieht mich an und blinzelt zustimmend. Hecate verschränkt die Arme vor der Brust, sagt aber kein Wort. Lady Grey erstarrt.

»Ist es immer so, dass der Verlust der Liebe die Hexe zur Hexe macht? Kommt daher die magische Energie? Von all den negativen Wünschen enttäuschter Liebender? Ist das Ihr Geheimnis?«, frage ich leise. »Wie viel haben Sie verloren, Lady Grey? Wie viel muss man verlieren, um das Menschsein so leicht hinter sich zu lassen?«

Lady Grey wirft mir einen bitterbösen Blick zu, rührt sich aber nicht. Ich wende mich zu Hecate, die mich immer noch ruhig betrachtet und dann fragt:

»Also ist das Ihre Entscheidung?«

Ich nicke.

»Nun, ich bin mir sicher, wir sehen uns wieder. Merken Sie sich mein Gesicht. Uns trennt weit weniger ...«

(Mein Gesicht!)

»... als Sie denken!«

»Ich werde es nicht vergessen.«

»Bestimmt nicht.«

Mit diesen zwei simplen Worten macht Hecate eine kleine Bewegung mit der rechten Hand und ist, von einer Sekunde auf die nächste, verschwunden. Zugleich erlischt der Feuerkreis, es wird wieder hell im Saal, und die Tür springt auf. Das Tor zur Freiheit.

Lady Grey steht immer noch mit wildem Gesichtsausdruck starr vor mir. Gerade, als ich glaube, sie sei endgültig geschlagen, reißt sie beide Arme hoch, stößt einen unmenschlichen Schrei aus und verwandelt sich vor meinen Augen in einen dunklen Riesenvogel. Mächtige Flügel schlagen, Federn wirbeln durch die Luft und mitten in mein Gesicht, rauben mir den Atem, hüllen mich in eine Federwolke.

Unbändige Furcht erfasst mich. Gelähmt, unfähig, auch nur den kleinen Finger zu bewegen, sehe ich zu, wie dieser Todesvogel mit einem mächtigen Schwung erst einmal durch die weite Halle und dann direkt auf mich zufliegt. Ich möchte zurückweichen, möchte ein Schwert in der Hand halten oder wenigstens ein Küchenmesser. Ich möchte kämpfen oder weglaufen, doch ich bin wie am Boden festgeklebt. Ein weinendes Kind am Markusplatz, Tauben in den Haaren, Tauben auf den Schultern, Tauben überall, Tauben, die nach den Lippen picken wie Aasgeier in der Wüste, messerscharfe Schnäbel, lange, widerwärtige Krallen, Federgeruch, Federgeruch ...

»Du hattest deine Chance, Menschenkind, krarah!«, schreit der Ladyvogel im Flug, näher, größer, ein Urvogel voll böser Mordkraft, und mit einem tiefen, lauten Gong in meinen Ohren wird mir schwarz vor Augen.

Das Letzte, das ich sehe, bevor ich umkippe, ist die Jedekatze, die ihre Krallen in den Vogelrücken schlägt, während sich das Untier auf mir niederlässt.

5. Kapitel

Ich lief, so schnell ich konnte, raus aus dem zugefrorenen Park, über dem die Hochzeitseinladung noch wie eine dunkle Wolke hing. Dunkelgrau. Der Prinz ging fort, für immer, und ich sollte dabei zusehen, wie er Jana in die Kirche führte? Ihre Hand in seiner Hand, ihr Ring an seinem Finger, ihre Lippen auf … Niemals, nicht in fünfmal hunderttausend Jahren!

Ich rannte zu meinem Auto, ließ den Motor laut aufheulen und fuhr aus der Großstadt hinaus, zurück in die Wälder meiner Kindheit. Dort parkte ich, lief über die Baumwurzelwege, bis das Gebüsch dichter und die Lichtungen seltener wurden, lief den Schatten nach, verfolgte ihre Spur bis ins dunkelste Gehölz. Ich blieb erst stehen, als ich die Wildnis wie damals um mich hatte, ihren Geruch einatmen konnte, ihre Stimme flüstern, ihr Blattwerk rauschen hörte. Wie damals.

Die Überlegung war rational und relativ einfach. Der klarste Gedanke, seit Park und Prinz hinter mir lagen. Wenn ich die Kugel nicht mehr hatte, war sie womöglich immer noch an ihrem Platz. Ich konnte sie holen, diesmal wirklich, noch war nicht alles verloren.

Blind fand ich zum Kreuzweg, mit schlafwandlerischer Sicherheit machte ich die Stelle in seiner Mitte aus, die Stelle, wo ich einmal im Traum gekniet hatte. Mit bloßen Händen grub ich die trockene Erde auf, die vom Winter noch spröde war, achtete nicht auf die brechenden Fingernägel, auf das stetige Pochen in meinem Kopf. Tief, tief grub ich mich in den Waldboden, bis ich über und über mit Schmutz bedeckt war und einen lauten Frustschrei ausstieß, der die Vögel auf den Ästen über mir erschrocken aufflattern ließ.

»Ja, kreischt nur, fliegt fort, schert euch weg«, brüllte ich Richtung Himmel, »von mir aus kommt später wieder, wenn mein Loch da drinnen mein Herz verschluckt hat. Dann pickt mir die Augen aus, zudrücken wird sie mir hier in der Wildnis wohl keiner.«

Verloren!

Ich rollte mich neben der Ausgrabungsstätte zusammen, Tränen tropften auf den zerwühlten Boden. Mit letzter Kraft hieb ich mit der geballten Faust mehrmals auf meinen Schenkel, doch es tat nicht weh, ich spürte rein gar nichts. Also schloss ich erschöpft die Augen und atmete den Geruch feuchter Walderde ein, bis ich einschlief.

Im Unterschied zu dem Traum in meiner Kindheit war es mir diesmal durchaus bewusst, dass ich träumte. Mehr noch, als ich aufstand, konnte ich meinen schlafenden Körper weiterhin am Boden liegen sehen. Ich erhob mich von mir, blickte mich suchend um, bis ich den höchsten Baum an der Kreuzung ausgemacht hatte, den kletterte ich hinauf.

Im Traum funktionierte das auch ganz wunderbar, keine siebzigundeinpaar Kilos wurden von der Schwerkraft nach unten gezogen, kein Mangel an Sportlichkeit verhinderte ein rasches Vorwärtskommen. Mit Leichtigkeit erklomm ich Ast für Ast, der Baumkrone zu, bis ich hoch genug war, um den Himmel sehen zu können. Ich staunte, wie viel näher man dem Blau hier oben war.

Mit ein paar letzten Klimmzügen erreichte ich den höchsten Ast, von dem aus ich eine grandiose Aussicht über den Wald hatte, der sich nach allen vier Himmelsrichtungen ausdehnte.

Die Vögel, durch mein Geschrei aufgescheucht, flogen in weiten Kreisen durch die Luft. Einer von ihnen, ein ziemlich großer, näherte sich von dort, wo ich Westen vermutete. Als er mich fast erreicht hatte, schüttelte er sich die Federn vom Leib und verwandelte sich vor meinen Augen in eine menschliche Gestalt, jedoch ohne, wie es ein Mensch zweifellos getan hätte, zu Boden zu stürzen. Vor mir in der Luft schwebend, grinste mich die Hexe an, die ich nun, so aus der Nähe betrachtet, wiedererkannte. Es war die Traumhexe mit dem Hang zu winterlichen Grabungen.

»Weißt du denn nicht«, sagte sie leise zu mir, während ich immer noch ihren schwerelosen Körper bewunderte, »weißt du denn nicht, dass man nur ein Mal im Leben eine goldene Kugel findet und auch diese einzig und allein durch reines Glück?«

Ich schüttelte stumm den Kopf, die Hexe lachte nur verächtlich.

»Jede Kugel ist anders beschaffen, der Fundort hängt von vielen Faktoren ab. Manch einem rollt sie vor die Füße, mancher taucht nach ihr im Marianengraben, manchem fällt sie – boing – von oben auf den Kopf, und mancher ...«, dabei betrachtete sie mich aus ihren seltsamen Vogelaugen, »gräbt sie mitten in der Wildnis aus.«

»Doch eines steht fest.« Die Hexe richtete einen langen, dünnen Finger auf mich. »Geht die Kugel verloren, dann bleibt sie es auch. Darum achte gut darauf, dass sie dir nicht eines sonnigen Tages in einen tiefen, dunklen Brunnenschacht fällt. Nichts Gutes, mein liebes Kind, ist je aus einem Brunnen gekommen. Giftig und faul ist das Wasser dort, es betäubt den Verstand, bis man meint, Dinge zu sehen, die es« – sie machte eine vage Handbewegung – »gar nicht gibt!«

Die Hexe flog dichter an mich heran, bis ihre Nase fast meine Wange berührte, und flüsterte mir ins Ohr:

»Was immer passiert, halte dich fern von Brunnen! Man kann sehr gut auch ohne goldene Kugel leben, doch man sollte sich nicht an Brunnen zu schaffen machen. Nicht ohne Grund lag die Kugel im Wald, Brunnenwasser hat an ihr geklebt, kaltes, klares Brunnenwasser. Meide die Brunnen, dummes Kind!«

»Und warum«, flüsterte ich, genau so leise und deutlich zurück, »sollte ich auf deinen Rat hören? Das alles ist nur ein Traum. Wenn ich die Augen aufschlage, bist du fort, als hätte es dich nie gegeben.«

»Meinst du?«, antwortete die Hexe, indem sie höher in die Luft stieg, wo sie begann, über meinem Kopf zu kreisen. Lachend schüttelte sie sich und war augenblicklich wieder in einen Vogel verwandelt.

»Wenn du dir da so sicher bist, Baumkind, dann sieh nach unten, wo dein schlafendes Alter Ego liegt. Nun schlage, wenn du es vermagst, die Augen auf. Kluges Mädchen, gutes Mädchen, vergiss meinen Rat nicht, krarah. Es ist, krarah, ein guter Rat.« Damit verschwand sie, kreischend und krarahend, in Richtung Horizont.

Ich sah ihr nach, bis sich auch der letzte dunkle Fleck in Nichts aufgelöst hatte. Der Himmel war nicht mehr blau, dicke Regenwolken waren aufgezogen, ein leichter Wind wehte, und mich fröstelte allmählich dort oben im Baumwipfel. Es ist Zeit, dachte ich, mit schmerzenden Gliedern sowie schmerzendem Herzen auf dem harten Waldboden aufzuwachen, albtraumtrunken, aber erfrischt.

Ich zog meinen Kopf zurück ins Blätterdach, um nach der Gestalt zu sehen, die dort neben dem leeren Erdloch schlafen musste. Doch obwohl ich das Loch deutlich erkennen konnte, war der Platz daneben verwaist. Es gab kein Wach-Ich und Traum-Ich, sondern nur noch mich selbst, ganz oben auf dem letzten Ast des höchsten Baumes sitzend, während sich ein Gewitter zusammenbraute. Das war kein Traum mehr, das sagten mir auch mein wiedererlangtes Gewicht sowie der verlorengegangene Gleichgewichtssinn. Ich befand mich im Baum, rätselnd, wie ich dorthin gekommen war, und ohne die entscheidende Fähigkeit, hinunterzuklettern. Unmöglich, völlig unmöglich. Das erste Donnergrollen in der Ferne ließ mich zusammenzucken.

Das war dieses Vogelding, dachte ich ärgerlich, fauler Geflügelzauber, nichts weiter. Nur trostlose Regenwelt, wohin man schaute. Erste Tropfen fielen, mischten sich auf meinen Wangen mit dem Salz von Tränen der Ernüchterung, und ich blickte mit neuer Bewusstheit zu Boden: Das war ziemlich hoch hier oben, hoch genug, dass man, würde man in Betracht ziehen, zu springen, sich ohne Zweifel ein gebrochenes Genick zuzöge, mit etwas weniger Glück wäre man innerhalb von Sekunden mickeymausetot.

Nicht sehr geübt in Selbstmordgedanken, da von Natur aus eher rational als selbstzerstörerisch veranlagt, musste ich über diese neue Option gründlich nachdenken. Der Märchenprinz, den ich liebte, war für mich verloren, noch im Frühling würde er vor dem Altar stehen, Ironie des Schicksals. Ich dagegen würde kein Brautkleid tragen, keinen Brautstrauß werfen und überhaupt ziemlich dumm danebenstehen. Mein nie geschriebener Roman wurmte mich zwar, aber, mein Gott, tragisch dahingeschiedene Verfasserin von Kurzgeschichten sowie kitschiger Liebesgedichte war ja immerhin etwas. Meine Familie und Freunde würden die eine oder andere Träne vergießen, aber im Prinzip ... Was hielt mich so fest, dass ich hier Wurzeln schlagen wollte?

In der Wildnis vom Baum zu fallen, das war bei Weitem nicht das hässlichste denkbare Schicksal in einem Menschenleben. Alle meine Beziehungen waren glorreich in Schutt und Asche versunken, dauerhafte Glückseligkeit hatte ich nie verspürt, und nun, am Ende einer neuen Tragikomödie meines Daseins, prinzlos, kugellos, hatte ich die Nase restlos voll. Im nächsten Leben, dachte ich, konnte ich immer noch eine Möwe Jonathan werden, oder zumindest eine Eintagsfliege, die nie das Problem hatte, allein schlafen gehen oder aufwachen zu müssen. Laut Platon hat man ja die Wahl an der Spindel der Notwendigkeit. Notwendiger Ausweg.

Man musste wissen, sagte das gnadenlose Vernunfttier in meinem Kopf, wann man ausreichend viele Niederlagen eingesteckt hat. Ich würde eher springen, eher von Wölfen und Füchsen als Delikatesse verspeist werden, als dieser Hochzeit beizuwohnen, so viel war klar. Ich brauchte nur ein wenig vorwärtszurutschen, dann den Zweig rechts von mir loslassen und zuletzt mit ausgebreiteten Armen dem Boden zuzufliegen. Kinderleicht.

Blitz und Donner folgten nur Sekunden aufeinander, der Regen peitschte auf mich herab, Windböen rissen Blätter sowie ganze Äste fort, das Gewitter war nun genau über mir. Ich atmete die frische, vom Wasser gesäuberte Luft ein, legte den Kopf in den Nacken, gierig Regen trinkend wie süßen Eiswein, streckte die Hände, mit den Handflächen nach oben, weit vom Körper und traf meine Entscheidung.

6. Kapitel

Ich falle. Mein Magen dreht sich, und das Tiefschwarz des ersten Moments weicht bunten Farbspektren. Kein Aufschlag, sondern weiche Federung, als ob ich in ein dickes Daunenkissen gesunken wäre. Rauschen in den Ohren, außerdem weit entfernt ein Knurren, das aber auch Donnergrollen sein könnte. Dann schlagartig Dunkelheit.

Das Nächste, das ich weiß, ist das Gefühl einer rauen Berührung auf der Wange, als würde jemand versuchen, mich mit Schmirgelpapier aufzuwecken, statt mit einem liebevollen Dornröschenkuss. Ich schlage die Augen auf und blicke in ein Paar große, ovale, bernsteinfarbene Pupillen, die zweimal blinzeln. Die Jedekatze schnurrt und schubst mich mit der Schnauze an.

»Wo bin ich? Bin ich tot?«

Die Erinnerung an die Wildnis ist so lebendig, dass ich den Geruch des Waldes in der Nase habe, auch wenn ich unter mir kalten Stein statt warmes Moos fühle.

»Nein.«

Die Katze springt von meiner Brust und setzt sich

neben mich, sodass ich mich auf den Ellbogen aufrichten kann. Was ich sehe, verblüfft mich, da ich mich weder im Wald befinde noch in der großen Halle, sondern offensichtlich in der Hotellobby des Regent Palace. Dort sieht es genauso aus wie zuvor, nur die sonderbaren Hexenfortbewegungsmittel sind verschwunden. Auch kein Vogel weit und breit, nur die Katze und ich. Anscheinend ist die Walpurgisnacht zu Ende.

Ein hektischer Griff in meine Jackentasche überzeugt mich davon, dass ich die Erlebnisse im Hauptquartier nicht nur geträumt habe. Ich spüre die glatte Haut des Frosches, der vor meinem Griff zurückweicht. Er lebt, Gott sei Dank!

Ich sehe die Jedekatze an.

»Was ist passiert?«

»Lady Grey hat dich attackiert, sie hat sich in einen mörderischen Riesenvogel verwandelt und sich auf dich gestürzt.«

»Und warum bin ich nicht verletzt?«

Ich fühle mich sonderbar, so als potenzielles Vogelfutter.

»Ich habe sie in die Flucht geschlagen. Vögel sind meine Spezialität! Du musst verstehen, auch Lady Grey ist keine schlechte Hexe, sie hatte nur kein leichtes Leben. Seit der Geschichte mit der Kugel ist sie einfach nicht mehr die Alte.«

Ich beginne, zu begreifen.

»Also war sie die Prinzessin am Brunnen, die den

Frosch zum Prinzen gemacht hat. Der Präzedenzfall. Grimms Froschkönigstory.«

»Richtig. Nur dass der Prinz kurz darauf mit der Kammerzofe durchgebrannt ist. Schwerer Schlag, er war offensichtlich die Liebe ihres Lebens. Von dem Tag an hat sie sich zur stellvertretenden Oberhexe gemausert und ist die Gründerin und erste Beauftragte des Antiliebeskomitees sowie Leiterin der Abteilung Froschkönig, die für die sachgemäße Handhabung wunschwellenverwandelter Frösche zuständig ist. Die strenge Bewachung des Froschteiches ist großteils ihr Verdienst. Wie das eben ist bei großen Enttäuschungen. Am meisten hasst man das, was man vorher geliebt hat, auch wenn die Ursache des Leides viel profaner ist.«

Lady Grey also ist meine Wildnishexe! Ihre Kugel war im Wald vergraben. Kein Wunder, dass sie mich von Brunnen fernhalten wollte …

Ich denke über die Worte der Jedekatze nach.

»Aber warum, liebe Katze, hast du mich gerettet? Ich bin keine Hexe, du dagegen bist ihr Geschöpf. Ich bin ein Eindringling im Haus deiner Besitzerin, ich …«

»Besitzerin? Eine Katze gehört niemandem als sich selbst. Wir treffen unsere eigenen Entscheidungen und messen nach unserem Maß. Das sollte dir inzwischen klar sein. Du hast aus Liebe gehandelt, das kann die Katze, im Gegensatz zur Hexe, absolut verstehen. Wir Katzen glauben an die Liebe als stärkste

Zauberkraft, auch wenn wir Hexentiere sind. Darum schenke ich dir und deinem Frosch die Freiheit. Unterschätze nie die Macht der Jedekatze!«

»Aber wie bin ich aus der Halle in die Lobby gekommen?«

Die Katze blinzelt.

»Auch wir Katzen haben bis zu einem gewissen Grad magische Fähigkeiten. Hast du dich noch nie gefragt, wie wir uns beizeiten unsichtbar machen, wenn wir nicht gefunden werden wollen? Oder wie wir von weit her plötzlich wieder da sind, wenn die Kühlschranktür geöffnet wird?«

Ich nicke und lächle sie an. Ein kurzer Moment Frieden, ehe mein Blick auf die Uhr fällt, die über dem Empfangsbereich hängt. Ich schnappe nach Luft. Fast fünf Uhr morgens. Fünf Stunden bis Ablauf der Frist! Zeit, aufzubrechen.

»Ich danke dir von Herzen, liebe Katze.«

Die Jedekatze senkt den Kopf, als Zeichen, dass sie den Dank annimmt.

»Verrat mir nur noch eines: Was muss ich tun, um den Frosch zu erlösen?«

»Dir das zu sagen«, seufzt die Katze, »ist nicht meine Aufgabe. Abgesehen davon«, sie sieht mich groß an, »gibt es furchtbar viele Wege, und man weiß nie genau, welcher zum Ziel führt. Nur eines kann ich dir zum Trost mitgeben: Hecate hat dir nicht die Wahrheit gesagt. Es steht nicht in der Macht der Hexen, die Frösche zurückzuverwandeln, korrekt. Doch sehr wohl steht es in der Macht desjenigen, der die Verwünschung ausgesprochen hat.«

Sie blinzelt mir zu, neigt elegant den Kopf und entfernt sich in Richtung Empfangstresen.

»Leb wohl, Mensch und Katzenfreundin, ich wünsche dir Glück!«

»Leb wohl, hab Dank für alles.«

Mit einem letzten Blick zu der kleinen, schlanken Gestalt, die hinter der Theke verschwindet, wende ich mich der Gepäckaufbewahrung zu. Ich durchquere den großen, leeren Abstellraum und eile zu der Stelle, wo ich die Tür vermute, durch die ich hereingekommen bin. Wie von Geisterhand (oder Hexenhand) gleitet sie auf, sobald ich mich ihr nähere. Ohne weiter zu zögern, trete ich hinaus in die kalte, klare, geliebte Londoner Stadtluft.

Die Nacht ist fast schon dem ersten rosigen Morgenlicht gewichen, das dem Himmel über dem noch ruhigen, nächtlichen Piccadilly Circus helle Farbtupfer verleiht. Nachtruhe vor der Morgendämmerung, ein neuer Tag. Einen kurzen Moment stehe ich da, an der Stelle, wo alle Pfade sich kreuzen, und richte den Blick vorwärts. Viele Wege, ein Ziel, nur welche Entscheidung führt mich dorthin?

»Unsere Entscheidungen sind die Spuren, die wir im Treibsand der Zeit hinterlassen, darum sollten sie sehr gut durchdacht sein.«

So lautet der erste Satz von Noels Brief an mich, der bei meiner Rückkehr im Fielding Hotel vor der Zimmertür liegt. Ich lese ihn, während der Frosch immer noch unbeweglich am Fußende des Bettes sitzt, wo ich ihn platziert habe und von wo aus er mich unverwandt anstarrt.

»*Wenn du diesen Brief liest, heißt das, dass du erfolgreich warst. Ich muss sagen, dass ich wirklich stolz auf dich bin. Nicht vielen gelingt es, ins Zentrum der Vereinigung vorzudringen, und kaum jemand konnte je von sich behaupten, heil und siegreich herausspaziert zu sein.*«

Heil?, denke ich. Ja, wenn man die Bedeutung des Wortes heil verändert, dann, womöglich bin ich heil davongekommen, vorläufig zumindest. Doch ich habe weiterhin einen Frosch, der zudem nun stumm ist und dessen vorwurfsvoller Blick mich regelrecht durchbohrt, wann immer es sich nicht vermeiden lässt, in seine Richtung zu schauen.

»*Du fragst dich jetzt bestimmt, was dieser Sieg dir gebracht hat. Keine weitreichenden froschtechnischen Veränderungen nehme ich an. In diesem Punkt kann ich dich beruhigen: Es gibt eine Möglichkeit, die Rückverwandlung durchzuführen, auch wenn das Verfahren kompliziert ist und der Erfolg von vielen Faktoren abhängt. Pass auf: Die Geschichte von Hampstead, das dein nächstes Ziel sein wird, ist eng mit der Geschichte meiner Familie verbunden.*«

Ich runzle die Stirne. Noels Familie? Wie kann er in meine eigene, persönliche Froschgeschichte involviert sein? Ist das ein neues Rätsel?

»Ich fange am besten mit dem Chalybeate-Wasser an. Es handelt sich um stark eisenhaltiges Wasser, dem seit Mitte des siebzehnten Jahrhunderts heilsame Wirkung nachgesagt wird, weshalb es, trotz des schrecklichen Geschmacks, äußerst beliebt war und gerne bei mentalen Krankheiten wie Hysterie oder Neurosen verschrieben wurde, sowie in Wellness- und Spaanlagen zum Einsatz kam. Chalybeate-Brunnen findet man auf der ganzen Welt, aber der Brunnen, der für deine Sache von Bedeutung ist, steht in Hampstead. Er war im siebzehnten Jahrhundert im Besitz des Earl of Gainsborough.«

Ich lasse den Brief sinken und flüstere ungläubig:
»Gainsborough. Noel Gainsborough!« Rasch lese ich weiter.

»Seine Witwe, Susanna Noel, hat den Brunnen 1698 als Teil von sechs Acres Land den Armen von Hampstead geschenkt, eine Tafel mit Inschrift erinnert daran. Diesen Brunnen musst du finden! Dazu fährst du mit dem Frosch nach Hampstead und gehst den Flask Walk entlang, der seinen Namen von den Flasks hat, also den Flakons, in denen das Wasser abgefüllt und in London verkauft wurde. Du folgst dann direkt dem Well Walk. Wenn du die Wells Tavern an der Ecke passierst, kannst du dein Ziel schon linker Hand geradeaus sehen.
Ich sage Ziel, denn ganz so einfach ist es nicht. Das Brun-

nenwasser wird zwar helfen, es besitzt tatsächlich Heilkräfte. Nicht, wie man im siebzehnten Jahrhundert glaubte, bei Geisteskrankheiten, sondern vielmehr bei durch Zauberei verursachten Zuständen. Es kuriert Magie, kurz gesagt. Und die Hexen meiden das Chalybeate-Wasser wie die Pest, weil es heißt, eine Hexe, die von dem Brunnenwasser trinkt, werde nie wieder zaubern können.

Leider gibt es keine Gebrauchsanleitung für die Rückverwandlung, keine Schlachtpläne, keine Garantien. Nur soviel weiß ich: Ehe du den Versuch unternehmen kannst, dort am Brunnen nach einer Lösung zu suchen, musst du noch eine Sache tun. Leider habe ich nur sehr bruchstückhafte Hinweise finden können, worin diese Aufgabe besteht und welchem Zweck sie dient. Meine Unterlagen, die Bücher der Familie Gainsborough, sagen dazu nur Folgendes: ›Um die heilsame Wirkung des Wassers voll auszuschöpfen, ist es unerlässlich, zuvor die Saat zu säen, die die größte Magie hervorbringt. Nur wo sie Wurzeln schlägt, kann man Heilung ernten.‹«

Heilung ernten?

»Ich weiß, diese Informationen sind nicht viel, doch es ist ein Anfang. Ich bin zuversichtlich, dass dich ein erfolgreiches Ende in Hampstead erwartet.

Und ich habe sogar einen Ratschlag für dich, wo du am besten anfangen solltest, nach weiteren Hinweisen zu suchen: bei der größten Magierin.«

Ich werfe einen irritierten Blick auf meinen Siegelring und lese weiter:

»Anscheinend hat jemand, den manch einer gerne die größte Magierin nennt, vor langer, langer Zeit begonnen, eine Art Gegengewicht zu den Hexen zu schaffen. Ich vermute, dass es sich um eine Hexe handelt, die irgendwie mit der Vereinigung in Konflikt geraten ist und daraufhin deren Pläne an der einen oder anderen Stelle durchkreuzt hat. Unter anderem durch die Wiederbelebung eines der größten Hexenkenner und Hexenwidersacher, du hast ihn ja bereits kennengelernt, William Shakespeare.«

Das ist wahr, denke ich, der Shakespeare-Pakt hat mit der größten Magierin zu tun. Nur, wo ist die Verbindung?

»Die größte Magierin scheint tatsächlich enorme Kräfte zu besitzen oder besessen zu haben, denn niemand weiß, wer sie ist und ob sie noch unter den Menschen weilt oder längst im Totenreich. Vielleicht haben wir es auch mit dem immer aktuellen, allgegenwärtigen Gleichgewicht von Gut und Böse in der Welt zu tun, wer weiß?«

Ich schüttle den Kopf. All diese neuen Informationen tanzen Cha-Cha-Cha in meinem Hirn, ohne viel Sinn zu ergeben. Magierin, Brunnenwasser, Eisen, Saat … Und Noel? Wie passt Noel in dieses Puzzle?

»*Ich kann es dir nicht verdenken, wenn es dir zunächst schwerfällt, all diese Informationen zu verarbeiten, doch es ist wichtig, dass du daran glaubst, weil das, was ich dir jetzt zu sagen habe, sogar noch um vieles komplizierter ist, als die bisherige Geschichte.*

William Shakespeare, dem du begegnet bist, ist ein gutes Beispiel dafür, über wen die Hexen Macht haben und über wen nicht.

Die Grenze von Hexenmagie ist zugleich die Grenze zwischen Leben und Tod, kein Zauber beherrscht die Toten. Die größte Magierin hat sich diese Tatsache zunutze gemacht. Sie hat, frag mich nicht, wie, Einfluss auf die Verstorbenen gewonnen und ihre Geister zu Wächtern, Orakeln und Wegweisern gemacht. Zwei dieser Helfer hast du auf deinem Weg kennengelernt.«

Zwei? Mir fällt nur Shakespeare ein. Mit gerunzelter Stirn lese ich weiter.

»*Du musst dir einen Totengeist wie ein Dokument vorstellen, das ein Verstorbener zurücklässt, damit jeder, der es liest, ein wenig von seinem Wesen empfängt.*

So findet sich in dem Abbild am Leicester Square ein Stück von Shakespeares Seele wieder, Dichter, Theatermacher, Spezialist in Sachen Liebe und Schutzpatron der Schriftsteller, die durch den Pakt neue Wege finden.

Auch ich, liebe Leserin, bin ein Totengeist, eines dieser transparenten Gebilde, die gefunden werden, wenn man sie sucht. Ich habe mir dieses Schicksal nicht ausgesucht, aber irgendjeman-

dem, wir wollen ihn weiterhin die größte Magierin nennen, weil das eine schöne Bezeichnung ist, schien es wohl sinnvoll, mich als Wissenden um die Hexen und Erbe der Brunnenfamilie dort zu verewigen, wo ich verschieden bin: im Globe Theatre, unter tragischen Umständen. Tage wie Walpurgis oder Halloween unterstützen natürlich die Kommunikation zwischen unseren Welten. Für gewöhnlich bin ich weit weniger fleischlich als heute und, um deine Frage nachträglich zu beantworten, nur in Sichtweite des Globe kann ich mich bewegen, außerhalb davon bin ich Teil der Atmosphäre, wie alle Verstorbenen.

Zwei Empfehlungen gebe ich dir noch mit auf den Weg:

Erstens, lass dich nicht vom Pfad abbringen, egal, was du hörst, was du siehst oder wer versucht, dich aufzuhalten. Folge genau dem Weg, den ich dir beschrieben habe! Die Straßen von Hampstead sind aus einem bestimmten Blickwinkel aus gesehen schief, die Atmosphäre dort ist – durchlässig. Womöglich wurden und werden deshalb Künstler von diesem Viertel angezogen wie die Motten vom Licht, doch das darf dich nicht ablenken, keinesfalls!

Zweitens: Alte Inschriften haben eine wörtliche Bedeutung, ruf dir das in Erinnerung, wenn du nicht weiterweißt.

Denke an diese Ratschläge, nimm dich vor Lady Grey in Acht und, egal, wohin dich der Weg führt, halte an der Liebe fest, sie ist es, die das Menschsein ausmacht. Keine Magie der Welt, wie groß oder umfassend sie sein mag, kann die Liebe ersetzen. Im Zweifel nimm sie als deinen Ausgangspunkt.

Es umarmt dich fest, mit gedrückten Daumen,
Dein Freund Noel.

Ich starre das Papier und die Unterschrift an, als könnten sie mir Noels Worte verständlicher machen. Buchstaben verschwimmen vor meinen Augen, ich halte die Luft an, ohne mir dessen bewusst zu sein. Noel ein Geist?

Ich schüttle den Kopf und nehme vorsichtig eine Dosis Atemluft, um nicht zu plötzlich in die Realität geworfen zu werden.

»Totengeist!«

Ich flüstere die drei Silben, die so gar keinen Sinn ergeben wollen in Zusammenhang mit dem Menschen aus Fleisch und Blut, dessen Händedruck auf der Millennium Bridge noch als konkrete Erinnerung in den feinen Linien meiner Handfläche gespeichert ist.

»Noel«, sage ich leise und lasse das Briefkuvert auf den Boden fallen. Dabei gleitet ein recht abgegriffenes Stück Papier heraus, das ich bisher nicht bemerkt habe. Es handelt sich um einen älteren Zeitungsausschnitt, dessen Überschrift mir augenblicklich Bauchschmerzen verursacht.

»*Tod im Globe – Eine Post-Shakespearianische Tragödie*«, steht da. Mein mulmiges Gefühl bestätigt sich beim Lesen. Also ist es wahr …

Bei der gestrigen Abendvorstellung von Shakespeares »Was ihr wollt« im neu rekonstruierten Globe Theatre kam der Darsteller des Feste, Noel Gainsborough, in der zweiten Szene des vierten Aktes durch tragische Umstände ums Leben.

Ein plötzlich und vollkommen unvorhersehbar über die Themse fegender Gewittersturm hatte Äste sowie Trümmerteile von Häusern in die Luft gewirbelt. Ein auf diese Weise zum Geschoss gewordener Besen traf den Schauspieler, der gerade sein Abgangslied sang, während der noch nicht unterbrochenen Open-Air-Aufführung so unglücklich am Hinterkopf, dass dieser sofort tot war. Das Lied des Narren Feste wird im Andenken an Gainsborough bei den nächsten Vorstellungen durch eine Schweigeminute ersetzt, die Rolle wird von Paul Dyer übernommen.

In dem Text sind die Passagen »zweiten Szene des vierten Aktes« sowie »Lied des Narren« dick mit Filzstift unterstrichen. Ein letzter Hinweis von Noel?

Ich schalte den Computer ein, logge mich via WLAN ins Internet ein und suche den Text der entsprechenden Szene.

»There is no darkness but ignorance!«, sagt Feste zu Malvolio. Der Zauberspruch. Der Satz, die Hexen, der Gewittersturm, der Besen – kein Zweifel, Noels Tod steht in direktem Zusammenhang mit seinem Wissen um die Vereinigung. Noch jemand also, den die Hexen auf dem Gewissen haben.

Motivierter als zuvor werfe ich dem katatonischen Frosch einen entschlossenen Blick zu, rufe Google auf und beginne mit der Suche, nicht ohne das Lied des Narren Feste mit zitternder, aber lauter Stimme zu deklamieren.

»Ich bin fort, Herr,
Und aufs Wort, Herr,
Ich bin gleich wieder da.
Daran hegt keinen Zweifel,
Denn ich trotze dem Teufel
Und seiner Frau Großmama.«

Danke, Noel, wo immer du jetzt bist! Schon um deinetwillen werde ich den Kampf gewinnen! Um deinetwillen.

7. Kapitel

»Shakespeare, Miss?«

Die Spurensuche gestaltet sich schwierig.

Im Internet habe ich absolut nichts zu den Themen größte Magierin, Pakt, Siegelring oder dissertierte Hexe gefunden, bleibt mir nur der äußerst schwache Hinweis mit der zu pflanzenden Saat, die ich aus reiner Intuition mit Shakespeare kombiniere. Bloß, Saat kann vieles sein. Worte, Dramen, Häuser, Pflanzen, Nachfahren, wo soll man da beginnen?

Ich vertraue auf das Wissen der Engländer um ihren Nationaldichter, verlasse die sichere Zuflucht der Suchmaschinen und versuche mich in der äußerst ungewohnten mündlichen Recherche. So stehe ich wenig später, mangels sonstiger frühmorgendlicher Gesprächspartner, dem sehr britischen, triefäugigen Nachtportier des Fielding Hotels gegenüber. Shakespeare selbst aufzusuchen, so vermute ich, hat nach Ende der Walpurgisnacht wenig Sinn. So viel habe sogar ich inzwischen von der Kraft der Magie verstanden.

Der Hotelportier wirft mir einen skeptischen Blick

über den Rand seiner fingerdicken Brille zu. Ich nicke energisch.

»Ja, Shakespeare.«

Er nimmt die Brille ab und putzt sie nachdenklich mit dem Ärmel seines blütenweißen Uniformhemdes, dessen oberster Knopf geschlossen ist, sodass sich der Kragen tief in den Hals gräbt. Britische Korrektheit.

»Selbstverständlich hatte Shakespeare Nachfahren, doch ob heute noch welche leben? Tut mir leid, diese Frage kann ich beim besten Willen nicht beantworten. Ich denke auch keineswegs, dass sie kulturhistorisch relevant ist.«

»Es ist nur eine vage Mutmaßung, aber kann es sein, dass Shakespeare in seinem Leben irgendetwas gepflanzt hat? Hat er womöglich Felder besessen und in seiner Freizeit oder als Rentner Landwirtschaft betrieben?«

»Also, Miss«, der Portier rümpft empört die Nase, bis sein Ziegenbart am Kinn heftig wackelt, »William Shakespeare war ein Dichter, kein Bauer. Gepflanzt? Er hat uns einige der größten Kunstwerke geschenkt, hat Literatur für die Ewigkeit erschaffen. Seine Welt war das Theater, dort hat er Verse in die Köpfe der Zuseher gesät und Applaus geerntet.«

Er räuspert sich. Mit hoch erhobenem Haupt und in die Ferne gerichtetem Blick, die muffige Erdgeschossluft hörbar durch die Nasenlöcher einsaugend, hebt der Portier die rechte Hand, richtet sich auf den

Fußballen auf, was ihn nur unwesentlich größer macht, und rezitiert lauthals:

> »Komm, Tränenschar!
> Aus, Schwert! Durchfahr
> Die Brust dem Pyramo!
> Die Linke hier,
> Wo's Herz hüpft mir;
> So sterb ich denn, so, so!«

Schwungvoll holt er mit dem Arm aus, um sich einen virtuellen Dolch in die magere Brust zu stechen, woraufhin er mit dramatischer Geste hinter der Empfangstheke zusammenbricht. Ich beuge mich über die Tischplatte und blicke verblüfft auf den Portier hinab.

»Das ist, hm, beeindruckend, wirklich, doch das meine ich nicht. Ich denke an weitaus greifbarere Saat, an etwas, das man nicht im übertragenen Sinn, sondern ganz real ernten kann.«

»Nun«, meint der Portier, leicht gekränkt über so wenig Ergriffenheit, während er sich schwerfällig vom Boden erhebt und sich den Staub von Uniformhose und Glatze klopft, »das waren Pyramus' letzte Worte in der Szene der Handwerker im Sommernachtstraum. Was für ein literarisches Meisterwerk! Ich bin nicht nur Leiter und Hauptdarsteller einer engagierten Laientheatergruppe, ich habe außerdem zwei umfangreiche Biografien über Shakespeare verfasst, und wenn jemand über das Leben des Meisters

Bescheid weiß, dann ich. Und ich versichere Ihnen, da gibt es keine Spur von ...«

Ein verblüffter Ausdruck erscheint auf seinem Gesicht.

»Was? Sagen Sie schon!«

»Nun ja, pflanzen, wenn Sie von pflanzen sprechen, da fällt mir tatsächlich ein Detail aus Shakespeares Biografie ein ... Aber Sie können doch unmöglich diese nebensächliche Episode ...«

Ich kralle mich vor Aufregung an den Rezeptionstisch.

»Doch, bitte, reden Sie!«

Er setzt die Brille wieder auf und betrachtet mich forschend aus seinen Droopy-Hypnoseaugen. Feine Fältchen bilden sich um seinen Mund, als er das Wort endlich kommentarlos ausspuckt.

»Die Maulbeerbaumreliquien.«

»Die *was*?«

Glücklich über die Gelegenheit, sein Wissen preisgeben zu können, stützt er sich auf den Rezeptionstisch wie ein angesehener Oxford-Professor auf sein Hochschulpult.

»Die Legende besagt, dass Shakespeare im Jahr 1609 einen gemeinen schwarzen Maulbeerbaum in seinem Garten von New Place in Stratford-Upon-Avon gepflanzt hat, der angeblich, *angeblich*, Miss, ein Ableger aus dem Maulbeerbaumgarten von König James I. gewesen sein soll. Maulbeerbäume waren damals höchst populär in Großbritannien. Einer der späteren Besitzer des Hauses, ein Reverend Francis Gastrell, hat diesen Maulbeerbaum 1759 wegen der zahlreicher werdenden Gaffer aus Wut gefällt und zu Brennholz zerhackt, woraus ein sehr lebhafter Handel mit Shakespeare-Reliquien entstanden ist, die alle angeblich aus dem Holz des einen Maulbeerbaumes gefertigt waren. Nur, dass der Baum, der so viel Holz geliefert hätte, wohl größer als der Buckingham Palace gewesen sein müsste. Humbug, zweifelsohne. Nicht, dass seriöse Shakespeare-Forscher all diesen Unsinn glauben würden.«

Mit angehaltenem Atem habe ich diesen Bericht angehört.

Die Saat, die die größte Magie hervorbringt, die Saat, die ...

»Das ist eine interessante Geschichte.«

Meine Stimme zittert ein wenig.

»Können Sie sich vorstellen, warum gerade einen Maulbeerbaum? Woher kommt die Legende?«

Der Portier verzieht den Mund zu einem überlegenen Lächeln.

»Lesen Sie im Sommernachtstraum nach, oder noch besser: Besuchen Sie unsere Aufführung. Alles ehrenwerte Shakespeare-Liebhaber, die mit Herzblut Theater spielen. Meine Nichte, ein bezauberndes Geschöpf, gibt die Hermia. Das sollten Sie sich keinesfalls entgehen lassen. Die hohe Qualität wird Sie überzeugen, dass ...«

»Es tut mir furchtbar leid, gerne würde ich Ihre

Gruppe spielen sehen, doch ich habe nur noch verschwindend wenig Zeit, in ein paar Stunden läuft meine Frist ab. Bis dahin muss ich dieses wirre Rätsel lösen.«

Flehentlich sehe ich ihn an. Er hat die kahle Stirn gerunzelt, das Kinn vorgestreckt und die Lippen zu einer höchstwahrscheinlich verächtlichen Antwort geschürzt.

»Bitte, o bitte, helfen Sie mir. Es geht um Froschleben oder -tod, auch wenn sich das für Ihre Ohren jetzt seltsam anhört. Bitte! Was hat der Maulbeerbaum mit Shakespeare zu tun?«

Etwas freundlicher nickt er mir zu.

»Schon gut, Miss, ich will Ihnen weiterhelfen. Dazu bin ich ja hier. Sehen Sie, es ist ganz einfach. Shakespeares innerster Antrieb, der Kern seiner großen Werke, der Funke, der heute noch Menschen in Theatern rund um den gesamten Globus brennen lässt, das ist die Liebe.«

Die Liebe, schon wieder.

Ich nicke zustimmend.

»Und – der Maulbeerbaum?«

Seine Wangen färben sich vor Eifer rosarot.

»Der Maulbeerbaum ist der Baum der Liebe. Er ist der Treffpunkt von Pyramus und Thisbe, unter ihm sterben beide. Pyramus' Blut wird von den Wurzeln aufgesogen, und Thisbe äußert den letzten Wunsch, dass die Früchte fortan schwarz sein sollen. Es steht alles geschrieben, schlag nach bei Shakespeare, wie es so schön heißt. Noch heute wird allem, was der Maulbeerbaum austreibt, Früchten wie Blättern, eine heilsame, entgiftende Wirkung nachgesagt.«

Erleichtert schlage ich mir mit der flachen Hand an die Stirn. Die größte Magierin, die stärkste Magie, das Gegengewicht zu den Hexen – natürlich, natürlich, warum bin ich nicht gleich darauf gekommen? Es war direkt vor meiner Nase, seit dem Tag des Shakespeare-Paktes! Euphorisch greife ich nach der Hand des Nachtportiers und schüttle sie heftig.

»Ich weiß gar nicht, wie ich Ihnen danken soll! Danke! Danke! Alles, alles Gute für Ihre Aufführung, vielleicht schaffe ich es ein anderes Mal. Ich verspreche, das nächste Mal, wenn ich in London bin, sehe ich mir alles an, was Sie spielen!«

Er lächelt geschmeichelt.

»Nun, meine nächste Rolle wird der Feste in ›Was ihr wollt‹ sein. Ich freue mich bereits außerordentlich ...«

»Sie – äh – spielen doch nicht im Freien, oder?«, unterbreche ich ihn schnell.

»Nein, keineswegs, Miss. Darf ich fragen, warum?«

Verschwörerisch lehne ich mich über die Theke zu ihm und flüstere ihm zu: »Vorsicht vor fliegenden Besen!«

Ein verwirrter Ausdruck erscheint auf seinem Gesicht, doch ehe er etwas sagen kann, drücke ich ihm einen Kuss auf die Wange, schüttle erneut seine Hand und meine:

»Nur so ein Gedanke, passen Sie einfach auf sich auf, ja? Der Feste ist eine durch und durch *zauberhafte* Rolle. Tausend Dank noch mal für Ihre Hilfe. Eine letzte Frage: Wo in London finde ich einen Maulbeerbaum?«

Der Portier legt den Kopf schief, reibt sich die nach meinem emotionalen Überschwang hochrote Wange und denkt nach.

»Wo in London? Nun ja, da gibt es mehrere Möglichkeiten. Das wohl berühmteste Exemplar befindet sich allerdings im Garten von Keats House. Womöglich, das ist aber reine Spekulation, handelt es sich sogar um einen Ableger aus Stratford.«

»Keats?«

»John Keats, der Dichter. Bestimmt kennen Sie seine berühmte Ode an eine Nachtigall. Er hat sie unter ebenjenem Maulbeerbaum verfasst.«

Mir bleibt der Mund offen stehen angesichts der Erkenntnis, die mich überschwemmt. Ein Dichter. Shakespeare. Der Pakt. Die größte Magie.

»Und wo befindet sich Keats House?«, frage ich den Nachtportier flüsternd.

»In Hampstead, Miss.«

Hampstead! Es gibt einen Gott, ganz eindeutig!

»In Hampstead? Das trifft sich wunderbar, das ist ohnehin meine Richtung. Verraten Sie mir noch, wie ich dorthin komme?«

»Aber selbstverständlich.« Er lacht. »Werden Sie eine berühmte Schriftstellerin. Die sind alle früher oder später dort gelandet. Shelley, Byron, Stevenson, Wells, du Maurier, Lawrence, die Liste ist lang.«

Der Pakt, natürlich. Das Puzzle nimmt Form an.

»Interessant. Und welches Verkehrsmittel bringt mich dorthin?«

»Nichts einfacher als das, Miss. Nehmen Sie den Bus Nummer 24 vom Trafalgar Square bis Hampstead Heath, dann die South End Road bergauf und Keat's Grove links, nicht zu verfehlen. Lassen Sie sich auf keinen Fall die Gelegenheit entgehen, sich dort umzusehen.«

Er lächelt vielsagend.

»Ein interessantes Eck. *Zauberhaft*, würde ich sagen, absolut *zauberhaft*.«

8. Kapitel

Mit dem 24er Bus fahre ich nur wenig später tatsächlich Richtung Hampstead. Es ist halb sieben Uhr vorbei, die Morgensonnenstrahlen spiegeln sich in den Scheiben und brennen in meinen Augen. Ich blinzle, doch es scheint, als ob unter meinen Lidern keine Flüssigkeit vorhanden wäre. Ausgedorrt.

Unter normalen Umständen liebe ich es, mich im vordersten Sitz des oberen Stockes eines der roten Stadtbusse durch London chauffieren zu lassen. Die Straßen ziehen wie auf einer Kinoleinwand vorüber, während meine Gedanken in ihrem eigenen Tempo nebenherlaufen. London ist dann wie eine Bilderflut von Fellini oder ein IMAX 3D-Special-Feature ohne Brille. Farben, Formen, Linien, sogar Gesichter verschwimmen zu einem würzigen Großstadtbrei, der nach weiter Welt schmeckt.

An diesem speziellen Morgen aber kann ich der Helligkeit nichts abgewinnen, offensichtlich ist mein Tageslichtsinn im Dunkel des Hexenhauses zurückgeblieben. Camden Town strahlt mich bedrohlich bunt an. Mit einer Hand schirme ich die schmerzenden Pupillen gegen die Sonne ab, mit der anderen taste ich in meiner linken Jackentasche (nicht an das schweigsame Häuflein Grün in der rechten denken!) nach noch einer Koffeintablette, die fünfte. Ich zerkaue gerade diesen instantigsten aller Instantkaffees, als der Busfahrer eine Vollbremsung macht, das Fahrzeug abwürgt und gleich darauf mit Gebrüll seine Kabine verlässt.

Ein gewisser Teil von mir, genau genommen Stirn, Nase sowie beide Handflächen, löst sich von der Glasscheibe, gegen die ich schmerzhaft gedrückt worden bin. Unten auf der Straße, auf einem rotbeampelten Fußgängerübergang, entbrennt ein gestenreiches Wortduell zwischen einem offensichtlich alkoholisierten Jugendlichen und dem im Gesicht hochroten, wild fuchtelnden Busfahrer. Ich reibe gerade die zukünftige Beule unter meinem Scheitel, als ...

»Ping, pang, pong, immer das Gleiche mit diesen besoffenen Früchtchen am Morgen.«

»Du??«

Ich starre ungläubig auf die Tütüfee im Sitz neben mir. Diesmal besteht sein Outfit aus einem schlichten weißen Leinennachthemd, abgetragenen braunen Sandalen und einer spärlichen Minimalkrone, die aussieht, als wäre sie aus Plastik. Die Haare sind hellblond, gestutzt und die Koteletten kaum noch vorhanden. Die Flügel hängen schlaff herunter wie bei einer altersschwachen Möwe.

»Ich schwöre hoch und heilig, ich habe kein einziges, winziges Streichholz angefasst!«

»Hat das jemand behauptet?«

Er bekommt den beleidigten Unterton irgendwie nicht mehr so gut hin. Etwas Neues klingt durch. Er sieht mich an.

»Hör zu, Unglückskind, ich habe nachgedacht. Das alles war schon, ähem, ein wenig auch mein Fehler. Die, äh, Feenmutter war nicht sehr amused, weil ich dir angeblich, obwohl mir persönlich das ja unwahrscheinlich vorkommt, die Revisionsregel unterschlagen habe. Dadurch gibt es jetzt diese unsäglichen Scherereien mit den Hexen, der ganze Papierkram, et cetera, et cetera.«

»Hab ich nicht gleich gesagt, dass du ...«

Ich bringe es nicht übers Herz, den Satz zu Ende zu sprechen, da der Tütüfee dicke Krokodilstränen über die blassen Wangen laufen.

»Sie haben«, schluchzt er laut, »sie haben mich zur Schutzengelfee degradiert. Ich darf nur noch diesen Scheißdienst an Fußgängerübergängen machen. Keine«, er schluckt, »keine Wunschwellen mehr, kein Sssssswush, kein schnipp, schnapp, nichts als Ping, Pang, Pong den ganzen langen Tag und diese katastrophale Dienstkleidung. Weiß, ich bitte dich, Weiß! Absenz aller Farben, totale Kasteiung, oh, oh, oh, ich arme, arme Feeheheheee.«

Er schlägt sich mit theatralischer Geste die Hände vors Gesicht, schielt aber zwischen den Fingern hindurch in meine Richtung. Ärgerlich verschränke ich die Arme vor der Brust.

»Und warum erzählst du mir das?«

Er greift nach meinen Oberarmen wie ein Ertrinkender nach einem Strohhalm, etwas zu aufgesetzt für meinen Geschmack, dreht mich zu sich und sieht mich mit Dackelfeerichblick an. Ein begossener Pudel mit etwas zu viel Haargel. Das scheint von der Kasteiung ausgenommen zu sein.

»Es ist so. Wenn *du* dreimal laut sagst, dass du mir verzeihst, dann kann ich im Feenmutterbüro ein Ansuchen auf Beförderung stellen. Also, tust du's? Bittööö, bittöööö, bittööööö!«

Er klatscht voll freudiger Erwartung in die Hände. Ich wende meinen Blick vom Feengesicht ab und starre düster durch die Frontscheibe. Der Bus hat sich wieder in Bewegung gesetzt.

»Aha.«

»Genau. Einfach dreimal, äh, laut ...«

»Wie furchtbar bequem, Herr Fee. Dreimal laut ›Ich verzeihe dir‹ und schon ...«

»Ha, ha, das war Nummer Eins!«

»... und schon ist alles wieder Friede, Freude, Eierkuchen. Kaum zu glauben. Ein ganz simples ›Ich verzeihe dir‹ ...«

»Nummer Zweihei! Dumdideldum, Juchei!«

»... und alles, was du angerichtet hast, ist komplett vom Tisch? Sehe ich das richtig?«

»Jep. Ein Mal noch, bitte!«

»Nein.«

»Wie, nein?«

Zwei ehrlich entsetzte Feenaugen glotzen mich an.

»Nein ohne Milch und Zucker. Nein ohne Ketchup, Senf oder Majo. Nicht einmal Salatdressing extralight. Einfach Nein!«

»Das kannst du doch nicht machen! Ich bin eine Wunschfee, zur donnernden Feenmutter, kein flatterndes Schutzengeldingsda. Soll ich etwa für den Rest meines Lebens betrunkenen Teenagern das Leben retten?«

»Sinnvoll immerhin. Besser als in bescheuerten Tütüs arglose Klogeher zu hirnrissigen Wünschen zu verleiten. Tata, das war's, dein Stichwort zum Abgang!«

Sein Mund steht weit offen, fünf Sekunden lang fixiert er mich, ehe er blitzartig die Strategie ändert.

»Okidoki, was möchtest du haben? Jeder Wunsch, den du willst, na ja, außer ehschonwissenwelchen. Ich habe nämlich immer noch« – er senkt die Stimme und zwinkert verschwörerisch – »meine Wunschfeekräfte. Hat sich niemand die Mühe gemacht, die samt der Dienstkleidung einzusammeln. Freiwillig trag ich die nicht ins Magazin, da kannst du drauf wetten!«

Ich sage nichts.

»Nun rede schon, was darf ich für dich tun? Lass mich raten ... Wir heben deine Brüste etwas, die Schwerkraft ist unbarmherzig, meine Liebe.«

Er hebt die Hand zum Schnipp, doch ich schüttle den Kopf.

»Nein? Jammerschade. Du wirst das in ein paar Jährchen bitter bereuen. Also Geld. Reichtum? Ein Milliönchen, zwei? Zehn? Ein Inselchen im Pazifik? Microsoft?«

Er hebt neuerlich die Hand.

»Nein.«

»Auch nicht? Du machst es einem schon schwer! Dann einen Traummann. Pass auf, ein Schnipp von mir und Brad Pitt steigt an der nächsten Haltestelle ein und setzt sich neben dich. Nicht? Richard Gere? Russell Crowe? Johnny Depp? Na, komm schon, alle Mädels mögen Johnny, du kannst dir gar nicht vorstellen, wie oft ... He, was machst du?«

Ich habe mich von meinem Platz erhoben und am Tütüfeerich vorbeigequetscht. Ich steige die enge Wendeltreppe des außer uns nun leeren Busses hinunter. Zunehmend panisch stiefelt er hinter mir her.

»Gut, gut, ich verstehe, du bist eine von der selbstlosen Sorte. Also, komm schon. Der Weltfriede. Ich biete den Weltfrieden gegen ein winziges, klitzefitzekleines Verzeihen. Oder das Ende des Hungers. Stell dir vor, nie mehr wieder ein armes, totes, afrikanisches ...«

»Fee«, unterbreche ich ihn, »wenn du all das kannst, was suchst du dann noch hier? An die Arbeit!«

»Na guuuut, ich geb's zu, das war übertrieben. Aber zumindest die Bettlerin da vorn könnten wir richtig glücklich machen oder die dort, was meinst du? Hm?«

Der Dackelblick, wieder.

»Die magischen vier Wörter, Fee, und zwar dalli, dalli. An der nächsten Haltestelle muss ich raus. Endstation, alles klar?«

Seine Lippen zittern, er verdreht die Augen, während Schweißperlen auf seiner Stirn stehen. Der Bus nähert sich der Station.

»Es...«

»Ja?«

»Es...«

»Ich warte.«

»Es tumilei...«

»Das habe ich nicht verstanden, du musst deutlicher sprechen.«

»Es. Tut. Mir. Leid. Zufrieden?«

Der Fahrer bremst, ich betrachte die Tütüfee skeptisch.

»Versprichst du mir, dass du keinen Unfug mehr mit den Wünschen anderer Leute treibst?«

»N... ja! Hoch und heilig, großes Wunschfeenehrenwort! Bei der allmächtigen, grundgütigen...«

»... Feenmutter, ich weiß!«

Ich seufze.

»Also gut. Welches ist die South End Road?«

»Äh, da vor dir, halb rechts. Stopp!«, brüllt er, als ich den Bus verlasse.

»Genau, ehe ich es vergesse«, sage ich gedehnt, kurz bevor sich die Bustüren zwischen uns schließen, »ich verzeihe dir!«

»Hallelujah!«, johlt es aus dem sich entfernenden Bus, was mir das erste Lächeln des Tages entlockt.

Ich befinde mich nun im verschlafenen Stadtteil Hampstead. Hier hat man nicht mehr das Gefühl, in London zu sein, sondern in einem englischen Provinzstädtchen hart am Rand von Nimmernimmerland. Kleine, feine Backsteinvillen, gut situierte Bewohner, viel Grün, nur die Geschäfte haben rein gar nichts mehr vom Chic der Regent oder Oxford Street. Dafür gibt es winzige, verträumte Buchhandlungen mit Kisten voll antiquarischer Raritäten, auf denen der Staub in mehreren Schichten liegt. Fast wie bei Jahresringen alter Bäume lassen sich daran die treuesten Ladenhüter ausmachen, von denen sich die Shopbesitzer wohl nur unter Tränen und Herzschmerz trennen würden.

In den Seitengassen das gleiche Bild. Es gibt Galerien, Lebensmittelgeschäfte, Ramschläden, Obstverkäufer, eine unerklärliche Anhäufung von Blumenläden sowie ein paar winzige Kaffeehäuser, in denen einzelne alte Damen mit Seidentüchern behängt an ihren Porzellanteetassen nippen und mir freundlich zulächeln. Ich lächle zurück, gehe eilig ein paar Schritte weiter und bleibe plötzlich stehen.

Was ist das? Dieses Kribbeln im Genick, diese windhauchsanfte Berührung, die mich zwingt, das Schild über dem Eckgeschäft ein zweites, drittes und viertes Mal zu lesen. Sogar der Frosch in der Jacke strampelt ein wenig, als ob er meine Erstarrung spürt. Gesetz der Verkettung.

»The Mulberry Tree Shop«. Der Maulbeerbaumladen.

Wie viele scheinbar zufällige Zusammenhänge kann ein Mensch in achtundvierzig Stunden verdauen? Wo fangen die Magenschmerzen an?

Ich zögere. Nicht vom Weg abbringen lassen, hat Noel geschrieben. Mein Weg führt zu Keats House und dann, so Gott will, zum Brunnen. Die Zeit drängt, die Achtundvierzigstundenfrist ist beinahe abgelaufen. Andererseits, was nützt mir der Weg ohne Plan? Ich kenne zwar inzwischen die Örtlichkeiten, die ich aufsuchen muss, doch wie ich jemals aus dem Frosch den Prinzen machen soll, dazu fehlt mir jede kreative Vorstellungskraft. Säen, ernten, Brunnenwasser – aus der Nähe betrachtet sieht meine Rückverwandlungsstrategie reichlich konfus aus. Es kann also kaum schaden, mir in diesem Laden die eine oder andere Idee zu holen. Kein zustimmendes Quaken, Stille in allen Kleidungsstücken. Was soll's ...

Ich habe Glück, die Tür ist nicht verschlossen. Es handelt sich um einen winzig kleinen Laden (war das Gebäude nicht viel größer?), der an eine Apotheke aus dem vorigen Jahrhundert erinnert, mit Flaschen, Gläsern, Beuteln und Tüten in dunkelbraunen Holzregalen vom Boden bis zur Decke säuberlich sortiert. Kein Chaos, kein Durcheinander, nur ein überwältigendes Angebot an Produkten, die, ich entnehme es den Etiketten, allesamt aus Mórus Nígra hergestellt sind. Eine nackte Glühbirne kämpft matt gegen das schummrige Zwielicht, denn durch die zu kleinen verdreckten Buntglasfenster dringt kaum Tageslicht.

Hinter der Verkaufstheke ist niemand. Ich nehme an, der Besitzer oder die Besitzerin befindet sich im rückwärtigen Teil des Ladens, eine Tür hinter der Theke mit der Aufschrift »Privat« lässt diesen Schluss zu. Eine altmodische silberne Glocke am Ladentisch bestätigt diese Vermutung. Und nach einem letzten Blick über die geheimnisvollen Behältnisse rundherum strecke ich die Hand aus, um zu klingeln. Im gleichen Moment öffnet sich die private Tür, und eine mir wohlbekannte Gestalt tritt heraus.

Aber wie …?

Ich öffne den Mund, um etwas zu sagen, doch ihr strahlendes Lächeln sowie die simple Unmöglichkeit permanenter Koinzidenzen (Gesetz der Verkettung, natürlich!) macht mich für den Moment sprachlos.

»Guten Morgen und willkommen im Mulberry Tree Shop!«

»Guten Morgen, Hathor. Entschuldigen Sie die dumme Frage, aber was genau machen Sie hier in Hampstead?«

Sie lacht ihr vertrautes, helles Lachen, verschränkt die Arme in perfekter Körperharmonie und sieht mir direkt in die Augen. Ich blinzle das Erstaunen tapfer weg.

»Ich stelle gerne die Behauptung auf, dass ich immer genau da bin, wo ich gebraucht werde. Die einfachere Lösung lautet, dass ich mehrere Geschäfte besitze und unterschiedliche Öffnungszeiten es mir ermöglichen, hier und dort zu verkaufen, je nach – Bedarf. Sie dürfen sich die Antwort aussuchen, die Ihnen angenehmer ist.«

Ich denke darüber nach, komme aber zu keinem Schluss, der auch nur ansatzweise angenehm wäre. Stattdessen überlege ich, wie viel passiert ist, seit ich vor nicht ganz vierundzwanzig Stunden den Esoterikshop in Covent Garden verlassen habe mit … Seltsam, das Haushaltsding, das Hathor mir dort geschenkt hat, ist mir komplett entfallen. Doch da, in der dem schweigsamen Frosch gegenüberliegenden Jackentasche, kann ich die Ausbuchtung des eiförmigen Shakers spüren. Ich überlege, ob ich sie danach fragen soll, lasse es aber bleiben, schließlich gibt es dringendere Angelegenheiten, die allesamt mit den drei zentralen Themen des heutigen Tages zu tun haben: a. der Frosch, b. der Brunnen und c. der Baum. Der vor allem.

»Hathor, ich bin auf dem Weg zu einem Maulbeerbaum, der mir vielleicht helfen kann, ein gravierendes persönliches Problem zu lösen.«

»Immer noch der Frosch?«

Ihr Gesichtsausdruck ist undurchschaubar.

»Äh, ja, genau, der Frosch. Ich habe den Hinweis erhalten, dass Maulbeerbäume, äh, in Verbindung zu einer großen magischen Wirkung stehen, die man als Gegengewicht zu den Hexen sehen könnte. Und genau diese Magie muss ich – wie auch immer – anwenden, um dem Frosch seine prinzliche Gestalt wieder zu geben. Können Sie mir weiterhelfen?«

»Wie ich Ihnen schon gestern gesagt habe«, antwortet Hathor, »ich bin nur eine Verkäuferin, deren Aufgabe es ist, Kundenwünsche zu erfüllen. Weder bin ich eine Zauberin, noch biete ich Allheilmittel an. Jede Situation erfordert andere Medizin. Dennoch«, sagt sie schnell, als sie meinen enttäuschten Gesichtsausdruck bemerkt, »will ich versuchen, Ihnen das eine oder andere über Maulbeerbäume zu erklären. Vielleicht kommen Sie ja selbst auf die geeignete Lösung.«

Ein kleiner Schatten, dessen Form mir gut bekannt ist, huscht durch die Tür hinter der Ladentheke hervor und springt behände auf ein Fensterbrett. Ich weiche einen Schritt vor Hathor zurück.

»Sie haben eine Katze? Sind Sie ... Sind Sie denn auch eine Hexe?«

Noch vor zwei Tagen wäre mir die schiere Frechheit so einer Anschuldigung gegenüber einer Verkäuferin bewusst gewesen, doch nun überwiegt einzig der Überlebenswille.

»Sie sagen *auch*«, antwortet Hathor unbeeindruckt, »als wäre Ihnen das Hexendasein nicht ganz fremd?«

»Ich hatte – mit Hexen zu tun. Und ich ziehe es entschieden vor, das Hexentum in Zukunft gänzlich zu meiden.«

Hathor lacht laut und fröhlich, ein ansteckendes Geräusch, das mir ein wenig von dem Eis der letzten Stunden aus dem Körper taut.

»Gut gesagt und gut gedacht. Woher also der Schluss, dass Katzen nur Hexen begleiten?«

»Ich weiß nicht. Ich bin wohl hexentechnisch etwas überempfindlich dieser Tage.«

Hathor kommt auf mich zu und ergreift mich an beiden Händen. Wärme dringt von ihren Handflächen in meine Venen ein, Kraft kehrt in meine Arme zurück, sogar Antrieb in meine Beine. Mut, womöglich, ins Herz.

»Wie so viele andere war ich den Hexen nahe. Vielleicht war ich sogar von Zeit zu Zeit eine von ihnen. Niemand kann sich ihrer Magie auf Dauer ganz entziehen. Der entscheidende Punkt ist, findet man das Gegenmittel? Jeder trägt das Gegengift in sich, es nimmt ganz verschiedene Formen an, aber ob eckig oder rund, silber oder gold«, mein Herz setzt kurz aus, »wichtig sind alleine die Entscheidungen, die man trifft, die Wege, die man geht, die das eigene Hexentum definieren. Um also Ihre Frage zu beantworten«, sie lässt meine Hände los, »nein, ich bin keine Hexe. Ich bin eine Verkäuferin, die Ihnen das bestmögliche Produkt anbieten will. Den Preis bestimmen Sie selbst.«

»Erzählen Sie mir«, flüstere ich atemlos, »von dem Maulbeerbaum.«

»Das will ich. Doch vorher lassen Sie mich bitte den Frosch sehen.«

Ich spüre den Widerwillen in der Kehle. Rau wie Kieselsteine zwischen den Zehen. Aber wie kann ich die Bitte ausschlagen? Ich habe sie um Hilfe gebeten, es ist ihr Recht, nun das zu heilende Subjekt in Augenschein zu nehmen. Sie bemerkt mein Zögern.

»Keine Angst. Vertrauen Sie mir. Setzen Sie ihn nur einen Moment hier auf meine Hand, es wird ihm nichts geschehen.«

»Das habe ich schon einmal gehört.«

Sie nickt ernst.

»Und genau darum bitte ich Sie, ihn noch einmal loszulassen. Nur für ein paar Sekunden.«

Ich öffne den Reißverschluss meiner Jackentasche und fasse hinein. Der Frosch fühlt sich kühl an. Er wehrt sich nicht, als ich ihn aus dem Jackentaschengefängnis befreie, doch seine grünen Pupillen lassen mich keine Sekunde lang aus den Augen, als ich ihn, nach einem letzten, kurzen inneren Kampf, vorsichtig auf Hathors ausgestreckte Hand setze. Die kleine blonde Frau hebt den Frosch zu ihrem Gesicht. Zärtlichkeit für ihn überfällt mich, ein Gefühl, als kippte mir jemand einen Kübel warmen, harzig duftenden Waldhonig über den Kopf. Im Frosch steckt der Prinz! Gleichzeitig empfinde ich einen Schauer, zu nahe sind Hathors Lippen an seiner Amphibienhaut, zu nahe! Einen irrationalen Moment lang bin ich mir sicher, dass sie ihn fressen wird, ihn hinunterschlucken ohne zu kauen, und aus ihrem Bauch wird dann das lang ersehnte Quaken zu hören sein, ein letzter anklagender Laut vom Frosch meines Herzens.

Nichts davon geschieht. Hathor betrachtet den verwandelten Prinzen einige Sekunden lang aus nächster Nähe, streicht ihm schließlich leicht mit dem Zeigefinger der anderen Hand über den Rücken und gibt ihn mir seufzend zurück.

»Wir sollten nicht zu lange warten.«

Alarmiert sehe ich sie an, während ich das Corpus Delicti meines Wahnsinnswunsches so schnell wie möglich wieder in die Jackentasche sperre.

»Aber ... es ist noch Zeit, oder?«

»Nicht mehr viel, fürchte ich. Das Tier, das Tier in seinen Augen wird stärker.«

Plötzlich ist mir schwindlig, alles dreht sich, der Raum dehnt sich aus und zieht sich zusammen. Ich muss mich an der Theke festhalten. Blitzschnell schiebt Hathor einen Sessel unter meinen Hintern, drückt mir ein Glas mit einer dunkelroten Flüssigkeit in die Hand und legt mir einen Arm um die Schulter.

»Trinken Sie, schnell, es wird helfen.«

Mit großen Schlucken trinke ich die dickflüssige Substanz. Sie schmeckt süß und herb zugleich, fruchtig und irgendwie ...

»Was – was ist das?«

»Der Saft schwarzer Maulbeeren. Mórus Nígra. Hochkonzentriert. Er ist sehr wirkungsvoll gegen Fieber und Verdauungsstörungen, stärkt Herz und Gefäßsystem, mindert Schleimhautentzündungen, wirkt aber auch schweißtreibend. Keine Angst also, wenn Sie gleich furchtbar schwitzen, das ist notwendig.«

»Und … der Frosch?«, hauche ich flehentlich, während sich Hitzewellen durch meinen Körper bewegen.

Hathor betrachtet nachdenklich erst mich, dann die Regale des Ladens.

»Der Frosch, das ist eine andere Geschichte. Ich verkaufe jede Menge Maulbeerprodukte, doch ich denke nicht, dass eines davon die Lösung für die Gestaltverwandlung ist.«

Wieder eine Sackgasse? Ich schnappe verzweifelt nach Luft.

»Um … um die heilsame Wirkung des Wassers voll auszuschöpfen, ist es unerlässlich, zuvor die Saat zu säen, die die größte Magie hervorbringt. Nur, wo sie Wurzeln schlägt, kann man Heilung ernten«, zitiere ich aus Noels Brief. »Shakespeare hat einen Maulbeerbaum gepflanzt, ich bin mir ziemlich sicher, dass es da einen Zusammenhang gibt. Vielleicht sollte ich zu Keats House gehen und ein paar Früchte pflücken, wenn sie doch so heilsam sind. Vielleicht …«

Hathor schüttelt langsam den Kopf.

»Nicht reif.«

»Wie?«

»Die Früchte, sie reifen erst im Hochsommer.«

Ich richte mich in meinem Sessel auf.

»Aber ... so viel Zeit habe ich nicht.« Meine Stimme zittert. »Genau genommen bleiben mir weniger als drei mickrige Stunden, bis ...!«

»Ich habe Ihnen doch gesagt«, antwortet Hathor nachdenklich, »dass jeder Mensch seinen eigenen Weg finden muss. Es gibt die Kraft der größten Magie, doch jeder sieht sie woanders. Sie ist überall, verstehen Sie? Wenn Ihr Weg zum Maulbeerbaum führt, dann tut er das nicht ohne Grund. Dann gibt es auch eine Methode. Sie müssen wissen«, dabei deutet sie auf die Produkte an den Wänden, »nicht nur die Früchte haben ihre Wirkung. Der Maulbeerbaum birgt noch mehr Überraschungen. Die Rinde etwa. Sie hat abführende Wirkung, vertreibt Bandwürmer, wirkt als Gegenmittel bei Vergiftungen, lindert abgekocht Zahnschmerzen, genauso wie der Saft der Wurzel, der auch Geschwüre öffnet und den Darm reinigt. Hippokrates wiederum verwendete die pulverisierten Blätter zum Auflegen bei Frauenkrankheiten, bei Verbrennungen sind zerstoßene Maulbeerblätter in Öl heilsam. Sehen Sie sich doch um!«

Etwas drückt in meiner Seite, wo die Sessellehne mir als Stütze dient.

»Maulbeersaft, Maulbeerwein, Maulbeergelee, Maulbeermarmelade, Maulbeermus, Maulbeeressig, Maulbeeröl, Maulbeerlotion, Maulbeertee, Maulbeerpulver, Maulbeerschnaps, Pekmez, der türkische Maulbeersirup, sehr schmackhaft, Maulbeerblattextrakt, Maulbeertabletten, was das Herz begehrt. Sogar die Regale sind aus Mórusholz. Die Anwendungsgebiete sind unendlich, die ... Was haben Sie?«

Ich sitze da, mit offenem Mund, die Hand an der Seite, mitten in der Bewegung erstarrt. Natürlich, was sonst?

Mit einer Tasse Tee hat die Katastrophe begonnen, Lady Greys Hexenfroschtee. Heißt es nicht, dass man Gleiches am besten mit Gleichem bekämpft? Ich werde dem Frosch einen eigenen Tee zubereiten.

Heilung ernten. Heilung ernten ...

Ja, völlig logisch. Die Blätter des Maulbeerbaums und das Wasser des Brunnens. Der Maulbeerblatttee soll die Hexenmagie aufheben und das geeignete Küchengerät dazu ...

Ich ziehe den Aroma-Shaker aus der Tasche und sehe Hathor an. Der Schock des Begreifens sitzt tief. Wie immer bei den ganz großen Zusammenhängen ist das Naheliegende zugleich der Weg.

»Ich sehe«, meint Hathor lächelnd, »Sie haben das Prinzip verstanden. Ob Wunschwellen oder Pakt, ob Geheimnis oder Bestellung, Sie selbst erzeugen die Zusammenhänge. Mehr, denke ich, müssen Sie nicht wissen.«

Ich stecke den Shaker wieder ein, stehe auf und schüttle Hathors Hand.

»Ich danke Ihnen, Hathor, für alles. Ich wünschte, ich könnte mich revanchieren.«

»Wie gesagt, Sie selbst bestimmen den Preis. Und ich denke, auf die eine oder andere Art werden wir uns wiedersehen. Jetzt aber schnell, schnell, es ist nicht weit. Machen Sie sich auf den Weg, die Sonne steht schon hoch, und es gibt noch einiges zu tun.«

Gestärkt verlasse ich den Laden. Die größte Magierin blickt mir lächelnd nach, bis ich die Tür schließe.

Ohne nach links oder rechts zu blicken, eile ich die South End Road hinauf.

Geschlossen. Kein Mensch weit und breit, nur ein haaransatzhoher Bretterzaun, unterbrochen von einem grün lackierten Gartentor, auf dem ein goldenes Schild die Aufschrift »Wentworth Place« trägt. Links daneben eine Gegensprechanlage mit Klingel und der einfachen, in Blockbuchstaben verfassten Information »Keats House«. Ich sehe mich um: Wohnhäuser, durchwegs backsteinfarben mit üppigen, schattigen Gärten voll saftiger Grünpflanzen. Doch der Baum, den ich suche, befindet sich hinter dem verschlossenen Gartentor. Also bleibt mir nur eine Möglichkeit. Ich klingle.

Akustisch verzerrt, aber unverkennbar antwortet

die Hexenstimme aus der Anlage. Natürlich, was sonst.

»Kein Zutritt zu diesem Grundstück. Reisen Sie ab, es hat keinen Sinn. Sie könnten sonst gravierende Veränderungen in Ihrem Leben erfahren, deren Folgen nicht absehbar sind. Tun Sie, was man Ihnen sagt, und Ihnen wird nichts geschehen. Dieser Zaun ist alarmgesichert, weichen Sie ZURÜCK!«

Ich zeige der Klingel undamenhaft den Mittelfinger und gehe langsam am Zaun entlang. Irgendeinen Weg hinein wird es doch geben, notfalls unter Zuhilfenahme roher Gewalt. Kaum erkenne ich mich wieder, eine völlig neue Entschlossenheit prickelt auf meiner Kriegerstirn. Nicht mit mir, böse Hexe, denke ich mantramäßig, nicht mit mir, ich bin Supergirl, ich beiße Hakennasen ab, wenn es sein muss!

Ein paar Meter weiter endet der Zaun, nachdenklich bleibe ich stehen.

Der Eingang zum angrenzenden Haus ist durch ein altmodisches schmiedeeisernes Gittertor gesichert, das einen entscheidenden Vorteil hat, den jedes Kind sofort erkennt: Man kann hinüberklettern.

Bingo!

Ich tue es, nicht ohne innerlich böse zu fluchen, weil ich seit meinen frühkindlichen Kletteraktivitäten groß, plump und ungeschickt geworden bin, ich mir das Steißbein an einer Messingverzierung schmerzhaft anschlage und alles in allem wohl der kläglichste Einbrecher des Jahrtausends bin. Das ist mir in diesem speziellen Moment jedoch herzlich egal, so lange mich niemand beobachtet. Kläffende Rassehündchen, verschreckte alte Mütterchen hinter dreifach gesichertem Panzerfensterglas und gewichtige Hausherren mit geladenen Pumpguns, drei Dinge, die ich derzeit gar nicht brauchen könnte. Perfekte Stille rundherum.

Maulbeerblatttee ist alles, was ich denken kann. Liebevoll streiche ich über die Ausbuchtung des Aroma-Shakers in meiner linken Tasche, die andere, die bitterböse schweigende, meide ich lieber. Wie zur Bestätigung erhalte ich einen festen Froschbeintritt in die Seite.

»Danke, gleichfalls«, zische ich ärgerlich.

Ich habe Glück. Der Bretterzaun ist nur zur Straße hin massiv, vom Nachbargrundstück, auf dem ich mich nun illegalerweise befinde, trennt Keats' Garten nur ein hüfthohes Holzgitter, das ich ohne Probleme überwinde. Fast rechne ich damit, dass irgendeine grandiose Hexerei beginnt, sobald mein Fuß den Rasen berührt (nicht mit mir, böse Hexe!), doch nichts Dergleichen geschieht. Eigentlich wieder einmal zu leicht, denke ich, halte mich aber damit nicht auf, sondern laufe geduckt quer über die Anlage, die wie alles in Hampstead üppig mit Grünzeug bepflanzt ist. Viel Grünzeug. Unmengen an Grünzeug.

Verdammter Mist. Ich hätte mich wohl erkundigen sollen, woran man genau einen Maulbeerbaum erkennt. Botanische Nullnummer nennt mich Sorina immer, wenn ich mir zwischen ihren perfekten Hydrokulturen einen Weg zu ihrem Sofa bahne. Tatsache ist, ich habe es noch nie geschafft, eine Topfpflanze länger als zwei Wochen am Leben zu erhalten, Schnittblumen pflegen bereits bei meinem Anblick zu verwelken. Selbst LaBelles Katzengras muss, so nicht ohnehin kahl gefressen, nach Ablauf dieser Zeit entsorgt werden. Bei mir verdursten sogar Kakteen, die die Sahara locker überlebt haben, während ich alles, was Blüten trägt, hoffnungslos ersäufe. Und Bäume? Ein Laubbaum sieht für mich exakt wie der andere aus, Buche, Eiche, Linde, Ahorn, Kastanie – Herrgott, grüne Blätter haben sie alle, Äste, Stamm, Rinde ebenfalls, Schatten spenden sie an heißen Sommertagen gleich gut, wie also finde ich den einzig relevanten Baum, den Baum, der das Heilmittel produziert?

Betrübt drehe ich mich im Kreis. Keats House ist ein nettes zweistöckiges Gebäude, komplett weiß, wodurch es sich vom roten und braunen Backstein der Umgebung gut abhebt. Ich wünschte, Maulbeerbäume wären genauso auffällig, pink mit gelben Blättern beispielsweise. Was ist das bloß mit dem einfallslosen Grün bei Naturgewächsen? Wo bleibt die Abwechslung, der modische Chic? Ich seufze und stehe weiter dumm im Garten herum und überlege, welche Blätter ich wohl am besten pflücke. Irgendwo muss ich einfach beginnen, schließlich tragen Pflanzen keine Schilder, auf denen ...

»Keats House Mulberry Tree.« Mit offenem Mund betrachte ich die blank polierte Tafel vor einem besonders stark wuchernden, mehr breiten als hohen Baumgewächs, dessen Äste aus einem kurzen, dicken Stamm beinahe wie Rastazöpfe in Richtung Boden hängen. Na also! Es ist wie auf einem Wohltätigkeitsball, richtige Prominente tragen Schildchen, und so, denke ich grinsend, verhält es sich eben auch mit VIBs: Very Important Bäume.

Danke, liebe Feenmutter!

Also los, keine weitere Verzögerung, die Zeit rennt, und ich bin noch weit davon entfernt, die heilsame Medizin endlich in Händen zu halten. Also nähere ich mich dem Maulbeerbaum und strecke die Hand aus, um die benötigten Blätter zu pflücken, als ich die Sirenen höre. Nicht eine, nicht zwei, sondern mindestens ein halbes Dutzend Polizeisirenen.

Alarmgesichert, fällt mir ein. Was, wenn mein Einbruch entdeckt worden ist? Was, wenn das Sirenengeheul mir gilt und ich demnächst in Handschellen abgeführt werde? Was wird dann aus dem Frosch? Was werden sie mit ihm tun? Ihn töten? Ihn in einem Tümpel aussetzen, wo er bis in alle Ewigkeit Fliegen vertilgen muss? Tierversuche an ihm durchführen, um neue Antifaltencremes auf seiner glatten Froschhaut zu testen? Ihn in ein Zooterrarium sperren, oder, schlimmer, in ein Reagenzglas, wo er auf einer Miniaturleiter quietschenden Erstklässlern das Wetter prophezeien wird, Jahr für Jahr, für Jahr?

Ich denke nicht weiter nach. Zeit, zu handeln.

Mit einem einzigen Griff reiße ich eine Handvoll Maulbeerblätter ab, stopfe sie zum Shaker in die Tasche und renne, als wären alle Hexenbesen der Welt hinter mir her. Ich, die ich es im Turnunterricht in der Schule nie geschafft habe, unter den verächtlichen Blicken meiner gertenschlanken Sportlehrerin heil über den verhassten Bock zu kommen (häng da nicht wie ein nasser Sack, Olli!), springe mit einem einzigen Satz über das Holzgitter, werfe mich, ohne auf Steißbeinschmerzen zu achten, über das Gittertor und fliehe die Straße entlang, während hinter mir die Sirenen lauter und lauter werden. Sie sind mir auf den Fersen, dicht, zu dicht! Ich sprinte schneller und – zucke zusammen.

Aus einem Polizeimegafon hallt die Stimme der Hexe durch Hampstead:

»Bleiben Sie stehen, und lassen Sie das Element fallen, das Sie aus unserem Besitz entfernt haben. Sie haben keine Chance, begreifen Sie das endlich! Das Spiel ist aus, geben Sie auf. STOPP!«

Doch ich bleibe nicht stehen. Ich laufe, wie ich noch niemals gelaufen bin, durch halb Hampstead, immer bergauf, und erst an der Hauptstraße bei realen menschlichen Wesen halte ich schwer atmend an und sehe mich um.

Nichts. Die Straße hinter mir ist leer und still, keine Polizeiautos, keine Sirenen, keine Hexe. Ich atme aus, lege den Kopf in den Nacken und betrachte den wolkenverhangenen Himmel über mir. Weiter, denke ich, das letzte Stück des Weges wartet. Zum Guten oder zum Schlechten, es endet hier in Hampstead.

9. Kapitel

Ich folge dem menschenleeren Flask Walk bis zum New End Square und gehe dann den Well Walk entlang. Es ist schwül, und ein extrem nasser Nebel begleitet mich, seit ich die Hampstead High Street verlassen habe, er wird dichter, je näher ich meinem Ziel komme. Unheimlich, nachdem ich am Trafalgar Square eine sonnige Innenstadt verlassen habe. Beinahe greifbar ist diese Feuchtigkeit, ein feiner Film bildet sich auf meiner Haut, und es ist so still, dass die Naturgeräusche wie verstärkt wirken. Zirpende Grillen, schreiende Riesenvögel (Vögel!) sowie summende Insektenschwärme meint meine lebhafte Fantasie wahrzunehmen, dafür so gut wie keine menschlichen Geräusche mehr. Die Häuser rechts und links des Well Walk stehen stumm und finster da, kein Kindergeschrei, kein Fahrradklingeln, kein Motorbrummen. Nicht einmal die unvermeidlichen Fernsehwerbungsstimmen durch Kippfensterschlitze. Trotzdem habe ich das ungute Gefühl, aus all den toten Fensterlöchern beobachtet zu werden. Sogar die Vögel auf den Bäumen schauen mir aus dunklen, klugen Knopfaugen nach, als wüssten sie nur zu gut, wohin ich gehe. Eilig haste ich vorwärts, schwer atmend in der nebelfeuchten Luft, darauf bedacht, den Blick stur geradeaus zu halten. Wenn sich alle Zeiger der Mittagsstunde nähern, ist mein Ultimatum abgelaufen. Ich muss mich beeilen.

An der nächsten Kreuzung schließlich das Hinweisschild: »The Wells Tavern«.

Ein Blick durch die offene Pubtür lässt darauf schließen, dass das Lokal um diese Uhrzeit nicht frequentiert wird. Zwielicht erfüllt den Raum, der menschenleer ist, bis auf eine Gestalt im Dunkel hinter der Bartheke, höchstwahrscheinlich die Wirtin oder die Bedienung.

Mit einem mulmigen Gefühl im Bauch nähere ich mich, Noels Rat missachtend, keinesfalls vom Weg abzuweichen, der Theke, ohne recht zu wissen, was ich dort will. Es ist vielmehr so, als ob mich die Figur drinnen zu sich ruft, und ich folge blind, mit ausgeschaltetem eigenen Willen. Nur der bis dahin abermals bewegungslose Frosch in meiner Tasche strampelt widerwillig, doch ich habe ihn sicher per Reißverschluss eingesperrt. Fürsorglich lege ich kurz die Hand auf die Beule in meiner Jacke, um ihn zu beruhigen. Er strampelt stärker, was ich ignoriere, den Blick fest auf die Bartheke gerichtet. Etwas bewegt sich, etwas atmet da vorn, etwas betrachtet mich immerzu wie …

»So treffen wir uns wieder an ähnlicher Stelle. Londons Pubs üben bekanntermaßen eine enorme Anziehungskraft auf Touristen aus. Würden Sie mir da zustimmen?«

Lady Grey tritt aus dem Dunkel, ohne Businesskostüm oder Businessfrisur diesmal, sondern der Vogelhexe aus der Wildnis ähnlich. Die Version Lady Pur. Ich spucke aus, doch sie lacht nur ein kreischendes Krähenlachen und sieht mich kalt an.

»Hokuspokus für Anfänger, meine Liebe, glauben Sie wirklich, Sie könnten mich besiegen, wenn ich es darauf abgesehen hätte, zu kämpfen? Halten Sie Ihre lächerlichen Ausbruchsversuche etwa für originell? Alberner Kinderkram. So hoch können Sie gar nicht springen, so weit nicht laufen, dass wir Sie nicht jederzeit unter Kontrolle hätten. Wir sind überall zugleich, wir sind stärker. Die Vereinigung hält nichts von gewaltsamen Eingriffen, sehr zu meinem Bedauern. Daher bin ich lediglich hier, um Sie ein letztes Mal zu warnen, nicht um meine wertvolle Zauberkraft an Ihr unbedeutendes Dasein zu verschwenden.«

»Und warum verschwenden Sie Ihre wertvolle Zeit? Neue Mordpläne?«

Sie lächelt.

»Ich mache mir Sorgen um Sie. Sie folgen blind dem Rat eines gefährlichen Wesens, vielleicht sogar mehrerer, ohne zu hinterfragen …«

»Gefährlich für Sie oder für mich?«

Die Lady zögert. Zumindest ein kleiner Punktesieg.

»Ich bin nicht wie Sie, Lady Grey, und mein Frosch ist nicht Ihrer. Frosch ist nicht gleich Frosch.«

Stolz auf diese neue Erkenntnis studiere ich Lady Greys Züge. Der Vogel übt sich in Beherrschung. Nur die geballten Fäuste verraten sie.

»Sie unterschätzen den Einfluss des Brunnens, mein Kind!«

»Ich bin schon lange kein Kind mehr. *Lady*.«

»Wenn Sie auch nur einen Schritt weitergehen, befinden Sie sich in einer Sackgasse, aus der kein Weg zurückführt. Wenn es das ist, was Sie wollen, bitte, bitte, nur weiter so. Bedenken Sie dagegen, wie leicht es wäre, alles beim Alten zu belassen. Wir sind nicht nachtragend. Unser Prinzip ist positiv ausgerichtet, unsere Kraft ist unermesslich groß, wenn wir zusammenarbeiten. Lassen Sie sich überzeugen, unser Geheimnis kann auch Ihr Geheimnis werden: das Geheimnis unbegrenzter Wunscherfüllung. Was Sie wollen, ist möglich!«

Ihre Stimme ist weicher geworden, auch ihr Äußeres verändert sich, während sie spricht. Fasziniert beobachte ich die Verwandlung, wobei mein Hauptaugenmerk auf ihr Kinn gerichtet ist. Dort, rechts außen, ein Stück unter dem Mundwinkel, wächst ein Leberfleck, ein mir sehr vertrauter Leberfleck, der mein Herz vorübergehend aussetzen lässt. Der verlässliche Daunenschock! Wie durch Milchglas, aber erkennbar schimmert der Prinz hinter der Ladyfassade, immer mehr Details fügen sich zusammen, auch wenn das Gebilde seltsam flüchtig bleibt, als wäre es aus feinen Sandkörnern gefertigt.

»Was du willst«, sagt er lächelnd und reicht mir seine Hand. Ich will sie nehmen, jede Faser meines schlotternden Körpers sehnt sich nach dieser Berührung und nach mehr, mehr ... Welches Wunder auch immer wirkt, welche Hexerei im Gange ist, es ist mir gleichgültig, denn er ist da, bereit, mich in den Arm zu nehmen, bereit, mit mir apricotfarbene Sonnenuntergänge zu zählen, bereit, krakelige Bleistiftherzen auf Zettel zu malen und an meinen Kühlschrank zu kleben, bereit, bereit, ich sehe es klar und deutlich in seinen ...

Ich halte mitten in der Bewegung inne. Meine Finger sind nur Millimeter von seinen entfernt, doch schlagartig wird mir bitterkalt beim Gedanken an diese Berührung. Das ist nicht der Märchenprinz, es ist die böse Hexe höchstpersönlich. Ohne Zweifel, denn unter seinen perfekt geschwungenen Augenbrauen wächst kein Efeu. Vogelaugen starren mich an, harte, bittere Vogelaugen.

Wut pocht hinter meinen Schläfen. Für wen hält sie mich?

Lady Grey bemerkt die Veränderung und sagt mit der Prinzenstimme: »Denken Sie über das Angebot nach. Wünsche sind dazu da, erfüllt zu werden. Vertrauen Sie uns. Wir könnten Ihnen helfen. Wir könnten ...«

Mein Geduldsfaden ist kurz davor, zu zerreißen.

»Von Ihrer Hilfe habe ich genug!«

Ich drehe mich auf den Absätzen um und mache

Anstalten, die Wells Tavern zu verlassen. Hinter mir spüre ich einen Windstoss, etwas flattert lautlos an mir vorbei und versperrt mir den Weg. Mir stockt der Atem. Halb Vogel, halb Mensch steht sie vor mir, in der Tür. Federn wachsen aus ihren Wangen wie die absurdesten Bartstoppeln der Welt, sie wachsen das Prinzengesicht gnädig zu (merci!), während ihre Klauen widerlich am Holzboden scharren.

»Egal, was Sie tun, Sie können uns nicht aufhalten. Die Abteilung Froschkönig ist die Zukunft. Unsere Zeit wird kommen. Die grösste Magierin, dieser Inbegriff der Scharlatanerie, verliert an Macht.«

Es ist stickig geworden im Pub. Der alte trockene Vogelgestank brennt mir auf den Schleimhäuten. Ich muss mich von dem Vogeltier befreien, endgültig, und diesmal wird mir keine Jedekatze mit scharfen Krallen zur Seite stehen. Aber vielleicht ein steinerner Totengeist namens William Shakespeare. Da war doch noch eine Zusatzformel nach dem Zauberspruch, so ein Spezialsatz für Vogelgetier. Ich krame in meiner Erinnerung.

»Lady Grey«, sage ich, mit leiser, aber fester Stimme, »da gibt es etwas, das ich unbedingt noch von Ihnen wissen möchte.«

»Und das wäre?«

Sie klackert mit dem Schnabel.

»Was ist des Pythagoras' Lehre, wildes Geflügel anlangend?«

Ein Schrei entringt sich dem Monster, ein unmenschlicher, verstörender, abstoßender Wildtierschrei. O ja, nur weiter!

»Ist es«, genüsslich dehne ich den Satz in die Breite, während das Ding die Flügel ausbreitet und ängstlich vor mir zurückweicht, »dass die Seele unserer Großmutter vielleicht – in einem Vogel wohnen kann?«

Shakespeares Worte aus »Was ihr wollt« wirken verlässlich wie beim ersten Mal im Hexenhaus. Meister der literarischen Zaubersprüche, ich danke dir! Ohne viele Umstände räumt die Lady das Feld, ihre Macht über mich ist – für den Augenblick – gebrochen. Dichter schlägt Dame, klares Hexenschachmatt! Der Weg durch die Tür ist wieder frei.

Ich trete hinaus, sauge die Frischluft gierig ein und winke dem Hexenvogel fröhlich zu, der sich auf dem gegenüberliegenden Häuserdach niedergelassen hat.

»Leben Sie wohl, Lady Grey!«

»Krarah! Du wirst bereuen, krarah, wirst an mich denken, dummes Kind! Wenn Prinzen einmal Frösche sind, verwandelt sie rein gar nichts mehr zurück! Krarah!«

Wie ein seltsames Deus-Ex-Machina-Signal beginnen irgendwo in der Nähe Glocken zu läuten, woraufhin der Vogel mit einem letzten Krarah eiligst davonfliegt. Der Spuk ist endgültig vorbei. Mit ihm verschwindet der dichte Nebel, und ein paar Sonnenstrahlen brechen durch die Bäume am Straßenrand. Ich zähle die Glockenschläge. Neun Uhr in London. Zehn Uhr mitteleuropäische Zeit. Die achtundvierzigste Stunde seit der Verwandlung bricht an. Die letzte Stunde. Nur fünfzig Meter entfernt kann ich den Brunnen sehen. Ich bin am Ziel.

Trink, Reisender, und erneuere deine Kräfte. Schick einen freundlichen Gedanken zu Ihr, die deinen Durst gestillt hat. Dann danke dem Himmel.

Die Worte, eingraviert in eine Marmortafel in der Mitte des Brunnens, springen mir zuerst ins Auge. Was hat Noel geschrieben? Alte Worte wörtlich nehmen.

Doch wie bringe ich den Frosch dazu, erst zu trinken und dann die richtige Formel zu sprechen?

Der Brunnen liegt direkt an der Straße, zwei kleine Treppen rechts und links davon führen zum erhöhten Gehweg, dahinter befindet sich ein Wohngässchen, gesäumt von klassischen roten Backsteinhäusern, vergilbten Mauern sowie sattgrünen Bäumen.

Er sieht, denke ich, mehr wie der Grabstein einer Familiengruft aus als wie ein Brunnen.

Tatsächlich handelt es sich um einen hellbeigen, verzierten Steinbau mit der erwähnten Inschrift, den man für ein Denkmal halten könnte, wäre nicht an seinem Fuß ein Abfluss in ein graues Becken, in dem sich Flüssigkeit gesammelt hat. Das Brunnenwasser.

Zögernd tauche ich einen Finger hinein. Es fühlt sich weder besonders warm noch besonders kalt an, schlierig vom Moos, das rundum wächst, und womöglich etwas abgestanden, aber offensichtlich Brunnenwasser, nicht Regenwasser, denn aus dem steinernen Loch darüber ist ein fernes Gluckern zu hören. Also los ...

Ich öffne den Shaker, gebe die Blätter des Maulbeerbaumes hinein und fülle ihn schließlich mit Brunnenwasser. Ich schließe ihn und schüttle eine Minute lang so heftig, als hinge mein Leben davon ab. Als ich ihn erneut öffne, tropft eine hellgrüne, ekelerregend dickflüssige Substanz vom Rand. Widerwillig tunke ich einen Finger hinein und rieche daran. Uäh, stinkig und schleimig, der klassische Idealfall einer medizinisch wirkungsvollen Flüssigkeit. Angewidert schütte ich das Zeug in das Auffangbecken des Brunnens vor mir, wo es sofort einen grünen Bodensatz bildet. Der Maulbeerblatttee, denke ich.

Ich hole den Frosch aus der Jackentasche und setze ihn vorsichtig in den Brunnen, mitten in die blattgrüne Lauge. Er wehrt sich nicht, macht jedoch auch keine Anstalten, von dem Gebräu zu trinken, stattdessen sieht er mich nur aus großen, traurigen Froschaugen an. Dann quakt er (endlich!), als fragte er: Was soll ich hier? Ich sehe mich um. Die Straße ist,

Gott sei Dank, weiterhin menschenleer, also hocke mich dicht neben den Brunnen, beuge mich zu meinem Begleiter hinunter und flüstere leise, aber deutlich:

»Hör mir gut zu, Herr Frosch, du hast mich um Hilfe gebeten, und ich habe, mon dieu, einiges durchgemacht, um dich hierherzubringen. Da sind wir, das ist das Heilmittel, also starr mich nicht an, sondern nimm einen Schluck von dieser Medizin, in der du hockst. Dann, wenn das irgendwie möglich ist, sei, verdammt noch mal, dankbar, sonst kommen wir in des Teufels Grottenteich und zwar bis in alle Ewigkeit, verstanden?«

Nichts. Nur ein Blinzeln, ein neuerliches Quaken, sonst keinerlei Bewegung im Froschkörper.

»Trink!«

Flehentlich sehe ich in die grünen Froschaugen, die nur umso starrer zurückblicken. Was, kommt mir zum ersten Mal ein erschreckender Gedanke, was, wenn es der falsche Frosch ist? Wer garantiert mir denn, dass die Sache mit dem Efeukranz auch tatsächlich funktioniert hat?

Doch nein, mein Herz hat ihn ja gefunden, nicht der Kranz. Er ist es, das weiß ich, er ist nur zu verstört, um angemessen zu reagieren. Verständlich. Also sehe ich nur eine Lösung, auch wenn sie mir keineswegs gefällt und den Tierschützern dieser Erde wohl noch weniger.

Schnell, ehe er davonspringen kann, packe ich den

Frosch, der empört quiekt, und tauche ihn kopfüber in den ekligen Sud. Er strampelt heftig, um freizukommen, doch ich gebe keinen Millimeter nach, zähle bis zehn und lasse ihn dann los, um gerade noch wahrzunehmen, wie seine Zunge in seinem Maul verschwindet. Mein Herz rast, während ich ihn beobachte.

Erst einmal geschieht rein gar nichts, er hüpft ein wenig im Brunnen herum, bleibt dann abrupt am Rand sitzen, fixiert mich und sagt schließlich mit klarer, heller Menschenstimme:

»Fein. Was hast du als Nächstes vor? Steckst du Nadeln in mich rein und benützt mich als Akupunktur-Voodoopuppe?«

Ich bin zu erleichtert, seine Stimme zu hören, als dass ich den drohenden Unterton wahrnehme. Ein Frosch, immer noch, aber er spricht wieder, das ist ein Fortschritt! Ich klatsche in die Hände, Freudentränen mit Schweiß vermischt auf der Wange. So gut wie gewonnen, jetzt fehlt nur noch …

»Ist dir eigentlich klar, was du mir in den letzten vierundzwanzig Stunden alles angetan hast?«

Diese Meldung holt mich auf den staubigen Straßenboden der Tatsachen zurück.

»Ich bin dabei, dir zu helfen, abgesehen davon habe ich dir mehrfach deine zartgrüne Haut gerettet, also wäre es vielleicht angemessen, wenn du …«

»Gerettet? Ge-ret-tet? Was verstehst du unter *ge-*

rettet? Mich in die skrupellosen Hände einer korrupten Hexengesellschaft zu geben, die mich in einen Teich mit tausenden quakenden Ungeheuern ...«

»Artgenossen, bitte, Artgenossen!«, werfe ich ein.

»... *Ungeheuern* transportiert, wo es a. schrecklich stinkt, b. entsetzlich nass ist, und sich c. keine Menschenseele weit und breit um mich kümmert!«

»Aber ich, ich habe mich doch gekümmert«, verteidige ich mich kläglich, »ich habe dich doch da rausgeholt.«

»Irrtum, du hast mich da *reingebracht*. Insofern war es das Mindeste, mich auch wieder zu befreien, womit du dir allerdings reichlich Zeit gelassen hast.«

Ein feiner, aber deutlicher, vibrierender Gong dröhnt in meinen Ohren, etwas in meinem Kopf ist nur noch einen Hauch vom Überlaufen entfernt.

»Bitte was?«

Ich werde lauter.

»Ich habe dir zuliebe alle Hebel in Bewegung gesetzt! Glaubst du, so ein Hauptquartier findet man mir nichts, dir nichts im Telefonbuch? Meinst du etwa, man spaziert da einfach so hinein, sagt zum Portier: ›Kann ich bitte meinen Frosch zurückhaben?‹, unterschreibt eine Quittung und marschiert wieder munter raus? Glaubst du das?«

»Das weiß ich nicht.«

Er klingt beleidigt.

»Mich dort hineinzubringen, war dafür denkbar einfach, nicht wahr? Bitte, Lady Grey, gerne eine

Tasse Tee, Lady Grey, den Frosch nach nebenan, kein Problem, Lady Grey ...«

Ich raufe mir die Haare. Über mir, hoch am Himmel, höre ich ein spottendes »Krarah! Krarah!«, das mir den letzten Nerv raubt.

»Verschwinde«, rufe ich hinauf, »hau ab, neunmalkluger Vogel. Und du ...«

Ich richte meinen Zeigefinger auf den Frosch.

»... du solltest zu deinem eigenen Wohl den einen oder anderen freundlichen Gedanken für mich erübrigen, sonst sitzen wir in abertausend Jahren noch hier!«

Der Frosch prustet empört.

»Kommt überhaupt nicht infrage. So wie ich das sehe, sind wir keinen Schritt weiter als gestern, nur dass du mich soeben in einer schleimigen, wenig geschmackvollen Brühe fast ertränkt hättest. Was war das überhaupt für ein Zeug? Bäh!« Er würgt und spuckt aus. »E-kel-haft! Warum, frage ich dich, sollte ich auch nur einen Hauch von Dankbarkeit ...?«

Das Etwas in meinem Inneren explodiert. Irgendeine Leitung zwischen Hirn und Hand schmort zischend durch. Am ganzen Körper zitternd stehe ich auf, packe den Frosch mit der rechten Hand, halte ihn dicht vor mein Gesicht und flüstere:

»Was sagst du?«

»Ich sage«, antwortet er, provozierend gelassen, »dass ich dank deiner gütigen Mithilfe immer noch klein, grün und glitschig bin, zudem die Bekanntschaft einiger äußerst unangenehmer Zeitgenossen machen durfte, von denen die diversen unappetitlichen Insekten in meinem Magen noch die harmlosesten waren. Und statt seit gut achtundvierzig Stunden ein verheirateter Mann zu sein, am Ziel meiner Wünsche, in Honeymoonwonderland«, ich schnaufe, »plansche ich hier mit dir in einem mickrigen Brunnen herum. Und deshalb ...«

Ich schreie laut auf, vor Schmerz, vor Enttäuschung, aber vor allem vor Wut. Ich brülle: »Aus, Schluss! Wirst du Ruhe geben, du garstiger Frosch«, hole mit der Hand Schwung und werfe den Hyla Arborea in hohem Bogen an die nächstgelegene rote Backsteinwand. Noch in der Flugphase bereue ich meine Unbeherrschtheit zutiefst, doch es ist zu spät. Mit einem hässlichen Klatschen prallt der Frosch gegen die Mauer. Als ich gerade loslaufen will, um ihn vom Boden aufzulesen, geschehen mehrere erstaunliche Dinge gleichzeitig.

Von dem kleinen, grünen Häufchen am Asphalt geht ein Feuerwerk aus, und ein betäubendes Donnergrollen ertönt am wolkenlosen Himmel. Ein grellweißer Blitz blendet mich so sehr, dass ich beide Hände vor die Augen presse, zurücktaumle und gerade noch Halt am Brunnen finde. Als ich die Augen wieder öffne, traue ich ihnen so wenig, dass ich mehrmals blinzle und sie wie ein Kleinkind mit den Fäusten reibe, um mich zu versichern, dass sie noch funktionieren.

Doch es ist wahr. Am Fuß der Hausmauer, wo eben noch ein ziemlich letal beschädigter Froschkörper kurz davor war, sein Amphibienleben auszuhauchen, kniet ein völlig unverletzter Märchenprinz, der fasziniert abwechselnd seine rechte und seine linke Hand betrachtet.

Sobald er sich derart seines Menschseins versichert hat, richtet er den Blick auf mich. Efeu, Gott sei Dank, er ist es diesmal wirklich, nicht die Hexe. Er betrachtet mich so intensiv, dass mir neuerlich-schamhaft-bewusst wird, dass ich, abgesehen von der Rettungsaktion, auch für die Misere an sich verantwortlich bin. Ein unbedacht geäußerter Wunsch, und mir nichts, dir nichts landet man mit einem Frosch im Gepäck in London, kommt mit einer sonderbaren Hexenclique in Kontakt, pflückt Blätter von Bäumen, um am Ende Streitgespräche neben einem unscheinbaren, aber umso verwunscheneren Brunnen zu führen.

Erwartungsgemäß halte ich dem Blick nicht stand und starre auf meine Füße, die mir vor den Augen verschwimmen. Nicht in Tränen ausbrechen, denkt mein Hirn panisch, nur nicht in Tränen ausbrechen!

Am Rande meines verschwommenen Boden-Fuß-Sehfeldes bemerke ich, dass der Prinz aufsteht, die Funktion seiner diversen Körperteile überprüft, um anschließend, o nein!, auf mich zuzukommen. Ich bin fest davon überzeugt, dass er mich durchschaut hat und mich folglich entweder gleich oder nach Fortsetzung seiner Vorwurfsarie von eben ermorden wird. Ehrlich gesagt, habe ich sogar jede Menge Verständnis dafür.

Ich entscheide mich spontan, mein Urteil mit erhobenem Haupt zu erwarten, dem Tod quasi direkt in die Efeuaugen zu blicken. Meine Überraschung ist umso größer, als ich das geliebte Gesicht strahlen sehe. Mit einem Lächeln steht der Mann vor mir, den ich aus purem Egoismus in die Gestalt einer Amphibie verhext habe, streckt seine Hand nach meiner aus und flüstert:

»Ich bin erlöst. Das hast nur du allein gekonnt. Wie soll ich dir jemals danken?«

Sprachlos winke ich ab. Ich ringe mit mir. Man kann doch nicht so einen Dank annehmen und das wichtigste Detail einfach verschweigen, oder?

Also räuspere ich mich und würge die schreckliche Wahrheit wie eine vergiftete Apfelspalte heraus:

»Danke mir bloß nicht. Es ist alles meine Schuld. Du musst wissen…«

Er legt den Zeigefinger auf die Lippen und schüttelt entschieden den Kopf.

»Nicht sprechen, Madame. Der Zauber ist aufgehoben, die Erlösung hat stattgefunden, dem Himmel sei Dank, das ist genug.«

»Aber…«

»Pst! Das Abenteuer ist überstanden. Hier stehen wir, am Ende der Welt, vergessen wir für den Moment, dass Lippen und Zungen zum Sprechen da sind, d'accord?«

Ich nicke kraftlos, woraufhin er, immer noch lächelnd, seine rechte Hand auf meine linke Wange legt und meinen Kopf an seinen zieht. Das Letzte, das ich sehe, bevor ich glückselig die Augen schließe, um seine Lippen auf meinen zu erwarten, ist das Efeu, das an der Steinmauer hinter ihm wächst, grün leuchtend im Sonnenlicht des allerersten Tages der neuen Zeitrechnung …

Es klopft.

NACHSPIEL

𝓔s klopft ein weiteres Mal, lauter, und während meine Lippen in voller Erwartung verharren, schlage ich verwirrt die Augen auf.

Es klopft?

Komisch, denke ich, meine Augen sind offen, aber ich sehe rein gar nichts. Gibt es das: vor Liebe erblindet? Oder hat jemand den Tageslichtschalter auf off gedreht?

Ich strecke meine Arme aus. Irgendwo in nächster Nähe muss sich schließlich der Märchenprinz befinden, frisch erlöst und voller Dankbarkeit für meine heldenmütige Rettungsaktion. Doch erstaunlicherweise ertaste ich rundherum nur kalte Fliesen, unter mir dafür (o Gott!) eine Kloschüssel.

Halt, Stopp, Filmriss! Wann habe ich die Kussszene verlassen, um aufs Klo zu gehen? So was tut man möglicherweise als Kinobesucher oder daheim auf der Couch vor dem Fernseher, aber bestimmt nicht als Hauptprotagonistin, wenn sich einem die lang ersehnten Lippen nähern.

»Bist du da drin?«

Seine Stimme. Hallelujah! Dumpf, aber hörbar,

wie ein Stück heiße Kohle aus dem Kamin, das Finger und Herz verbrennt.

Restlos entzückt vergesse ich, zu antworten, woraufhin es erneut klopft.

»Alles in Ordnung bei dir? Ist dir schlecht? Brauchst du Hilfe?«

Eine kurze rationale Eingebung lässt meinen Mund Worte sagen, deren Sinn mir immer noch nicht ganz klar ist, so deutlich ist der Brunnengeruch noch in meiner Nase, so stark spüre ich weiterhin eine Woge von heißem Atem.

»Alles paletti. Bin gleich fertig.«

»Très bien.«

Er klingt erleichtert.

»Ich muss nämlich mit dir sprechen. Ich warte draußen.«

»Okay!« Verzweifelt zermartere ich mir mein Hirn. Was ist passiert? Ich bin anscheinend nicht in der Wildnis vom Baum gesprungen, es sei denn, die Wolken im Himmel fühlen sich statt nach Watte nach Porzellan an. So weit, so gut. Also müsste ich in London sein. Da ich offensichtlich aber auch nicht in Hampstead vor dem Brunnen geküsst werde, während romantische Hollywoodmusik einsetzt (warum, lieber Gott, warum??), gibt es wohl nur eine einzige Lösung: Es war alles nichts weiter als ein Traum. Ein äußerst realistischer, aufreibender und völlig verrückter Traum in 3D-Optik, geträumt von einer verzweifelten Frau, die sich im Kirchenklo versteckt hat, wo sie anscheinend eingeschlafen ist. Aber, die essenziellen Fragen sind, bin ich eingeschlafen, bevor oder nachdem ich der Tütüfee begegnet bin? Habe ich den Froschwunsch ausgesprochen oder nicht? Und wie viel Zeit ist vergangen, seit ich dieses stillste aller Örtchen betreten habe?

Die Antworten auf diese Fragen warten mitsamt der Märchenprinzstimme und, so Gott will, der Märchenprinzgestalt, auf der anderen Seite der Tür, die zu öffnen ich noch nicht bereit bin, wissend, dass es sich ja doch nicht vermeiden lässt.

Wie viel kann ich akzeptieren, wenn ich zurück in die Welt hinter der Tür gehe?

Mit welchen Verlusten kann ich gerade noch leben?

Was wird die Kugelleere in meiner Brust ersetzen?

Wo in der Wildnis muss ich graben?

Wie tief?

Mit zitternden Knien stehe ich auf, betätige geistesgegenwärtig die Spülung, strecke dann meine Hand nach der Türklinke aus, drehe mit der anderen den Schlüssel und öffne die Klotür …

»Warst du die ganze Zeit da drinnen?«

Entgeistert sieht er mich aus seinen grünen Augen hinter seiner neuen, modischen Rechteckbrille an, während ich mir Mühe gebe, irgendwo an seinem linken Ohr vorbeizuschielen, um den Weiche-Knie-Effekt ein wenig abzumildern, der unvermeidlich eingetreten ist, nachdem er zu meiner Erleichterung in Menschen-, nicht in Froschgestalt vor dem Damenklo auf mich wartet.

»Ja und nein«, antworte ich nachdenklich, »eigentlich war ich ganz weit weg, aber rein praktisch habe ich mich wohl durchgehend auf der Toilette aufgehalten.«

Ich bin erstaunt, wie ruhig meine Stimme klingt.

»War dir nicht gut, oder was?«

»Mir war nicht gut, nein, aber jetzt ist mir besser.«

»Sicher?«

Diesmal erwidere ich seinen Blick und halte ihm stand, auch wenn ein paar Nervenzellen den Dienst quittieren.

»Ganz sicher.«

Wir sehen uns an. Mir gelingt ein durchaus passables Lächeln, mit dem ich fast durchgekommen wäre. Er streckt mir die Hand entgegen, an der ein schmaler Goldring viel zu neu und viel zu sauber glänzt. Meine Kehle ist wie mit dicken Seemannstauen zugeschnürt. Obwohl ich mir große Mühe gebe, kann ich den Blick nicht von seinem Finger abwenden. Gegen meinen Willen greift meine Hand nach seiner und berührt das Schmuckstück vorsichtig.

»Ich habe es verpasst.«

»Ja.«

»Bist du gekränkt?«

»Ja.«

»Entschuldige. Ich werde mich bessern.«

Er nickt nur und betrachtet seine beringte Hand, als sähe er sie zum ersten Mal.

»Du wolltest mit mir sprechen?«

Er lässt die Hand sinken, hebt den Kopf und sieht mich an.

»Es fühlt sich richtig an. Wie zwei Teile von etwas Ganzem, die zusammenkommen. Tu comprends? Ich habe meine andere Hälfte gefunden, da bin ich mir sicher.«

»Aber?«

Ich habe das sonderbare Gefühl, dass wir uns in einer Seifenblase befinden und weit über der Erde fliegen, von wo aus wir zusehen, wie die restliche Welt komplett zum Stillstand gekommen ist. Nichts bewegt sich, selbst die Luft ist flaumig und starr wie Zuckerwatte, in der einem das Atmen schwerfällt.

»Aber wie kann man so sicher sein?«

Die Stimme eines kleinen Jungen, mein Herz auf dem Silbertablett im Königreich Nirgendwo.

»Man kann nie sicher sein«, antworte ich sehr leise, »und womöglich muss man riskieren, Fehler zu machen. Sehr große Fehler. Dann fährt man um die halbe Welt, setzt alle Hebel in Bewegung, um sie, so gut es geht, auszubügeln. Aber wenn man nie auf Bäume klettert, wird man nie über das Blätterdach bis zum Horizont sehen. Ich denke, es zahlt sich aus, auch wenn man fällt oder sich beim Abstieg Schürfwunden an den Knien holt.«

Er lächelt und legt mir beide Hände auf die Schultern.

»Wünsch mir Glück!«

»Das tue ich, mehr als alles andere.«

»Freunde?«

Ich denke über das Angebot nach. Einen Versuch ist es wert, vermutlich.

»Freunde.«

Er zieht mich an sich, unsere Lippen nähern sich einander, und ich stehe allein mitten in einer Sommerwiese voller Löwenzahn, ein Geruch wie der erste Ferientag nach Schulschluss, wenn frisch aufgeblühte Knospen Duftstoffe abgeben, die sich wie eine Dunstglocke über Felder und Wälder legen. Freiheit riecht so, denkt mein leicht gewordener Kopf, Freiheit, Sehnsucht und ganz viel Liebe.

Im letzten Moment nimmt der Kuss die Kurve und platziert sich zärtlich auf meiner Wange. Eine Erinnerung von Löwenzahnblüten ist alles, was meinen Lippen bleibt, während ich den Druck mit meinen Schläfen gegen seine erwidere, zitternd wie ein einzelner Grashalm im Sommerwind.

»Alles Glück der Welt«, flüstere ich in sein Ohr. Er schiebt mich sanft auf Armlänge von sich, um mich gründlich zu betrachten.

»Ist wirklich alles in Ordnung?«

»Ja.«

Er streichelt meine Wange.

»Ich danke dir. Kommst du mit nach draußen?«

Ich nicke und lächle tapfer.
»Es ist Zeit.«

Zuerst Gratulation an die Braut, dann an den Bräutigam, wie es die guten Sitten wollen. Jana sieht aus wie eine Elfenprinzessin, so edel und zerbrechlich wirkt sie in ihrem schlichten weißen Kleid, die Blumen rührend schief im Haar. Ein schönes Paar, denkt eine rebellische Gehirnzelle, ehe sie von ihren pragmatischeren Kollegen zum Schweigen gebracht wird. Ein Schritt nach dem anderen.

Ein Paar wie aus dem Märchenbuch: Und sie lebten glücklich und zufrieden bis ans Ende ihrer Tage. Ein Klassiker, aber immer noch aktuell wie eh und je.

»Was hast du jetzt vor?«

Er sieht mich in der mittlerweile vertrauten Art an, die eine Erwartung hinsichtlich meiner »Folies« suggeriert. Nicht ohne Verständnis, aber mit humorvoller Ungläubigkeit gespickt.

»Ich nehme den nächsten Flug nach London und werde ins Globe Theatre gehen. Es gibt da jemanden, den ich besuchen möchte.«

»Dann gute Reise!«

Der altbekannte, augenzwinkernde Blick.

»Grüß mir Shakespeare!«

»Das werde ich bestimmt. Es freut ihn sicher, zu hören, dass es dir so blendend geht.«

Er winkt mir lächelnd zu, ehe er sich abwendet, um mit seiner Braut die Kutsche zu besteigen, die ihn ins ewige Glück chauffieren soll, stilecht in Weiß gehalten, zwei Schimmel vornweg sowie Blumenschmuck, der Pollenallergiker zur sofortigen Flucht veranlasst hätte.

Ich seufze.

Genau in diesem Moment tritt »Das Geräusch« in die Welt. Es ist eine Mischung aus Klirren und Brechen, das ohne Zweifel genau von dem Punkt kommt, wo ich stehe.

Erschrocken springe ich zur Seite, doch unter mir ist keineswegs ein Kanaldeckel, der rumpeln könnte. Ich stehe auch nicht auf einer verirrten Schneekette. Da ist nichts außer Asphalt. Absonderlich erscheint mir, dass keiner der Anwesenden etwas bemerkt hat, sondern alle nur befremdet dreinschauen, weil ich unmotiviert durch die Gegend hüpfe, als ob ich auf eine Biene getreten wäre.

Mittlerweile sitzt die Prinzessin in der Kutsche, der Prinz unterhält sich noch mit dem Brautvater, weshalb es mir nicht gelingt, ihn mit einem flehentlichen Blick auf das sonderbare Geräusch aufmerksam zu machen. Ich zucke mit den Schultern und betrachte zum ersten Mal ungestört den Bräutigam. Ich denke mir gerade, wie gut ihm sein eleganter schwarzer Anzug steht, als »Das Geräusch« erneut ertönt, lauter und wiederum wie verhext von meinem Platz aus.

Diesmal vermeide ich es, zur Seite zu springen, um nicht noch mehr seltsame Blicke zu ernten. So unauffällig wie möglich suche ich den Boden ab, erfolglos. Mir kommt es auch vielmehr so vor, als ob das Geräusch aus mir herausgekommen ist, nicht von unter, über oder neben mir, sondern genau von jener Stelle, wo ...

Ein drittes Mal scheppert es, diesmal so laut, dass ich den Impuls unterdrücken muss, mir die Ohren zuzuhalten. Und etwas Erstaunliches geschieht: Der Märchenprinz, der gerade den Fuß in die Kutsche gesetzt hat, dreht sich um, blickt vage in meine Richtung, dann alarmiert auf das hintere Rad der Kutsche und sagt:

»Habt ihr das gehört?«

Jana sieht ihn mit großen Augen an, der Brautvater blickt verwirrt und meint »Was?«

»Das Geräusch. Es klang wie ... ein Brechen von ... von Metall!«

»Ein Brechen?«

Janas Gesicht drückt Ratlosigkeit aus, ein paar Gäste neben mir werfen sich augenbrauenhebende Blicke zu. Nur mir, mitten in der Menge, wird mit einem Mal ganz warm ums Herz. Meine Hand tastet nach der gewohnten Stelle an meiner Brust, während Tränen der Erleichterung in meinen Augen stehen. Die Kugel war nie verloren, sie war immer da. Alles fügt sich zusammen wie ein Puzzle mit abertausenden Teilen, das letzte Stück passt, und ich lache glücklich auf, genau in dem Moment, als der Prinz die entscheidenden Worte spricht.

»Kutscher, der Wagen bricht!«

Der Urwiener Fiaker sieht ihn ob dieser Aussage nur befremdet an, doch ich stoße mehrere Hochzeitsgäste beiseite, als ich strahlend zur Kutsche laufe, den über alles geliebten Prinzen an der Hand nehme, ihm in die immer noch efeugrünen Augen schaue, und antworte:

»Nein, Herr, der Wagen nicht,
es ist ein Band von meinem Herzen,
das da lag in großen Schmerzen,
als Ihr in dem Brunnen gelegen,
und noch ein Frosch gewesen.«

Er sieht mich verblüfft an, grinst breit, drückt meine Hand und setzt sich schließlich neben seine Braut, die mich in diesem Moment für ein Wesen aus einer anderen Galaxie hält, ihrem Gesichtsausdruck nach zu urteilen. Auch die versammelte Hochzeitsgesellschaft gafft mich perplex an, doch das kümmert mich nicht. Die Hand fest auf mein Herz gedrückt, wo die vertraute runde Form deutlich zu spüren ist, sehe ich der Kutsche zu, wie sie sich schwankend in Bewegung setzt.

Kurz vor der ersten Kurve dreht sich der Prinz zu mir um und er winkt. Und ob es nun eine Reflexion des nachmittäglichen Sonnenlichtes ist, das sich in seiner Armbanduhr, einem Fenster oder einem Metallteil der Kutsche spiegelt, oder reine Einbildung, jedenfalls sehe ich auf seinem Scheitel eine kleine, goldene Krone glänzen. Ich schwöre, bei den seligen Brüdern Grimm, bei allen Frosch-, Hexen- und Menschengöttern sowie bei der zickigsten aller Tütüfeen, meine Augen sind weit, weit offen!

Mein Handy vibriert energisch. Es ist Sorina.

»Halt dich gut fest!«, sage ich leise. »Du wirst nicht glauben, was ich Verrücktes geträumt habe!«

Die goldene Kugel nicht mehr in Ketten legen, immer Streichhölzer im Klo aufbewahren (man kann ja nie wissen ...) und niemals, wirklich niemals ein Haushaltsgerät flugtechnisch besteigen, drei Vorsätze für die nähere sowie fernere Zukunft.

Und auf, auf nach London!

Danksagung

Der Schauspieler und Regisseur besaß ein kleines ledernes Buch, so eines von der Sorte, wie es sie in jedem gut sortierten Schreibwarengeschäft in verschiedensten Ausführungen zu kaufen gibt.

»Da schreibe ich alle Ideen hinein, die ich noch verwirklichen möchte«, hat er zu mir gesagt.

Es waren viele eng beschriebene Seiten in dem Buch, umgeknickte Ecken, einzelne Worte, ganze Sätze, Skizzen in Bleistift, Kugelschreiber, Tinte oder farbigem Edding. Jede Menge Wünsche, Einfälle, Träume, Hoffnungen, so viel Kreativität, wie in einem Menschenherz oder eben in einem ledernen Buch Platz hat.

Das Buch war dick genug, nur die Zeit war zu kurz. Er ist sieben Jahre später gestorben, eine kleine Notiz in den Tageszeitungen, eine kurze Erwähnung in den Nachrichten, nicht mehr, nicht weniger. Die Todesmeldung zum Tag, kurz vor dem Wetterbericht.

Die Trauer hat sich langsam bei mir eingeschlichen, ich habe ihn ja nur sehr kurz und sehr wenig gekannt. Es war auch mehr so ein Weh im Sinne von Wehmut, Weh um dieses kleine lederne Buch und Weh um die Ideen darin, die nie mehr verwirklicht werden würden.

Ich habe jede Menge kleiner Bücher begonnen, sie aber entweder verloren, verlegt oder kurz nach ihrer Einführung für ungültig erklärt.

Nach dem Tod des Schauspielers ist mir klar geworden, dass es besser ist, die Ideen umzusetzen, wenn sie einem zufliegen, denn sonst wandern sie womöglich später einmal ins Altpapier, zusammen mit den verblassenden Kinderzeichnungen, den aussortierten Familienfotos, den einst hart erkämpften Urkunden sowie den gesammelten Betriebsanleitungen aller Elektrogeräte, die wir je besessen haben. Nachlassmüll.

Diese Geschichte ist aus vielen Gründen und vielen verschiedenen Ideen heraus entstanden, aber sie ist auch in dankbarem Andenken an Rudi Jusits geschrieben worden.

Großer Dank außerdem an die Menschen, die meinem Roman zur Veröffentlichung verholfen haben, allen voran meinem Agent Joachim Jessen und meiner Lektorin Andrea Müller sowie dem gesamten Diana-Team.

Ilse Wagner danke ich für eine wunderbare Schlussredaktion, Peter Seifried von der Thomas Schlück Agentur für Literatur und Illustration für die stets rasche Abwicklung, Andrea Kammann von buechereule.de, sowie, stellvertretend für das gesamte Vertriebsteam des Diana Verlages, Herrn Peter Ruppert für seinen Einsatz. Danke auch Lois Lammerhuber für seine großen Fotokünste.

Außerdem danke ich meiner Freundin und Vorableserin Susanne Kaufmann für wertvolle erste Kritik (Bau die Fee aus!), Renate Kasza für professionelles Feedback, Unterstützung und unerschütterlichen Glauben an mich, Markus Eiche, dem tollen Geschichtenträumer und Ideenkomplizen sowie den anderen wichtigen Menschen in meinem Leben, ohne die dieser Traum nie wahr geworden wäre: Julia Gartner, Rotraut Geringer, Claudia und Luzie Haber, Janko Kastelic, Schiffi, Heinz Zednik, Les amies de l'ABC (WdF!), besonders Elli Laufer und Sonja Ulreich, Renate Dönch, Christina Drexel, Donna Ellen, Hans Peter Kammerer, meinem gesamten wunderbaren Kinderopernteam, Elfi Dulout und Hermann Oberthaler, Etelka Polgar, Mariane, Roman und Viktor Rericha, Ulli Riccadonna, den Eigners und Tomans für eine wunderbare Kindheit sowie die Liebe zu Büchern und ganz besonders meinem Papa Herbert Toman für alles, was er mir ermöglicht hat.

Zitate

Goethe, Johann Wolfgang von, *Faust*. Reclam, Leipzig 1944, S. 77

Grimm, Jakob und Wilhelm, *Der Froschkönig*. In: Kinder- und Hausmärchen ausgewählt und bearbeitet von D. Hans Hecke. Ueberreuter, Wien. S. 7–12

Shakespeare, William, *Ein Sommernachtstraum*, Fünfter Aufzug, erste Szene. Übersetzt von August Wilhelm von Schlegel nach der 3. Schlegel-Tieck-Gesamtausgabe von 1843/44. In: William Shakespeare, *Sämtliche Dramen*. Band 1, Komödien. Winkler Verlag, München 1976, S. 590

Shakespeare, William, *Was ihr wollt*, Vierter Aufzug, zweite Szene. Übersetzt von August Wilhelm von Schlegel nach der 3. Schlegel-Tieck-Gesamtausgabe von 1843/44. In: William Shakespeare, *Sämtliche Dramen*. Band 1, Komödien. Winkler Verlag, München 1976, S.972

Storm, Theodor, *Walpurgisnacht*. In: Storm, Theodor, Sämtliche Gedichte in einem Band. Insel Verlag, Frankfurt am Main und Leipzig 2002, S. 321

J.R.R. Tolkien, *Der Herr der Ringe. Teil 1: Die Gefährten*. Aus dem Engl. von Margaret Carroux. Gedichtübertragungen von E.-M. von Freymann. © 1966 by George Allen & Unwin Ltd., London. Published by arrangement with HarperCollins Publishers Ltd., London. Klett-Cotta, Stuttgart 1969

The Ad-Dressing Of Cats. Musik & Text: Andrew Lloyd Webber, Tim Rice, T.S. Eliot © The Really Useful Group Ltd., Faber & Faber Ltd./Universal Music Publ. GmbH